Catherine Poulain est née à Barr, près de Strasbourg, en 1960. À 20 ans, elle part à Hong Kong, où elle trouve une place de barmaid et commence à prendre des notes. Poussée par ses envies de grands espaces et d'expériences, on la retrouve en Colombie britannique, au Mexique, au Guatemala… en tant qu'employée dans une conserverie de poissons en Islande, sur les chantiers navals aux États-Unis, ouvrière agricole au Canada, pêcheuse pendant dix ans en Alaska. De retour en France, elle est tour à tour saisonnière, bergère et ouvrière viticole, en Provence et dans les Alpes de Haute-Provence. Elle vit actuellement dans le Médoc. *Le Grand Marin*, son premier roman, a cumulé les prix littéraires (prix du roman Ouest-France Étonnants Voyageurs, prix Joseph Kessel, Prix Livre & Mer Henri-Queffélec, prix Nicolas Bouvier notamment), a été traduit dans une douzaine de pays, et fait l'objet d'une adaptation cinématographique.

DU MÊME AUTEUR

La Grand Marin
Éditions de l'Olivier, 2016
et « Points » n° P4545

Catherine Poulain

LE CŒUR BLANC

ROMAN

Éditions de l'Olivier

TEXTE INTÉGRAL

ISBN 978-2-7578-7578-0
(ISBN 978-2-8236-1359-9, 1ʳᵉ publication)

© Éditions de l'Olivier, 2018

« Je vous écris d'un pays lointain,
il faut que vous le sachiez,
souvent les arbres tremblent. »

Henri Michaux, *Poteaux d'angles*

à Odette,
à Luce, partie elle aussi

Les champs étaient nus. Ils s'étendaient jusqu'aux sombres limites du ciel. Ahmed rentrait sur sa mobylette, le cou entre les épaules, un bonnet ramené bas sur les yeux, ses lourdes chaussures gorgées d'eau. Le fils du patron, un adolescent aux cils de jeune fille, n'avait pas détourné le jet du karcher quand il avait croisé Ahmed qui nettoyait la calibreuse à asperges. Sans un mot d'excuse, il avait continué, traçant son passage entre les Marocains qui charriaient les caisses. La fille aux cheveux rouges l'avait évité de justesse, si maigre et jeune la fille, ses traits creusés sous le mauvais néon, cet air inquiet, mais qu'est-ce qu'elle foutait là. Ils avaient travaillé encore longtemps dans les courants d'air et le froid du hangar, curé le sol, chargé les caisses enfin sur le camion. « Pouvez y aller. Demain six heures ! » Demain serait dimanche et c'était trop tard pour le pain. Mais allez, on a l'habitude, après huit ans à trimer sur leur terre, dans leurs champs, pour leur fric, pour sa croûte.

La fille, elle, rentrait dans une caravane abritée sous des cyprès. Trop fatiguée, envie de pleurer, bien sûr qu'elle n'était pas de taille parmi ces Marocains silencieux, courbés au-dessus des buttes, qui jamais ne cessaient d'avancer, et elle loin derrière qui tentait de les rattraper. Ça la tourmentait le jour et la nuit. Elle ne tiendrait pas la saison.

Le grand rouquin partait au bar avec son père. Il avait nettoyé tant bien que mal ses ongles incrustés de cambouis. Le père pas. Pour quoi faire ? Demain serait là bien assez vite. L'apéro. Puis l'apéro. Et encore l'apéro. Jusqu'à plus soif. Mais pour le père cela n'existait pas, « plus soif ». C'est la vie, il disait. Jusqu'au soir, jusqu'à s'écrouler sur son lit. La nuit la fille rêvait aux asperges qu'elle voyait défiler sur le tapis roulant de la calibreuse, un film qui tournait en boucle. Elles étaient tellement sales, les asperges, on avait beau les laver elles restaient sales, il fallait sans cesse laver et creuser, et creuser encore, et creuser toujours dans l'argile noire. Les hommes sombres avançaient dans les terres, le front obstinément tourné vers le sol, si bien que l'on ne distinguait jamais leur visage. Des hommes de l'ombre. Mais quelle vie, quelle vie… elle murmurait dans une mélopée qui la réveillait. Et déjà c'était le matin et l'heure d'y retourner. Ahmed se levait dans une aube grise. Il avait plu pendant la nuit. Une lueur blanchâtre semblait sourdre de la brume, de l'horizon peut-être mais comment savoir, le ciel et les champs ne faisaient qu'un. À nouveau le sol serait détrempé. La terre collerait à la gouge, aux asperges qu'elle rendrait cassantes, au seau et aux pieds qui pèseraient des tonnes. Ahmed se raclait la gorge, crachait par la fenêtre du préfabriqué qu'il refermait très vite. Le gars déjeunait en allumant sa première gitane. On annonçait à la radio l'arrivée au pouvoir d'un président au Portugal et les fruits tardifs d'une révolution très lointaine. Il s'en foutait le gars. Le père ouvrait un œil vitreux – Grouille, disait le fils, ça va être l'heure. Mal de tronche son vieux, langue épaisse, bouche pâteuse, avec ce goût de viande avariée. Ça leur serait bien égal son haleine aux machines de toute façon, et le fils qui y voyait clair, lui, saurait l'aider. Presque aussi bon que lui aujourd'hui le fils. Ça allait faire un sacré mécano. Comme lui, avant. Et la fille, la rousse, petit casque de feu qui déjà se voyait ployer sous un ciel trop bas – Est-ce que je vais tenir aujourd'hui encore, la terre sera grasse et collante, le patron enverra son fils, garde-chiourme aux paupières de femme, douces et ombrées de très longs cils. Il y aura les aboiements des contremaîtres dans les champs voisins, des « feignants », « enculés » qui s'entendront jusqu'à très loin dans les terres. Et le patron viendra pisser près d'elle lorsqu'elle aura le front baissé sur la butte. Elle aura peur d'être à la traîne encore, de briser une asperge en l'extirpant de l'argile trop compacte. Une fois de plus elle détournera les yeux pour ne pas voir la bite qu'il secouera avec un étrange sourire. Les ouvriers continueront d'avancer en un peloton silencieux et fier, elle derrière à peiner et à cacher ses larmes, les joues barbouillées de terre et de morve.

Des merles chantaient dans les saules. Les asperges, petits pénis pâles, pointaient le long des buttes. Pousser, grandir, voir le jour. Et on les exécuterait bientôt, d'un coup de gouge bref et précis.

Le printemps était proche. Bientôt le sifflement long des hirondelles viendrait ponctuer les heures trop lourdes, sa joie quand la journée finie elle relèverait enfin la tête : elle saurait qu'elle avait tenu bon. Elle écarterait les bras dès qu'elle se sentirait loin des regards, étirerait ce corps trop léger. Elle voudrait courir mais n'en aurait plus la force. C'est ma vie, elle pensa. C'est là et ça va vers une fin. Ce n'est plus le début, et pourtant, le début, c'était, c'est encore presque là. Dehors les arbres tremblent au vent et la fatigue me cloue au sol. Le ciel est immense au-dessus des terres. Moi dessous, toute petite, mains douloureuses, une créature aux reins brûlants. C'est ma vie. Laissez-la-moi encore un peu, gardez-moi quelque temps des marques et de l'usure – c'est ma vie sous le ciel, et nous le front baissé qui nous en détournons toujours, le dos courbé vers la terre noire.

Il s'est avancé, l'a prise contre lui. Le saule tremblait. Elle frissonnait – Tu ressembles à mon fils – étrange étreinte. Il la tenait à peine, liane entre ses bras, nuque fragile, les deux tendons comme les cordes d'une harpe, une mèche rousse égarée dans le sillon clair, jusqu'à la bosse aiguë de la vertèbre. Son fils. Elle en aurait pleuré. Allait pleurer. Son odeur d'homme, chaude et musquée – Les Arabes ne sentent pas pareil, un goût d'épices... de cumin ? elle pensa le temps d'un éclair. L'idée étrange et incongrue l'aurait fait rire en d'autres temps, elle s'y raccrocha pour ne pas sombrer dans un puits obscur et sans fond. Elle voyait le regard noir se rapprocher, la bouche lourde, charnue, l'éclat bref de ses dents, il n'était plus que cela, une bouche, des yeux, un souffle, deux mains sur elle, l'une refermée sur sa nuque, frôlant ses cheveux, l'autre avançant toujours, remontant son flanc. La main s'arrêta sur sa poitrine. D'abord légère, presque hésitante, la pression de ses doigts se fit plus hâtive, rude, jusqu'à écraser son sein en même temps qu'il mordait ses lèvres. Le saule tremblait toujours. Doucement, comme une eau bruissante venue de très loin et qui enflait, elle entendit les peupliers. Ils semblaient s'éveiller, chuchotant le long des roubines, un soupir fluide et languissant qui grandissait jusqu'à la route. L'appel rauque d'un vol d'oies sauvages. Après, elle ne se souvenait plus. N'aurait pas su même le dire. Elle pleurait. Un long sanglot qu'il n'entendait pas, avalé par son souffle à lui. Il embrassait sa bouche, il buvait ses plaintes et sa faim comme si lui-même mourait de soif. Mais était-ce une plainte ce gémissement flûté de bête. Elle ne se souvient plus. Cette déchirure. Il l'emplissait, s'acharnait. Quel bonheur. Il a murmuré trois mots, en arabe, a eu comme un hoquet, un sursaut, un râle étouffé ce gémissement qui vibrait en elle, remontait en un long frisson, la brûlait – depuis ses cuisses, son ventre, sa gorge, jusqu'aux tréfonds. Elle se rappelle qu'elle était allongée, sous elle la terre noire et humide. Il était retombé, il l'étouffait de tout son poids. Le saule. Il bruissait.

Il n'y a pas d'oubli
Si vous me demandez où j'étais
Je dois dire « il arrive que »
Je dois parler du sol que les pierres obscurcissent,
Du fleuve qui en se prolongeant se détruit,
Je ne sais rien si ce n'est les choses que les oiseaux
perdent
La mer laissée en arrière ou ma sœur qui pleure
Pourquoi tant de régions, pourquoi un jour se joint-il
à un jour ?
Pourquoi une nuit s'accumule-t-elle dans la bouche ?
Pourquoi des morts ?
Si vous me demandez d'où je viens, je dois parler
avec des choses brisées,
Avec des ustensiles trop amers,
Avec de grandes bêtes souvent pourries
Et avec mon cœur tourmenté

Rosalinde lit le poème épinglé sur le crépi blanc du mur. Le papier a jauni, l'encre devenue presque illisible par endroits. Elle rejoint les hommes autour de la table, penche la tête, baisse les yeux.

C'est de Pablo Neruda, dit Karim.

Karim il n'est pas comme moi, dit Ahmed, lui c'est un homme intelligent. Il n'est pas venu en France pour trouver du travail, enfin pas seulement. Lui il a quitté son pays pour ne pas mourir. N'est-ce pas Karim ? Dis-lui d'où tu viens, les prisons de Tunisie… la torture.

Karim ne répond pas. Il s'est levé pour refaire du thé. L'ampoule nue éclaire la table de formica blanche, les restes du repas, un fond de riz aux poivrons dans lequel ont été cassés des œufs. Un vieux poêle à bois ronronne dans l'angle de la pièce, sous un almanach de la Poste accroché à un clou. Rosalinde regarde la plage défraîchie, les deux palmiers, puis elle baisse les yeux sur le thé que vient de lui resservir Karim. Merci Karim, elle dit. Sa voix s'étrangle jusqu'à s'éteindre dans un souffle. Ils boivent le thé en silence. Ahmed se lève – Il est tard, on devrait peut-être rentrer. Il remet deux battes de vigne dans le poêle. Veux-tu y aller Rosalinde ? Oui Ahmed. Il décroche une pèlerine kaki suspendue près du feu et lui en couvre les épaules – Salam aleykoum mon frère, merci pour le repas, dit Ahmed en portant la main droite à son cœur. Merci Karim, dit la jeune femme, et elle esquisse le geste d'Ahmed. Ils sortent dans la nuit. Ils marchent le long du chemin, blanc sous la lune. Il fait froid, elle frissonne. Ahmed prend sa main.

Je voulais que tu rencontres Karim. C'est quelqu'un de bien.

Il est beau son poème.

J'avais envie que tu saches d'où il vient. Mais Karim ne parle pas souvent de la Tunisie.

C'est son histoire. Elle lui appartient, dit Rosalinde.

Dimanche après-midi on ne travaille pas.

Comment le sais-tu ?

J'ai entendu le fils du patron. On pourrait se voir. Si tu le veux bien, si tu n'as personne d'autre.

Est-ce que tu m'as déjà vue avec quelqu'un ? Je serai contente de venir dimanche.

Une pression de la main d'Ahmed sur la sienne.

Pourquoi tu es ici Rosalinde, à bosser avec nous ? Je ne comprends pas. Toi tu es française. Tu pourrais trouver bien mieux.

Je suis allemande Ahmed. Et j'ai pas envie d'être à l'abri, j'ai envie de savoir.

Savoir quoi ? Si j'avais les papiers, moi, je serais sans doute ailleurs.

Peut-être que je ne sais pas pourquoi je suis là.

On aime bien t'avoir à nos côtés. Tu es courageuse. Tu as le cœur blanc. Dieu voit que tu as le cœur blanc.

Le cœur blanc ?

Le cœur pur.

Rosalinde ne répond pas. Au virage, il y a la villa du patron, plus loin derrière la caravane, bien avant les algecos des ouvriers, dissimulés derrière le rang de peupliers. Ils se sont arrêtés. Ahmed serre Rosalinde contre lui très vite, effleure le front pâle de ses doigts rugueux.

Rentre maintenant. De ton côté. Demain dans les champs, à six heures.

Il faisait beau. C'était dimanche. Ils se sont retrouvés dans l'algeco. Les autres étaient sortis, peut-être pour Ahmed et Rosalinde. Ahmed a fait du thé. Il avait acheté des gâteaux, à la crème, avec une petite fleur de sucre rouge dessus. Puis il l'a couchée sur le couvre-lit chamarré et déteint, et ce qu'ils ont fait après n'appartenait qu'à eux. Allongés l'un contre l'autre, un rai de lumière sur leurs corps nus, lui très sombre et massif, elle presque nacrée – Je suis trop maigre, elle dit, je suis désolée.

Tu me rappelles mon fils depuis cette première fois où je t'ai vue qui marchais sur la route. Ton sac à dos semblait si lourd pour toi. La lumière du soir sur ton front dénudé quand tu redressais la tête… Est-ce l'avancée de la nuit que tu cherchais à voir dans ce ciel qui s'assombrissait ? – il est très jeune mon fils tu sais, très beau aussi avec sa nuque déliée, ses joues de velours, un regard grave et inquiet sous des paupières de colombe. Mais tu n'es pas mon fils. Toi tu es une femme, bien plus femme que la grosse du patron. Tu es maigre parce que tu travailles dur. Trop dur.

Non puisque j'y arrive. Enfin presque. Et j'aimerais ne pas vous donner de la peine en plus, que vous n'ayez pas à revenir sur vos pas pour m'aider, surtout quand le fils du patron nous surveille et gueule pour que vous ne ralentissiez pas la cadence.

Ça nous fait plaisir de le faire.

Ils reprennent du thé. Ahmed s'endort. Rosalinde le regarde.

L'appel du muezzin à l'aube. On dormait sur la terrasse. J'avais huit ans. Le premier takbir m'éveillait. J'ouvrais les yeux. Je voyais le ciel, voilé : il avait fait chaud la veille. Des voix répondaient alors, un chant qui enflait. C'était beau. C'était le lever du jour. Ahmed ferme les yeux, il soupire longuement, sourit.

Parfois encore… dans l'oued, chez des cousins. Le minaret s'élevait au-dessus de nos maisons rouges – minaret ça veut dire lumière, tu sais. Des palmiers très verts jaillissaient, comme d'autres minarets. En dessous il y avait le ruisseau et ses rainettes que nous aimions prendre. Autour, la terre ocre, embrasée, la roche aride, des gorges ravinées, rongées par le soleil. L'heure brûlante, silencieuse. Et soudain l'appel. Il éclatait, déchirait l'air, il s'amplifiait sous le ciel nu. Ma gorge se serrait. J'avais les larmes aux yeux. Mais peut-être était-ce la chaleur… Mon cœur exultait : la prière. Cette voix qui louait Dieu. Qui remerciait. Pour la lumière. Pour l'eau qui coulait et les rainettes que nous pêchions. Pour la vie. Oui, nous étions vivants. Nous étions vivants encore.

Rosalinde ferme les yeux à son tour. Elle entend le chant, âpre et qui grandit sous la nue ardente.

Si tu devais mourir aujourd'hui, Ahmed, qu'est-ce que tu regretterais le plus ?

Je ne sais pas… Toute cette force qui s'use à ne pas savoir peut-être, tout ce temps perdu, toute cette vie perdue.

Ahmed lui donne une petite boule de verre. Ce n'est pas de la neige qui retombe lorsqu'on la retourne, mais des paillettes d'or qui font comme des étoiles autour d'un minaret.

C'est La Mecque, dit Ahmed, et il rit, à peine. Ce n'est pas un très beau cadeau. Tu mérites bien mieux. En plus ici ça ne veut rien dire. Surtout ici. Mais j'y tiens. Cache-le, garde-le pour toi. Si on ne se voyait plus un jour tu le regarderais, tu ferais tourner les étoiles, tu te souviendrais de moi peut-être, blanche Rosalinde, aussi blanche que la colombe est pure.

Rosalinde n'ose pas prendre la boule d'or. Ahmed la pose dans ses mains qu'il a ouvertes, referme doucement ses doigts dessus.

Peut-être qu'on ne se perdra pas, Ahmed ?

Je l'espère Rosalinde.

Rosalinde court sous l'orage avec la grande Olga. Elles rient, hurlent, tournent et virevoltent dans une danse très sauvage. Derrière elles, nuque renversée, Salim boit l'eau du ciel les yeux mi-clos. Il a soif. C'est ramadan pour lui. Les serres s'étendent jusqu'à la voie rapide, dans une zone ingrate au-dessus de laquelle roule, sans fin, le bruit de vagues des voitures. Il s'amplifie parfois, s'atténue à d'autres heures, en un flot et jusant étranges. Des détritus jonchent la terre, des lambeaux de plastique sont accrochés aux arbres rares, malingres, recouverts d'une croûte poussiéreuse. Ils claquent au vent et se déchirent quand souffle le mistral, tels des drapeaux de prières tibétains. Mais pour quelles requêtes et vers quel Dieu, sous ce ciel muet ? La saison des asperges tire à sa fin, ce n'est plus qu'au matin qu'on les ramasse encore. Les hommes s'en vont ensuite dans les champs de melons, les deux femmes sont envoyées aux serres pour ramasser les fraises, avec le jeune Salim. À peine dix-sept ans, Salim arrive du Maroc pour retrouver son père, Hassan, un homme usé. Il fait humide et chaud sous les bâches des tunnels, le traitement au soufre brûle les yeux et la gorge. Le nez pique. Il faut se moucher sans cesse. Quand l'orage a éclaté, Rosalinde et Olga ont jailli hors des serres. Salim les a suivies, incertain.

La danse est finie. Tous trois tendent le visage vers l'eau qui ruisselle et coule en rigoles jusqu'à leurs bouches entrouvertes. Plus tard on parlera d'un nuage malfaisant, échappé d'une centrale qui aurait explosé sous d'autres cieux en Ukraine. Mais ce jour-là ce n'est encore que de l'eau qui s'abat sur la terre assoiffée, fouette et rafraîchit leurs dos brûlants.

Ahmed est parti, dit Karim à Rosalinde. Il a dû faire vite. Tu sais qu'il n'avait pas de papiers ?

Mais qui a des papiers ici ? Il travaille fort Ahmed, il ne dérange personne. Il est fier, les coups de gueule des patrons, il ne les entend même pas.

Le patron vous a peut-être vus ensemble.

On a fait attention. Je l'intéresse pas le patron. Je suis trop maigre. Lui il a une femme qui a ce qu'il faut.

C'est pas la question Rosa. Qu'on fasse le boulot d'accord, qu'on couche avec leurs femmes ils aiment pas.

J'suis pas leur femme.

Karim sourit, à peine, une grimace triste sur son visage tailladé de rides qui ressemblent parfois à des blessures.

Tu travailles dur. Tu le sais que t'es l'une des nôtres ? Mais ils ne te feront pas de cadeaux si tu t'approches trop des bougnoules. Déjà ils doivent parler.

Dire que je suis une salope ? Je m'en fous Karim. Qu'est-ce que j'ai à voir avec eux ?

Ahmed avait peur pour toi, de ça. Il ne voulait pas qu'ils te salissent.

Ahmed il me disait qu'on peut pas salir celui qui a le cœur blanc. Mais dis-moi, où est-il Ahmed ? Dis-le-moi si tu sais, Karim !

Je ne sais pas Rosa. Il est parti très vite.

Je ne le reverrai pas ?

Je ne suis pas Dieu pour savoir.

C'est ma faute ?

Non Rosalinde, ce n'est pas ta faute. Pas la sienne non plus. Mais je t'ai dit, leurs femmes c'est à eux. Quant à nous… ils en renvoient un, il y en a vingt qui attendent pour la place.

Alors c'est ma faute quand même. Ça veut dire aussi que je ne suis pas libre.

Non tu n'es pas libre. Tu es une femme et tu leur appartiens.

Merci Karim. Je ne vais pas rester ici.

Tu prendras soin de toi.

Avant que je parte, tu me donneras le poème ?

Tu es trop jeune pour ce poème.

Mais je peux l'avoir en pensant aux autres ?
Je te le donnerai Rosa.
Merci Karim.
Rosalinde ?
Oui ?
Tu as le cœur blanc. Ahmed avait raison. Rien ne peut le salir.

Rosalinde marche sur la route, le sac à dos pèse à ses reins. Depuis deux jours elle marche. Ce poids dans son ventre. Ses seins sont tendus, douloureux. Est-ce qu'elle a rêvé Ahmed, l'étreinte et le poème de Neruda. Non. Ni les jappements des gardes-chiourme – Avancez bandes d'enculés ! –, ni le soleil qui frappe et les patrons qui gueulent encore On va les casser, ici c'est la France. Ni le vieil Hassan chancelant sous la lumière. Cinq heures durant et au gros de la chaleur, ils lui font charger les caisses dans les camions qui embarquent les melons – Ça va le calmer lui et son ramadan. Il finira bien par tomber… Et tu peux me croire que demain il bouffera ! L'homme tient bon. Il titube comme s'il était saoul, manque perdre l'équilibre parfois, il hésite et se redresse, empoigne une autre caisse. Les patrons rient. Salim, pétrifié, regarde son père. Hassan murmure dans un souffle :

La journée est bientôt finie. Va préparer la chorba, fils. Je ne serai pas long.

Rosalinde s'est endormie en retrait du chemin, entre deux rangées de vigne. Dans la terre fraîche et meuble, le sillon est un berceau. Roulée dans sa couverture, le corps en chien de fusil, elle rêve à une fête triste où elle boit trop. *Mais où est-elle. Il fait nuit et elle est seule. Des formes sont tassées dans l'ombre d'un hangar. Un homme très grand se lève. Il rit. C'est comme s'il pleurait. Des billes de verre glissent de ses poches, larmes rondes et parfaites, translucides, celles d'une enfance perdue qui se brisent en tombant. Les autres hommes redressent la tête. Il semble qu'ils vont pleurer à leur tour. Ils rient. Elle touche le front de l'homme penché sur les joyaux perdus que la terre a bu aussitôt.*

Les sarments de la vigne se tendent vers le ciel, ce cru tendre du feuillage sur les ceps rugueux. Rosalinde marche dans le matin, loin devant elle s'élève un clocher. Une voiture freine à ses côtés.

Vous allez loin ?

La femme a des cheveux grisonnants, noués à la va-vite en un vague chignon, des yeux cernés presque déteints. Montez… nous allons toutes les deux dans la même direction.

J'ai cru voir ma fille, enchaîne-t-elle quand Rosalinde prend place, le sac à dos jeté à ses pieds. Un instant j'ai pensé que c'était elle qui marchait sur la route.

Depuis trois ans sa fille a disparu au Liban. On l'a perdue, dit la femme. Je sais maintenant qu'elle ne reviendra pas. Mais vous êtes un peu elle aujourd'hui, ma fille saisonnière qui avançait, droite et légère comme un roseau… Tout est là en fait, continue-t-elle, le ton de sa voix devenu plus âpre, désignant la terre, les jeunes vignes sous le ciel, les champs blonds au loin piquetés de rouge, un sang de coquelicots – François d'Assise avait raison lui qui parlait de joie, qui la vivait, sa joie sous le ciel.

La femme la dépose aux premières maisons. Rosalinde boit un café dans l'unique bistrot. Devant elle, la route serpente jusqu'à disparaître entre les combes d'une montagne bleue, les crêtes des contreforts rocheux masquées par la brume. Elle empoigne son sac et se remet en marche. Sur le pas d'une porte, un homme lui donne une pêche et du pain.

La récolte du tilleul ne va pas tarder plus haut, vous devriez trouver de l'ouvrage, lui dit l'homme qui l'embarque à la sortie du village. Ici c'est fini depuis belle lurette. De toute façon, ici, à part la vigne…

La bétaillère tressaute et grince, d'âcres relents emplissent la cabine.

Vous pouvez ouvrir la fenêtre si l'odeur vous dérange.

Rosalinde ne répond pas. Elle respire les effluves de suint, de crottin, de lait peut-être, l'haleine aigrelette de la brebis. Son souffle chaud et saccadé lui effleure la nuque quand la bête agitée tape du pied dans son dos, parlant cette langue étrange, roulements de gorge hâchés, entrecoupés de bêlements brefs et inquiets, auxquels répondent parfois des vagissements faibles.

Elle a fait son agneau mais il est pas vaillant. On dirait qu'elle n'en veut pas. C'est tout juste si elle l'a un peu léché, et là il a froid et faim. Non, elle l'aime pas son agneau, faut dire que c'est son premier. Une anouge… La pauvre ne comprend pas ce qui lui arrive. Je les remonte à ma bergerie. Je vous laisserai à l'embranchement si ça vous va, à une trentaine de bornes d'ici, juste avant le bled.

La route monte et franchit les premières passes rocheuses, un hameau paraît. D'abord son clocher, il domine la vallée, et la statue d'une Vierge qui lui tend son enfant, à bout de bras. En dessous, le vide. La bétaillère poursuit sa route jusqu'à Pont-de-l'Aygues.

Elle a trouvé une place pour la cueillette. On lui donne une chambre à côté d'un hangar qui sent le ciment frais. Sous la fenêtre il y a l'Aygues qui coule. Ses patrons sont des gens simples et bons et toujours il faut manger. Des sardines à l'huile à dix heures, des tartines de pâté et de la confiture épaisse, des rayons de miel parce qu'ils ont des ruches. Un jeune gars silencieux ramasse avec elle. Jean. Il est beau comme l'ange d'une image d'Épinal.

On les paye à la tâche. C'est léger, des fleurs. Longues journées, chaleur sur la peau, les tilleuls bourdonnent des multitudes d'abeilles qui butinent. Les heures défilent, paisibles et lourdes. On ne les sent pas passer en haut de l'échelle, dans les cimes vrombissantes. Elle aperçoit le ciel au-travers des branches. Il se déploie jusqu'aux limites des crêtes que la chaleur trouble d'un halo diffus. Elle se dit, Oh, le ciel… et pousse un soupir de contentement. Jean la regarde. Ils se sourient. Ils s'offrent une cigarette parfois, des caramels achetés à l'épicerie du village, des cerises cueillies dans le verger voisin. La peau ferme et lisse résiste un instant avant de craquer doucement sous les dents. Le jus sucré et tiède emplit la bouche. C'est bon pour la soif. Transparence de l'été – cerises et carambars. Elle voudrait que ces journées passées dans les arbres polissent les angles de toutes choses, de ce qu'elle a connu et ce qu'elle a craint. Au loin un coq ne cesse d'appeler, on entend le premier grillon, le sanglot d'une tourterelle, le son de la source en contrebas…

La patronne a un tout petit enfant, cils et sourcils transparents, silencieux toujours dans son berceau sous les arbres. Étrange créature qui ne pleure ni ne crie, n'a pas faim, regarde seulement le monde en écarquillant des yeux très bleus, très ronds, et sourit d'un air inquiet et ravi. Quand c'est midi, la mère regagne la vieille ferme de pierre qui se dresse au milieu d'un pré, qu'elle traverse, poussant devant elle une brouette dans laquelle est posé le berceau. Une fillette gambade à ses côtés, cabri dansant à la voix claire. Au-dessus d'elles qui les entoure, le vaste cirque des montagnes.

On lui prête un vélo pour aller au village, une carcasse de fer rouillée et bringuebalante. Des saisonniers s'agitent à la terrasse des bars. Elle passe très vite, ils lui font peur. Elle s'enfuit pour retrouver sa chambre, l'odeur du ciment et le bruit de l'eau. C'est l'heure de la sieste. Elle s'est couchée. Le poids dans son ventre est parti. Ses seins sont tout petits à nouveau. Reste comme un grand vide. Les mauvais fruits tombent souvent avant d'avoir connu le feu du soleil. Mais ça elle le savait déjà.

Rosalinde s'est endormie. *Elle marche dans le désert, elle sait qu'elle est partie à la recherche de l'Essentiel, ce Graal mystérieux qu'il lui faut retrouver. Une chapelle se dresse au milieu des dunes. Elle franchit le porche de pierre. Dans l'ombre de la crypte des hommes sont vêtus de blanc. Ils chantent, solennels. Elle traverse la salle en tanguant. A-t-elle trop bu ou est-ce l'épuisement, son corps lui échappe et titube. Quelqu'un l'empoigne et la repousse jusqu'à la porte. Elle sort et se retrouve dans un algeco vide. Là, dans la pénombre, des oiseaux se cognent aux vitres sales. Elle s'approche gauchement, titubant toujours, voudrait les calmer, ouvrir les fenêtres ou briser les carreaux. Ils ont peur, ils se blessent davantage. Un cheval est étendu dans l'ombre, mort de soif, de faim peut-être aussi.*

Jean s'est couché à ses côtés. La rivière roucoule. Ils sont nus sur le couvre-lit rouge. Dans l'ombre de la pièce il murmure, Tu ne peux pas ?

Non je ne peux pas, elle répond à voix plus basse encore. Ça me fait juste mal. Je crois que je suis redevenue toute petite. Je suis désolée Jean.

Je veux pas que tu pleures. On s'en fout de ça. Je veux pas te faire mal. Jamais. Dors Rosalinde, je n'essaierai plus.

Elle se réveille. Jean n'est plus là. Il a laissé quelques cerises sur l'oreiller froissé. Les cigales vocifèrent. Une mouche s'agace contre le carreau. Rosalinde se lève, boit à même le pichet d'eau. Derrière la porte entrouverte, il y a la lumière de juin. Sa main se pose sur sa cuisse, la peau rendue plus lisse par le soleil et le vent. Ce corps alerte, presque osseux, l'été… une boule incandescente en elle, désir de bondir dans le feu du jour. La chaleur au-dehors, brûlante et lourde, bourdonne. Quelque part le village et les bars, des hommes, leurs regards. Mais ils ne l'auront pas, elle qui rase les murs, la blanche hermine au casque roux.

Juillet. La saison du tilleul s'achève. Un matin elle reprend son sac et quitte la montagne pour retrouver le plat pays. Du village elle n'aura pas connu grandchose. En plaine, elle va ramasser des fruits, travailler au calibrage, repeindre un hangar. Elle s'est acheté une tente, un gobelet d'aluminium qui rythme sa marche, et étanche sa soif. Rosalinde aime l'eau des sources. Un jour c'est l'automne. Les rangées de vigne s'étendent à perte de vue, en vagues régulières qui bientôt roussiront. Elle vendange. Un chien hurle au loin. Les hommes lèvent la tête par-dessus les règes. Leur regard s'est allumé. Rosalinde ne comprend pas.

C'est l'aboiement du chien qui fait face au sanglier, lui dit Fabrice, le jeune qui porte la hotte. Son souffle s'est fait plus rapide, on croirait que c'est lui qui affronte la bête.

Ils rentrent au soir. Les arbres défilent de chaque côté de la route. Les vendangeurs, assis à l'arrière de la camionnette, s'envoient des bourrades et rient très fort. L'un d'eux reste silencieux. Rosalinde sent à ses côtés l'odeur de l'homme qui a travaillé et qui a eu chaud, des relents d'humus, de sueur et de vigne. Le visage absent fixe le goulot d'une bouteille dépassant d'un panier d'osier. Il s'en empare. Les autres n'ont rien vu. L'homme renverse la tête. Les paupières mi-closes il boit éperdument, fourbu, exténué. Une défaite. Et elle qui pensait à la chaleur de ce corps, la réalité physique de son odeur, presque lancinante, et ce flamboyant désir qu'elle sentait grandir entre eux, jusqu'à devenir palpable. Sale désir, sournois, menteur, qui s'impose toujours, envahit, investit, serpent qui paralyse, jusqu'à sa chute qui vient toujours.

L'idiote.

On lui prête une maison le temps de la vendange. La cuisine est blanchie à la chaux. Entre les murs de briques de la chambre, le silence se fait écrasant quand vient la nuit. Couchée dans un lit aux draps blancs et froids, elle se parle à mi-voix. La fenêtre est ouverte, en face d'elle la lune éblouissante. Le son de sa voix l'effraye davantage. Le sommeil est long à venir, et quand il la prend enfin, c'est avec la peur qui déferle en elle. *Il faut fuir. Quelque part on la poursuit, avec des haches, des couteaux, des choses qui vous déchirent et vous broient.* Elle se réveille. Il fait nuit encore sur la campagne silencieuse. Elle quitte le sommeil très lentement. Elle rassemble ses os, sa tête, sa vie. Elle s'achemine vers le jour, elle est entière. Qu'elle ne meure pas tout de suite, s'il vous plaît le jour. Vivre encore un peu, oui.

Le ciel de novembre. Elle est sur terre, dehors. Son sac à dos bat dans ses reins au rythme du gobelet d'aluminium qui vient taper son flanc. Elle a repris la route qu'elle avait suivie il n'y a pas un an. La vigne venait d'être taillée, les doigts de ses cursons dénudés s'élevaient dans les airs, comme s'ils désignaient le ciel. La femme aux cheveux gris et à la fille perdue n'est pas passée, le petit bar est fermé, sa tonnelle de glycines a défeuillé. Personne ne lui a offert une pêche et du pain lorsqu'elle a traversé le village. Sur les collines arides, la roche calcaire est toujours recouverte de bosquets de genêts, desséchés à présent, et de cades qui semblent plus tourmentés que jamais. Le gel a roussi la végétation rase, cistes et affilantes dont il ne reste plus grand-chose. Une mauvaise bise souffle quand la camionnette la dépose devant l'ancienne usine à briques. Sa cheminée rouge s'élève entre deux grands cyprès, noirs dans le soir tombant. Au-dessus du bâtiment désaffecté des pigeons ont froid, immobiles et ramassés sur eux. Elle ne reconnaît pas les lieux, les abords de ce village où elle cueillait le tilleul il y a six mois. Elle fuyait les gens et les murs et n'a connu que le vieux mas dans la montagne, ses arbres odorants, et qui vrombissaient dans la mousse des fleurs jaune pâle, les cerises que Jean lui

31

offrait, et ses virées rapides sur un vélo rouillé qui ressemblaient à des déroutes lorsqu'elle longeait les bars, la faune agitée et troublante qui peuplait les terrasses.

Elle se risque à l'intérieur du bâtiment rouge, un entrepôt dont le toit n'est pas effondré encore. Un pigeon s'envole lourdement. Il fait sombre et humide entre les murs lépreux, tagués d'insultes et de sexes ouverts. Un volet branlant bat au vent et l'air s'engouffre par le carreau cassé. L'endroit a dû servir à d'autres : un matelas moisi traîne sur le béton encombré de gravats et de chiffons graisseux, des bouteilles vides, du verre brisé. La saleté et l'abandon du squat lui soulèvent le cœur. Elle ressort très vite. Des cannes de Provence font rideau tout au long des roubines. Leurs hampes desséchées tremblent dans l'air, retombant tristement. Elle se prend le pied dans les ronces, manque glisser dans le fossé détrempé. Elle se raccroche au tronc d'un jeune bouleau gris, bleuté dans l'ombre. Relevant la tête, elle voit la montagne qui l'encercle. Solaire en été, la voilà presque menaçante. À sa droite, le pic de l'Homme fou, déchiqueté et nu, juste avant le mont Saint-Auban. Puis une interminable barre rocheuse qui surplombe un plateau désert. Le plateau décrit une pente douce jusqu'à des roches longues et blêmes, au bout desquelles la chute brève d'un pierrier très noir. Plus bas la masse obscure d'une forêt.

Le pierrier lui donne un frisson, la sensation glacée d'un effondrement tragique. Elle rejoint la route. L'ombre gagne, elle semble ramper à sa gauche le long des collines jusqu'au ciel blafard, et plus bas, sur des restanques, terrasses labourées aux sillons gras et lourds, avant la chaume des maïs. Des buissons d'aulnes rouges délimitent un chemin étroit qui s'enfonce dans les terres. Devant elle un clocher. Pont-de-l'Aygues est écrit sur un panneau qu'elle reconnaît. Les premières maisons, serrées les unes contre les autres, font rempart. Les rues sont désertes. Elle pousse la porte d'un bar. Une fumée opaque la prend à la gorge. C'est donc là que sont les vivants. Le silence s'est fait un instant. Elle hésite, cernée par les regards, relève le front pour traverser la salle jusqu'à l'angle le plus obscur du comptoir, les joues en feu. Elle demande un café à une femme maigre et fatiguée. Derrière elle une grosse petite fille se traîne dans les mégots. Un gars décharné s'est approché presque à la toucher.

Salut, il dit à mi-voix, d'un ton saccadé, lançant des œillades furtives et féroces aux autres hommes du bar. Tu viens pour les olives ?

Oui.

Le regard est fiévreux – Moi c'est Jules. Je te le paye ton café. Si tu as besoin de crécher j'ai de la place.

Pour dormir ça ira. C'est du travail que je cherche.

Va voir Bonnafoux, il a pas tout son monde. La maison aux volets verts derrière l'église. Et souviens-toi que je peux t'héberger sans problème. Et le café je te le paye.

Merci Jules.

Elle sort. L'épicerie n'est pas loin. L'enseigne au néon ressemble à un bonbon dans la nuit, entre les deux façades obscures, trouées par la lumière douce d'une fenêtre. Dedans il doit faire bon. Elle achète des bougies, une boîte de cassoulet, des biscuits et du pain. Elle a repéré un cabanon en contrebas du chemin bordé de buissons flamboyants. Il y avait deux grands arbres dépouillés, une source entre des roches blanches, un plaqueminier.

Le froid la réveille. Sur le rebord de la fenêtre la branche du tilleul fait une ombre bleue, qui bouge. La pierre est gris pâle dans l'aube. Les kakis luisent dans la pénombre du champ, elle les voit depuis sa paillasse, les fruits de l'hiver comme des soleils givrés. Rosalinde se redresse, ramène à elle l'épaisse couverture de l'armée qui a glissé dans la nuit, s'en enveloppe, se lève. Elle rallume la bougie, attrape la bouteille d'eau, remplit la casserole de fer-blanc, la pose sur le camping-gaz. Un merle chante dans le tilleul. L'un des carreaux est cassé, les notes lui parviennent comme si elle était dans les bras de l'arbre, avec l'oiseau. Les crevasses aux jointures de ses doigts lui font mal, celles du pouce et de l'index saignent un peu, là où les tiges des olives ont creusé leurs sillons. Elle les porte à sa bouche, souffle dessus. L'eau bout. Lentement elle prépare sa besace, la thermos de café et les biscuits, la boîte de sardines. Elle serre entre ses mains le gobelet brûlant et fume en regardant le ciel pâlir. Le merle s'est tu et le vent se lève, un bruit de vague qui s'amplifie dans les arbres. Bientôt il arrivera en rafales dans le cabanon. Dehors ce sera pire. Elle s'habille chaudement, replie sa couverture et sort.

C'est le Pontias qui souffle, dit Bonnafoux quand il les embarque dans sa camionnette, Rosalinde et les deux gars qui attendaient au pont des Mensonges. L'un tout petit, silencieux, qui sent la sueur acide mêlée à des relents de vin. Le Parisien on l'appelle. L'autre est un grand gaillard du Nord, charpenté, avec un bonnet de laine à pompon vert pomme, enfoncé jusqu'à des yeux très bleus. Lui aussi est un taiseux. Le jour s'est levé, laiteux, la crête des montagnes s'illumine à l'est. Bonnafoux ne parle pas. Il conduit d'un air concentré, tourmenté. Grand ciel venteux, bouleversé au-dessus du pic de l'Homme fou. Il gèle jusqu'à onze heures dans la combe du verger où le soleil n'arrive que très tard. Rosalinde s'est découpé des mitaines dans de vieux gants. Mais quand la douleur de l'onglée redescend jusque dans son ventre, elle vomirait presque. Le Parisien fait du feu parfois. C'est pire après, lorsqu'il faut s'en éloigner pour retourner cueillir.

Le soir, elle s'arrête au bar. C'est le Parisien qui l'y guide. Là il fait chaud. Les premiers temps elle demandait un chocolat. Le Parisien buvait des ballons de rouge. Il parlait enfin, de peinture ou de religion, de littérature. Elle aimait l'écouter mais elle ne traînait pas. Le regard des hommes fixé sur eux l'oppressait. Elle ne boit plus de chocolat mais trois demis coup sur coup. Après cela va mieux et elle a moins peur. Les Portos la jaugent un moment. Un homme aux paupières longues et qui s'effilent en amande dans son visage d'Eurasien, cheveux lisses et très noirs, la fixe du bout du comptoir, paupières de plomb qui la mettent mal à l'aise, cette lourdeur chaude dans le ventre… Dans l'ombre, seule, une grande femme au visage austère de tragédienne antique observe de très loin et finit son verre.

Le Parisien boit sans discontinuer. Un gars au corps de faune, ou de chat sauvage peut-être, le Gitan, crie trop fort. Ses narines frémissent, sa mâchoire se durcit. Il part alors dans un rire dément, entre le sanglot de la hyène et le hennissement de l'étalon, la pupille devenue immense et folle. La grosse patronne lui dit de se calmer, autrement c'est la porte. Il s'écrase.

Les hommes la suivent des yeux quand elle se dirige vers la sortie et c'est comme une brûlure sur sa peau, un fil tendu d'eux à elle, une toile qui se tisse. Elle atteint la porte. Dans l'angle la bande des Portos. Leurs regards s'attardent un instant sur elle, puis ils l'oublient et s'animent à nouveau :

Trois francs le kilo d'olives, qu'ils nous donnent… Déjà à trois francs cinquante on s'en sortait pas ! Tu vas pas me dire…

Le Gitan s'est tu. Il ne peut détacher ses yeux de la silhouette qui franchit le seuil, le cuivre de ses cheveux qui se fond dans la nuit.

Foi de Manu, il murmure, un jour je t'aurai.

Tu ne peux pas les avoir toutes, dit la patronne.

Faut en laisser pour les autres, rajoute l'homme au regard étrange.

Elle a racheté un vieux Volkswagen à un couple de Hollandais, partis à l'aventure pour goûter l'herbe colombienne. Le combi est vert kaki, les ailes rongées par des plaques de rouille qui lentement font leur chemin sur la tôle. Il y a un lit, un réchaud, des casiers pour ranger ses quelques vêtements, une étagère sur laquelle elle a posé la boule d'or. Le soir elle fait valser les paillettes autour du minaret. Elle a garé le combi près de la rivière, à l'extrémité du terre-plein qui sert de parking les jours de marché, abrité du mistral contre le mur d'un bâtiment gris sale. C'est moins loin pour rejoindre le pont des Mensonges où Bonnafoux les embarque chaque matin. Deux fois par jour elle passe devant la ferme du vieux Maurin. Là, une grosse chienne, Nikita, terrorise un chiot malingre. Fou de peur, le chien court en tous sens au bout de sa chaîne, reste pris sous le tracteur, s'étrangle à moitié. Il faut tenter de le démêler alors, exsangue et gémissant, la queue coincée entre les pattes comme si elle s'y était soudée.

Elle fait chauffer de l'eau qu'elle a rapportée du lavoir. Elle se lave dans une bassine à la lueur de la bougie. La flamme tremble et fait briller le minaret. Elle prépare la soupe. Les bières et la chaleur du réchaud l'engourdissent. Ses muscles raidis, crispés par le froid du jour, se détendent enfin. C'est brûlant et doux ce corps qui s'oublie. La rivière chante dans la nuit. Rosalinde a éteint la bougie. Le son de l'eau entre dans ses rêves, une vague la traverse tout au long du sommeil. Elle s'y abandonne. Au matin elle se sent lavée, le cœur blanc, dirait Ahmed.

L'humidité suinte le long des parois, une vapeur blanche s'exhale de ses lèvres. Rosalinde s'est endormie, le corps ramassé sous l'amas de couvertures et de tous ses pulls qu'elle a étalés en couches successives. Dehors il gèle. *Ahmed l'appelle à voix très basse dans la bâtisse contre laquelle elle a garé le combi – l'algeco des ouvriers bien sûr. Il l'attend. Elle l'a retrouvé... Elle se couche sur lui. Ils s'embrassent. Bouches soudées l'une à l'autre, elle croit entendre les pleurs d'un nourrisson... ce long sanglot si elle écoute bien, il semble naître de leur baiser. Est-ce elle qui pleure, est-ce lui qui gémit.* Elle se réveille. La nuit est noire. Il doit être cinq heures. Le roucoulement glacé de la rivière. Les lamentations n'ont pas cessé. Bruits sourds, piétinements, cette plainte en arrière-fond, et des cris étouffés parfois, elle comprend alors que ce sont des bêtes qui gémissent et se pressent derrière les murs du bâtiment – l'abattoir de campagne où l'on égorge avant l'aube, lui dira-t-on plus tard. Au matin les plaintes se sont tues. Le duvet a pris l'eau sur les côtés. Elle s'extirpe difficilement de sa couchette, les pulls qu'elle avait entassés glissent sur le plancher boueux. Des chiens aboient. Elle s'habille à la va-vite, boit un café et sort. Le ciel est gris. Ce jour qui était triste hier, voilà qu'il est désespérant. Le chiot s'est terré dans un coin de la grange lorsqu'elle passe, cet air tremblant presque rampant. Et cela durera toujours ainsi. Jusqu'à ce qu'il finisse sous le tracteur ou que la vieille Nikita lui ouvre le ventre d'un coup de crocs.

Longues journées dans les arbres, parfois le ciel est éclatant. Lumière oblique de l'hiver, ce bleu glacé de l'air qui nimbe toutes choses, le son régulier et bref des olives tombant dans le panier d'osier… Les arbres ont un tronc sinueux et lisse, on dirait la peau d'un cheval, couleur isabelle. Les petites feuilles sèches tremblent au vent, Rosalinde respire et ferme les yeux. L'odeur des poireaux sauvages et des asparagus lui pique les narines. Les gars se taisent. Les caisses se remplissent. Les épaules tirent, les mains brûlent un peu. Il fait si beau. Mais certains jours il y a grand vent. Le pays entier s'éveille, ah cette course folle qui fait geindre et ployer les arbres, les oliviers en transe dans les bourrasques de mistral. Les gars ronchonnent ou jurent. Elle, elle sourit, que ce grand vent il l'emporte.

Un cabanon de pierre se dresse près de l'ancienne voie ferrée, désaffectée depuis longtemps. On dirait une maison de conte, étroite et haute. C'est là qu'habite le Parisien. Dehors, un terrain vague entouré d'un muret qui s'éboule. Rosalinde s'y risque un jour. Elle enjambe de vieux chiffons, un amoncellement de plastiques et de bouteilles vides, se blesse aux ronces qui ont poussé sur des carreaux cassés. Elle frappe à la porte. Bruits furtifs, hésitants, quand il se décide à ouvrir enfin le Parisien a perdu son arrogance. La bougie manque s'éteindre. Un matelas est posé à même le sol à côté d'une cheminée noircie. Deux hautes fenêtres aux vitres troubles se font face. Une armoire bancale, trois caisses de bois pour étagères, une table sur laquelle est posé un réchaud à gaz. Dans un coin, par terre, des tubes de peinture, pinceaux, et quelque chose qui ressemble à une vaste fresque, sauvage et maladroite. Il fait froid. On entend des chiens au-dehors, une chouette qui crie dans la nuit. Et la rivière, toujours. Le Parisien sourit, gêné, on dirait qu'il a peur.

Si j'avais su que tu allais passer, j'aurais ramené du bois pour le feu, dit-il.

Il sent toujours l'aigre, engoncé dans sa pèlerine kaki.

Je ne reste pas de toute façon. Je passais dire bonsoir.

J'aurais besoin d'aller à Saint-Martin, un travail, après les olives, des greffons de lavande à préparer, reprend-il alors en fixant le sol. Ça peut pas me faire de mal de changer d'air. Je me demandais si tu pouvais…

Tu veux que je t'y mène ? Demain soir ?

À Saint-Martin c'est trop tard. La place est réservée depuis trois jours. L'agriculteur les reçoit dans un vaste hangar encombré de semences et d'outils, que prolonge la bergerie. Un vent glacé les fait frissonner. Les bêtes bêlent. Un cabri s'est glissé entre les planches du cass. L'homme part à sa poursuite en maugréant. Le Parisien s'est baissé très vite. Il remplit de patates les poches de sa veste. Rosalinde a détourné la tête et recule. Lui si digne toujours. Quand il n'a pas bu. Peut-être sent-il le regard de Rosa qui tente de ne pas voir son geste.

Ils rentrent. La route est tortueuse. La roche noire à leur gauche, de l'autre côté le vide. Pas un ne parle. Le Parisien a comme une toux embarrassée. Il hésite, avant d'extirper trois pommes de terre de sa poche.

Au moins je ne serai pas venu pour rien, dit-il d'un air gêné, regarde… Ces petites-là sont mes préférées.

Tu aurais dû en prendre plus.

Tu crois ?

39

Le sommeil est long à venir. Ses pieds glacés ne se réchauffent pas. Elle écoute l'Aygues, longtemps, jusqu'à dormir et rêver. Une bétaillère a mangé le virage du pont des Mensonges. Elle s'écrase contre la rambarde. Rosalinde se réveille en suffoquant, l'eau coule toujours, elle retrouve son souffle, se laisse reprendre par le filet des rêves : *Le soleil la réchauffe, elle ramasse les olives à présent, seule, nue jusqu'à la taille. La douceur des rayons sur sa poitrine lisse… Elle ferme les yeux. Quand elle les rouvre des hommes ont surgi de partout. L'un d'eux lui tend un joint énorme qu'elle prend à pleine bouche.* Elle se réveille en sursaut encore. Les yeux grands ouverts dans la nuit du combi, elle voudrait un corps contre le sien, elle voudrait que ce soit l'été, robe de toile relevée, froissée autour de son torse nu, le souffle brûlant d'un homme dans son cou, il l'écraserait de tout son poids et sous lui elle suffoquerait, les grillons, l'odeur de la terre sèche, la douceur de l'air.

Le vent s'est levé. La neige est tombée il y a trois jours. Ensuite il a plu. La cueillette des olives n'a pas pu reprendre. Rosalinde a peur de l'eau qui semble dégorger des parois du combi comme d'une éponge. Soudain c'est trop. Elle sort, marche jusqu'au village, traverse la place, pousse la porte du bar du Commerce. Les Portos sont là. L'un d'eux tourne la tête, la fixe longuement, ne peut plus la lâcher des yeux. Le gars au bonnet vert boit un blanc au fond de la salle. À ses côtés, une créature. Le visage émacié d'un homme – d'un enfant ? – émerge d'un amas de vêtements, vestes enfilées les unes sur les autres, jusqu'à cette écharpe qui lui enserre le cou. Les yeux énigmatiques de l'homme aux paupières lourdes la suivent dans sa marche lorsqu'elle se dirige vers le comptoir, tête haute, mâchoire frémissante, le souffle un peu court. Elle ne regarde personne. Dans la vitre de la porte elle voit le reflet de ses cuisses longues et musclées qui semblent jaillir de ses bottes de travail. Belle fille peut-être… Une émotion l'étreint et l'oppresse, ce poids dans le ventre. Le bellâtre aux paupières magnétiques s'est approché. Le Portugais reprend une bière et la fixe encore d'un air pensif, presque douloureux, avant de la rejoindre au comptoir. Ses prunelles de caramel chaud derrière de petites lunettes, ses joues olivâtres qui rosissent sous leur hâle quand il parle.

Je t'offre la bière, il dit d'une voix chantante, rocailleuse.

Il tire sur sa cigarette, ose la regarder à nouveau :

Je t'avais prise pour un petit gars l'autre jour, quand t'attendais Bonnafoux au pont des Mensonges. Moi c'est Acacio. Acacio le libertaire.

Merci pour la bière. Je m'appelle Rosalinde.

Le Parisien est venu se caler à sa droite. Il reprend un ballon de rouge. Le Gitan pousse un glapissement strident – Ah ta gueule, dit l'homme aux longues paupières. La patronne a un rire de gorge qui fait tressauter sa lourde poitrine.

Reprends un verre, dit Acacio, je suis content de te parler enfin.

Des bières, il y en aura beaucoup d'autres. Rosalinde voudrait ne plus avoir à rentrer jamais dans le froid du fourgon, l'eau sur les murs, la bougie pour seule compagne. Le Gitan la serre de trop près, cette main qu'elle croit sentir frôler ses fesses parfois, et alors elle sursaute, fait un écart, pouliche rétive, jusqu'à n'y plus faire attention. Mais Acacio gronde, la patronne regarde Rosalinde d'un air étrange, suspicieux.

41

D'où tu viens ? demande Acacio. Je veux dire : d'où viens-tu vraiment ?

De Hambourg, elle répond, mais il y a très longtemps.

Paupières de Plomb l'observe, un demi-sourire sur ses lèvres immobiles. Elle quitte le bar très tard, se souvient d'une voix dans son dos.

À bientôt petite boche.

Les bords de la rivière sont déserts. L'ampoule nue d'un lampadaire éclaire le lavoir. Au fond, sous les saules et contre la bâtisse grise, le combi l'attend. Un bruit de pas : elle se retourne dans un sursaut. Un homme la suit, il marche vers elle d'un pas souple légèrement balancé.

Tu me bottes, il dit, tu le sais que tu es belle ? Allumeuse et sauvage à la fois, un semblant candide... Il cligne des paupières en disant cela.

Elle le dévisage un instant. L'homme n'a pas l'air méchant. Elle n'aura pas besoin de sortir les poings ni les griffes.

Je suis pas une allumeuse, elle dit. Je travaille ici c'est tout.

Moi je suis du village, il répond, pour une nana faut avoir des couilles, rester ici l'hiver... À moins que tu cherches les hommes.

J'ai pas de couilles et je cherche pas les hommes, j'en ai un quelque part et il me suffit.

Te fâche pas mais fais gaffe à ton cul quand même.

Merci mon cul il est à moi et s'il faut se défendre je sais le faire toute seule.

Elle est rentrée au camion, s'est blottie tout habillée dans ses couvertures. L'ombre de la bougie palpite sur le mur comme un animal, peut-être une chauve-souris. De dehors cela doit ressembler aux battements d'un cœur. Mais elle va s'endormir, elle ne pense plus Rosalinde. Deux coups frappés contre sa porte, hésitants, elle sursaute et se redresse. Une voix faible, suppliante – Ouvre-moi, s'il te plaît, je dois te parler. Elle a ouvert. Le froid s'est engouffré, la flamme sur le mur a eu comme un sursaut, une convulsion. Elle manque s'éteindre.

Qui es-tu ? demande Rosa à la créature du bar, le presque enfant transi empaqueté de nippes, regard dévorant dans un visage émacié. Qu'est-ce que tu me veux ? Rentre chez toi s'il te plaît, la bougie va s'éteindre et moi j'ai froid.

Deux jours plus tard il revient. Cette fois elle le laisse entrer, il éclate en sanglots.

Je t'aime, il dit entre deux hoquets, je t'aime depuis toujours, depuis ma naissance et même avant j'en suis sûr.

Assieds-toi, elle dit, sur le lit oui, je te ferai rien.

Il s'essuie le visage dans le pan noirci de l'une de ses vestes.

T'as froid. Tu veux un café ?

Non.

Qui tu es ?

On m'appelle Delaroche.

Mais ton vrai nom ?

Mon vrai nom j'ai dû le perdre. Est-ce que j'en ai jamais eu un d'ailleurs… J'habite plus haut dans la montagne chez un pélot qui m'a refilé un cabanon. J'ai l'eau, l'électricité. C'est un peu une vraie maison. En échange je travaille pour lui.

Et avant ?

Avant je vivais dans une grotte. Trois ans. C'est le vieux qui est venu m'en sortir. Moi, j'avais pas envie.

Je voulais rester seul. Il a insisté. Je regrette pas, j'suis bien, je suis presque chez moi. J'ai même un potager.

C'est bien, une grotte. Mais avant ?

Avant j'sais plus. J'étais ailleurs. J'ai pas connu mes parents. Je ne sais pas d'où je viens. Mais toi je t'ai reconnue, je t'attendais.

Ah, dit Rosalinde. Moi je ne t'ai pas reconnu – elle voudrait bien lui dire, Et je t'attendais pas.

Les autres sont juste après ton cul. Pardon… ton corps.

Faudrait que tu rentres chez toi Delaroche. On ramasse demain.

Je peux pas rentrer sans toi.

Pourtant il le faudra bien. Sûrement que tu habites loin.

Une bonne heure de marche.

Je t'accompagne à la sortie du village si tu veux, jusqu'au crucifix.

Ils ont rejoint le pont des Mensonges. Deux bars sont encore ouverts sur la grand-place. Delaroche s'est arrêté, il agrippe Rosalinde, la serre désespérément dans ses bras maigres et durs. Elle sent les muscles noueux sous l'épaisseur des vêtements. Il s'est remis à pleurer. Pleure pas, dit Rosalinde en essuyant son visage sous les grands platanes de la place déserte. Elle repart, il la suit, titubant et en larmes. La Croisée des Chemins. Un dernier lampadaire éclaire le christ de pierre. La nuit semble plus sombre autour, le ciel sur lequel se déchirent les nuages plus profond, et plus terrible cette route pâle qui s'enfonce dans l'obscurité de la montagne.

Je ne vais pas plus loin, dit Rosalinde.

Mais qu'est-ce que je vais devenir… murmure Delaroche avec un étonnement pensif. Je finirai bien par en crever, il dit encore d'une voix douce. J'ai peur

Rosalinde, peur de mourir sans avoir jamais été aimé, parce qu'alors je serai seul pour l'éternité.

Rosalinde le pousse doucement. Faut que tu y ailles Delaroche. Il se raccroche à elle.

Envoie-moi une gifle, fais quelque chose toi, je ne sais pas… N'importe quoi mais fais quelque chose. S'il te plaît.

Les vergers d'oliviers sont enfin ramassés. Bonnafoux leur a offert un verre le soir où ils ont bouclé. Il voulait les garder pour manger. Sa femme avait arrangé la table. Des tartines de pâté, du jambon fumé, elle avait tout préparé et les attendait. Ils ont préféré rentrer, le Parisien sentant soudain l'odeur acide de son corps, Bonnet Vert qui bégayait, Rosalinde muette. Quand Bonnafoux les a déposés au pont des Mensonges, ils ont attendu que la camionnette disparaisse pour traverser la grand-place et entrer au bar du Commerce.

Le mécanicien la regarde étrangement lorsqu'elle longe le garage après ses courses quotidiennes, dans sa besace des chandelles, quelques conserves, du pain. Elle a peur soudain de son propre corps, du désir des hommes qui s'y accroche chaque jour davantage. Elle relève la tête et marche plus vite.

Ce soir le bar d'En Haut est plein, un match du Benfica contre Marseille. Au comptoir, le Parisien et Delaroche boivent mauresques sur pastis. Le mécano un peu plus loin. Et le père du Gitan. Paupières de Plomb joue au billard dans l'arrière-salle. Des gars. Lucia la louve noire. Les Portos suivent le match furieusement. Le Benfica est en train de perdre. Des protestations s'élèvent – Coup franc ? Comment ça coup franc, c'est quoi cet arbitre à la con ? Acacio est celui qui crie le plus fort, il brandit le poing et insulte l'arbitre. Du calme, fait le patron, ou alors j'éteins le poste… Acacio la ferme, regard sombre, sa bouche se resserre dans un pli mauvais. Il aperçoit Rosalinde qui vient d'entrer par la porte de derrière. Elle se fait une place au comptoir, entre Delaroche et le Parisien. Le patron lui sert un demi. Le mécano s'est approché, tente de s'immiscer entre Rosalinde et le Parisien qui se colle davantage à elle. Dans son dos, le père du Gitan. Il pose une main dans son cou, elle s'énerve et se dégage.

Ils n'en veulent qu'à ton trou, murmure le Parisien d'une voix pâteuse. Veulent tous te tirer.

Le Benfica a définitivement perdu. Acacio se lève, il se dirige vers le comptoir d'un pas mal assuré, attrape Rosa par le bras – T'es encore avec des mecs qui te collent, viens avec moi, on change de taverne. Elle le repousse, Acacio s'énerve, Delaroche se tait, le mécano ricane, Paupières de Plomb depuis son billard lui lance un regard trouble.

Tu veux vraiment te la faire, dit le Parisien à Acacio.

Je te paye un verre, Acacio, dit Rosalinde.

Ne me dis rien baby, je suis malheureux, on a perdu.

Rosalinde s'esquive à l'autre bout du bar, près de Lucia imperturbable.

Je t'offre une bière, dit celle-ci sans sourire. Ça te fera des vacances.

Le bar a fermé. Acacio est parti devant, furieux. Avec lui le père du Gitan, Paupières de plomb, le Parisien, Delaroche en retrait. Elle a couru derrière eux dans la ruelle étroite. Elle ralentit en débouchant sur la grand-place. Plus lentement elle suit ses hommes à distance, tête basse, comme en attente de quelque chose.

De quoi ? Delaroche s'est immobilisé. Quand elle le rejoint, il saisit sa main.

Mais fous-moi la paix Delaroche ! dit-elle dans un gémissement.

Tu n'es qu'une égoïste… C'est donc ça. Tu veux que je meure.

Rosalinde s'est jetée sur lui, il s'accroche à elle, furieusement, des gifles désordonnées pleuvent. Tous deux se battent comme des chiots. Les hommes se sont retournés, elle roule à terre, au-dessus d'elle l'ombre des platanes, énorme. Les hommes la regardent étrangement. L'effroi la saisit. Il ne faut jamais tomber, elle pense en se relevant très vite, c'est comme avec les loups, il ne faut pas tomber ou ils vous sautent à la gorge. Le chant glacé et mélodieux de la rivière, sa peur, le poids terrible d'une attente folle entre les remparts des montagnes qui la cernent, mais quelle attente cette épée qu'elle pressent toujours, suspendue dans la nuit des arbres qui l'écrase – sur son cœur blanc, sa tête rousse de gibier des bois. Oh que tout éclate enfin pour que tout s'arrête. Oui, que tout s'arrête.

Acacio lit le journal dans l'arrière-salle du bar, le front obstinément baissé. Derrière la vitre, la lueur morne d'un ciel éteint par la pluie. Le courant d'air froid lui fait relever la tête. Rosalinde est entrée le front ruisselant, pommettes rouge pivoine. Oh baby, viens prendre un café ! T'as l'air de courir encore…

Il revient d'un week-end de cuite Acacio, largué dans la campagne et la nuit noire le premier soir, à huit bornes de Montjustin, saoul comme un âne. Il a rejoint la petite ville à pied, dormi dans une encoignure de porte, s'est réveillé à moitié mort de froid. Il est reparti au matin laissant derrière lui un amoncellement de cartons sous le porche, un tas de mégots et de canettes vides. À Saint-Christ, le village voisin, il a rencontré un ami au bistrot. Ils ont bu ensemble. Et à nouveau au Bousquet. Puis encore aux Jasses jusqu'à retrouver son cabanon glacé où il s'est écroulé sur sa paillasse. Bien sûr il n'avait pas pensé à l'eau ni au bois : l'âtre est resté sans vie et Acacio a eu très soif.

C'est fatigant, il dit d'un air sombre, j'ai dû marcher trente bornes ce week-end. Je souhaite ça à personne. Mais toi Rosa, où tu allais comme ça ?

On m'a confié un petit verger. Le Belge qui a la terre du dessus, après les moraines noires, tu vois laquelle ? Faut que je taille ses oliviers.

Tu sais faire ?

Le vieux Martial m'a montré. Je l'ai aidé avec ses arbres pendant une semaine.

Tu as de la chance. Toujours t'as du travail toi.

Parce que je vais bosser. Avec lui je ne gagnais souvent que trente francs par jour. Et pour me faire payer il a fallu insister. Il me coince dans les escaliers et essaye de me tripoter.

Acacio se rembrunit – Faut toujours que tu fasses n'importe quoi Rosalinde. Et le Belge, j'espère qu'il ne veut pas te toucher celui-là ?

Quand il essaye je me défends.

Acacio est furieux – Oh baby… Dis au fait, t'aurais pas cinquante balles à me prêter ? Je suis cassé.

Encore ? Acacio !

Merci Rosa, je te les rendrai cette fois.

Je suis contente en tout cas que tu ne sois pas mort de froid dans tes cartons.

Vraiment ?

Oui, vraiment Acacio.

La pluie cesse le lendemain. Acacio accompagne Rosa à son verger. L'après-midi est douce, les rayons du soleil presque chauds. Des étourneaux dans les arbres cherchent les olives oubliées. Rosalinde remarque les très longs cils d'Acacio, le rose à ses joues. Il avance la main vers ses cheveux, touche ses lèvres. Rosalinde ferme les yeux, sa poitrine s'élève et s'abaisse très vite, sa bouche entrouverte suit le doux manège d'Acacio.

Ce n'est pas possible, dis-moi que ce n'est pas vrai… C'est insupportable… Oh ma petite… Oh ma grande. Tu me fais plus d'effet qu'aucun acide que j'aie jamais pris. Je suis tellement heureux… oh Rosalinde.

Tu le sais que je repartirai ?

Non tu repartiras pas. Tu restes avec moi.

Je partirai Acacio.

Tu vas pas recommencer. Bois un coup plutôt.

On a froid Acacio, et le vin est glacé.

Alors Acacio chante. Ils sont assis sur le premier banc de la promenade. L'Aygues accompagne Acacio dans son chant. C'est une complainte qui parle de quête et de rêve. Il a acheté un cubi de vin, dix litres de piquette à un paysan qui le fait lui-même. Au début ça râpe mais après c'est bon. Rosalinde boit et frissonne. L'odeur d'Acacio lui parvient, effluves de tabac, de fruits rouges, et ceux plus poignants de sa peau.

Au cabanon, Acacio fait réchauffer des spaghettis sur le camping-gaz. Il lui sert des olives qu'il a préparées lui-même – à la portugaise, avec des rondelles d'orange. Il fait un feu. La pièce est sale, un poids de tristesse soudain étreint Rosalinde. À travers le carreau sale, on voit la lune, très belle. Sur la table il reste du vin dans un bol, les mégots ont débordé des cendriers. Le lit – une paillasse – est défait.

Je vais repartir Acacio.

Il touche son visage, presque timidement. Sa main glisse jusqu'à ses cheveux, dans sa nuque. Alors Rosalinde ne peut plus qu'obéir au lent ballet de ses doigts.

Au réveil le soleil traverse les carreaux troubles. Rosalinde regarde Acacio en souriant, une ogresse de vie peut-être.

Ne me regarde pas comme ça, tu me fais peur.

Et Acacio cache son visage.

Rosalinde aime les fruits orangés de l'hiver, translucides, gorgés de suc, qui font ployer les branches nues du plaqueminier. L'arbre d'un dessin d'enfant qui porte en lui un mystère. Cette texture fondante, sirupeuse, écœurante parfois, quelque chose qui aurait le goût du tabou, l'interdit peut-être. Et quand Paupières de Plomb laisse peser son regard dans sa nuque, qu'il l'attarde sur ses reins, elle sent dans son ventre la même douceur trouble que distillent en elle les fruits givrés, ce même désir de saisir le fruit pour le porter à sa bouche, sentir sous ses lèvres cette saveur étrange et suave, inquiétante.

Mords-moi ! elle halète doucement, sur son front moite une mèche cuivrée est restée collée. L'homme au-dessus d'elle, ce rire bas, le regard fendu qui la crucifie d'un brûlant désir. Elle le supplie. Il bouge à peine, impitoyable.

Tu me mordras ?

Si tu es gentille…

Quelqu'un est entré dans le combi, son linge traînait sur le plancher sale. Ses culottes, ses vieux tee-shirts, tout avait été retourné, jeté par terre, le placard éventré, un mégot écrasé sur la tablette de bois. Il y avait un gant de cuir noir posé sur la couchette, comme une serre ouverte qui lui a rappelé quelqu'un. L'angoisse, une couleuvre qui lui mord le ventre. Elle court jusqu'au village. Elle pousse la porte du bar d'En Haut, reste figée sur le seuil, fait le tour de la salle du regard. Sa haine pour la petite patronne et sa chiarde, les deux vieux au comptoir, le Parisien qui boit à l'écart, son odeur de sueur rance, le Gitan et son rire de chacal, un glapissement lugubre, Paupières de Plomb qui a détourné la tête et même Acacio qui emmerde tout le monde avec son harmonica. Elle marche vers le comptoir, demande un demi d'une voix étranglée, le boit cul sec. Ça va mieux. Un vieux lui offre un verre. Elle reprend son souffle et accepte. Elle s'écarte quand il pose une main tiède dans son cou, presque elle mordrait. Ne me touche pas ! Paupières de Plomb tourne les yeux vers elle. Acacio pose son harmonica et la fixe intensément. Le Parisien se rapproche. Le Gitan s'allume. Delaroche pousse la porte du bar, les joues bleuies par le froid du dehors. Rosalinde devrait partir, elle le sait mais n'en a plus envie. La bière lui fait tant de bien. Et il faut qu'elle sache d'où vient le gant noir, il faut qu'elle leur dise… Elle commande un autre demi. Le Parisien marmonne. Sa violence éclate sans qu'elle comprenne. Il se jette sur elle et l'agrippe, la main sur son sexe il bredouille :

Je t'enfile ! Je te tire… Tous ces mecs ils en ont qu'à ton trou.

Elle s'écarte – T'es bourré, fous-moi la paix, je peux être méchante.

Le Gitan ricane, elle sent sa main ramper sur ses cuisses, se retourne et il est déjà loin, chat sauvage qui a bondi. Paupières de Plomb sourit, calé à l'angle du comptoir, Acacio à ses côtés.

Tu les allumes tous Rosalinde, tu me bottes mais je te déteste.

Quelqu'un a saccagé mon camion.

J'peux pas t'oublier Rosa, tu me voles mon cœur et tu marches dessus.

J'ai peur Acacio. J'ai peur du bled.

J'peux rien faire pour toi Rosa, j'ai bien assez avec ma peur à moi.

Delaroche la regarde misérablement derrière son pastis et n'ose l'approcher.

Quand elle quitte le bar tout tangue. Acacio la suit. Elle court, il la rattrape dans la rue basse. T'es conne, il crie, t'es méchante et même pas belle !… Il l'entraîne dans une ruelle obscure, un cul-de-sac, et la plaque contre le mur.

Pourquoi tu veux plus de moi ? J'ai besoin de toi Rosalinde. Je sais que tu t'en fous mais je t'aime un petit peu. Non, j'te déteste, j'ai pas de cœur moi, j'en n'ai jamais eu… Tu me fais mal à l'âme.

Il agrippe sa tête, les cheveux de cuivre, et Rosa qui lui résiste, pense que c'est presque bon ces bras, cette lutte, Acacio vivant qui se révolte enfin. Et tout s'enchevêtre.

Tu le sais que tu es à moi ? dit-il en serrant les dents, la voix étouffée de rage, et comme un sanglot qui obstrue sa gorge. Elle a fermé les yeux. Elle se laisse secouer. Il reprend comme fou – Mais réponds-moi au moins nom de Dieu… regarde-moi Rosalinde !

C'est pas moi qui suis venue te chercher. J'ai rien demandé à personne Acacio. Moi je veux travailler et continuer ma route.

Pourquoi faut-il qu'il y ait toujours ces mecs autour de toi.

J'ai rien fait.

Justement, tu ne fais rien, ni pour moi, ni pour aucun d'entre nous. Tu t'en fous.

Oui je m'en fous, de vous tous, et laisse-moi partir. D'ailleurs je suis saoule Acacio et demain on travaille, il faut rentrer.

Dis pas ces mots, tu m'excites. Il glisse sa main sous la couche de pulls, elle se débat, puis elle abandonne, la tête renversée vers ce pan de ciel étroit, une percée de nuit très haut entre les murs. Une étoile scintille dans le noir glacé. Deux gendarmes surgissent de l'ombre – Papiers ! Acacio s'écrase et ça met fin à la séance.

Elle est rentrée saoule. Le saccage du combi lorsqu'elle ouvre la porte la stupéfie. Elle l'avait oublié. Le gant est toujours là, posé sur le lit comme en évidence. Rosalinde pousse un cri de bête, désespéré, haineux, l'attrape et le mord. Elle voudrait le déchiqueter mais l'odeur écœurante du cuir graisseux, un goût de gasoil et de terre pourrie lui donnent la nausée, une convulsion de toutes ses tripes, la bière remonte d'un coup, elle n'a pas le temps de sortir que le plancher est souillé. Elle lance le gant au-dehors, manque perdre l'équilibre, se rattrape à l'étagère, la boule de verre tombe, celle venue de très loin, d'un oued et d'un passé qui ne reviendra pas. Elle éclate en touchant le sol, le petit minaret doré baigne dans son vomi. Agenouillée, elle pleure et n'ose y toucher. La boule aux paillettes d'or, le cœur blanc… C'était elle le cœur blanc.

Rosalinde s'est couchée. L'Aygues chante au-dehors de sa voix limpide. Je devrais partir elle pense, le désir nous rendra fous, déjà nous le sommes tous. J'ai peur de ce pays, il fait si froid, j'ai trop bu et j'ai été malade. Je devrais partir. Je te tire a dit le Parisien, je t'enfile, tous ces mecs au comptoir ils n'en veulent qu'à ton trou. Et Acacio qui s'énervait et le Gitan qui ricanait, sa main sur mon cul mais je m'en souviens même plus. Paupières de Plomb qui matait, comme du rire dans ses yeux, et la patronne toute desséchée du dedans avec son regard pointu, méchant, et sa chiarde qui devrait être couchée et qui braillait encore, moche comme un pou son trésor, elle a oublié de la noyer à la naissance la vilaine chose qu'elle a pondue et dont elle est fière comme une poule de son œuf, sauf que les poules, elles, sont gentilles. Je devrais partir mais je partirai pas. J'ai le droit d'être là, j'ai mal au ventre, ce goût de bile dans la bouche la gorge et le nez qui me brûle. Paupières de Plomb j'le tuerai, j'étais toute nue avec lui et il m'a même pas mordue il a joué avec mon ventre j'les tuerai tous j'ai pas peur. Et demain je mets de l'ordre je nettoie tout j'irai plus au bar, je finis les olives chez le vieux Martial et après, planter la lavande on me dit, et j'aurai trois sous et je me casse d'ici. Et La Mecque je vais la laver demain, je la mettrai dans la boîte d'allumettes où je range mes sous. Et je la garderai toujours. Rosalinde s'endort. Le roulement de la rivière l'emporte très loin dans la nuit. L'image du gant noir réapparaît soudain, comme surgie des brumes. C'est celui du Gitan.

Février. C'est la fête à Saint-Martin. On a dressé un grand bûcher pour immoler Carmentra, le pantin de mardi gras. Des saisonniers y ont emmené Rosalinde. Ils plantent ensemble les lavandes depuis dix jours. Carmentra a fini de brûler. Les gens ont bu et mangé des saucisses. Rosalinde pleure près du feu, sur les braises rougeoyantes du pantin sacrifié. Elle voudrait rentrer. Elle fixe les braises. Elle se lève. Il fait noir et froid. Derrière elle le petit chien tremblant qu'elle a sauvé des crocs de Nikita. Ou des roues du tracteur. Il marche bravement derrière elle, ses oreilles cassées qu'il rabat loin en arrière au moindre bruit dans les fourrés. Tous deux s'enfoncent dans la nuit.

Quelquefois l'âme est fatiguée. On sent ses soubre-
sauts inquiets, furieux, comme un tourment qui s'exas-
père, une agonie secrète qui vous étonne et vous déchire.
Vous prend le désir d'autre chose, des goûts de départ
absolu, de fuite qui sait, d'océan peut-être. Je soupire
seulement. Assise dans l'ombre du bar je caresse mes
mains longuement, mes mains… deux bêtes fidèles que
j'ai tant meurtries dans la terre et les ronces. Je me
rappelle qu'il faudrait être patiente, limpide jusqu'à
la clarté du miroir. Je pense à Thomas et son visage
tendre, ce regard triste d'adolescent trompé, cet air de
dérive douce lorsqu'il a bu éperdument encore, qu'il
va tomber, qu'il tombe et se défait sans bruit. Le vent,
si seulement le vent se levait, qu'il nous fasse un peu
peur, qu'il nous réveille enfin de notre mort docile, qu'il
nous délivre, et qu'il m'emporte, oui, qu'il m'arrache.

Je m'appelle Mounia. J'ai vingt-six ans. Je suis arrivée dans ce bled niché dans la montagne à la fin de
l'automne, après la récolte des pommes dans les Alpes.
Il y avait un cabanon à l'entrée du village, en retrait
de la route, au milieu d'un champ. Un gros tilleul le
cachait en partie. On m'a dit qu'il appartenait à Olivier,
un jeune agriculteur qui m'a embauchée juste après. Il

56

m'a laissée m'y arrêter. J'y suis toujours. La stridulation des criquets est devenue dès le printemps la respiration de mes nuits. J'ai rejointé quelques pierres de l'âtre qui s'effondrait, récupéré une paillasse qui partait aux poubelles, acheté un camping-gaz. Un figuier sent bon et me fait de l'ombre. Il y a une source à côté. Et un plaqueminier pour les fruits de l'hiver. Quand je m'assieds sur les pierres blanches du ruisseau, je vois la montagne en face et un pic tourmenté – c'est la tête de l'Homme fou. Beaucoup plus bas, le plateau des Loups qui se finit par un méchant pierrier. Il me donne le frisson sans que je sache pourquoi. En contrebas encore, la forêt domaniale de la Blanche. J'ai suivi la lenteur de l'hiver depuis ma source, l'ombre décroissante du pierrier au fur et à mesure que le printemps venait. Aujourd'hui l'été arrive. Je le sais parce que les cigales sont sorties de terre.

J'allais me laver à la rivière, je longeais le maquis embroussaillé que borde la route – le bois de la Destrousse. Onze heures du matin et il faisait déjà très chaud sous les arbres, des chênes verts et des genévriers à l'odeur âcre et enivrante d'encens des forêts. J'ai baissé les yeux, ma sandale se détachait et alors je les ai vus. La terre bougeait, un infime tressaillement, de partout surgissaient des créatures gauches et rampantes. Elles sortaient de trous noirs qui paraissaient très profonds. La terre accouchait des cigales… Des larves étranges et maladroites tentaient de se dégager d'une gangue qui les emprisonnait. Cela semblait très difficile et long – un corps bombé s'extirpait d'une coque brune, leurs yeux écarquillés étaient d'un gris laiteux, ce regard un peu glauque comme ont les nouveau-nés. Elles étaient vert émeraude les cigales quand elles se retrouvaient nues. Le sol en était constellé. Aussitôt elles tentaient de monter sur des brins d'herbe sèche qui ployaient, des troncs d'arbres, monter toujours plus haut, se tortillant encore pour libérer leurs ailes et prendre leur envol. Cela m'a rappelé quelque chose de très important, une vérité que je n'ai pas su définir, mais j'ai pensé aux saisonniers qui débarquaient au village, de jour en jour plus nombreux, comme un peuple de l'ombre qui cherche la lumière. J'ai su que l'été arrivait vraiment, que l'été était là. En début d'après-midi quand je suis repassée, la lumière brillait de tous ces vols. L'air en était irisé. Sur les troncs des ifs les cigales grouillaient.

L'été est là. Qui brûle mon cœur. Qui me lacère de partout avec ses langues de feu. Le travail m'a rendue brune et maigre. Thomas rit – Toi Mounia ? Toi si blanche, toi plus blanche que blanche quand c'était l'hiver… Je cours dans les vergers de cerisiers. Les arbres sont lourds de fruits. Je me démène jusqu'au vertige. Les autres sont fatigués, les autres se plaignent, gémissent. Les autres soupirent. Moi non. Moi presque jamais. Le soleil est si bon pour moi. L'été brûle mes yeux. Me rend triste. Ce serait à en mourir de peine. À l'heure de la pause je marche dans les rues. Le ciel est fou de lumière. Mais ce n'est pas pour nous. Nous on est bons qu'à travailler et errer dans les rues, et boire dans les bistrots. Un désespoir passionné me saisit me brasse et me chavire. Je me sens naufragée dans la fournaise de l'été. Elle m'engloutit. Je ne suis plus rien. Je cherche Thomas. Je rejoins la grand-place et le trouve en terrasse, sous l'ombre des glycines et de la vigne vierge. Son verre de bière est empli de paillettes, recouvert d'une buée glacée tellement il fait chaud. La trace de ses lèvres y a laissé de fines nervures. Il a les yeux brillants Thomas. Je prends une chaise. Un instant il me sourit. Je ne dis rien et pose ma main sur son avant-bras. Il fume encore et encore. Et puis il tousse jusqu'à perdre souffle. Je regarde ailleurs. J'essaye de ne pas écouter. Mais j'entends quand même, les autres qui plaisantent – Crache pas tes poumons sur la table Thomas, c'est pas l'heure de crever, on a besoin de toi dans les cerisiers. Fume connard, il répond entre deux quintes avec son air comme lourd de rancune. Je pense à ce qu'ils disent alors, cette horreur de toux, à cette putain de vie. Mon âme est toute chiffonnée. Mais c'est l'été, le bel été et bientôt on retourne au soleil, jusqu'à la nuit.

Thomas est si doux dans mes bras. Quelquefois on est saouls ensemble. On oscille au comptoir, on fume et on s'amuse et toutes nos thunes y passent. Thomas est hors d'haleine, il court des uns aux autres. Ça braille, ça rit, ça gueule… On ne s'entend plus. Chacun remet sa tournée. Je regarde. Tous ont l'œil vague ou trop brillant, les voix deviennent traînantes ou bien elles s'accélèrent. José parle de Dieu, Maurice de cul, Djamel s'énerve, Lazare se fait payer à boire, Mimi drague, Jules ressasse, Lionel s'écroule dans un coin, les chiens courent entre nos jambes. Quelquefois ils se battent, alors tout le monde s'affole. La patronne est toujours très belle dans ses robes à volants. La patronne c'est Yolande. Ses cheveux blonds décolorés brillent de mille feux. Elle va d'un bout à l'autre du comptoir dans un froufrou de fausse dentelle, sa grosse poitrine pigeonne au-dessus d'un corsage à strass. Son parfum me donne un peu mal à la tête. C'est bon quand même. Des heures durant elle nous ressert sans broncher. Quelquefois pourtant je surprends son regard inquiet, fatigué, excédé peut-être. J'ai honte alors de boire encore quand il est si tard et que sans doute elle voudrait dormir. Un bras se pose sur mes épaules, une voix que je reconnais avant qu'il m'ait parlé – Moune ?

Thomas… je dis à mi-voix.

T'occupe pas de moi, il répond.

Je me retourne. Il m'embrasse. Je ris. La patronne a remis sa tournée. Thomas s'est à nouveau fondu dans la mêlée. Nous quittons le bar quand ça ferme. Il est très tard. La nuit est douce et presque fraîche, l'air si pur pour nos gorges râpeuses. Thomas s'étonne qu'il nous faille rentrer. Déjà ? il dit. Je me serre contre lui. Il tousse. Ma main s'accroche à sa hanche maigre, cet os saillant est mon amarre à travers l'étoffe rugueuse du jean.

Mais le plus beau c'est lorsqu'il y a bal. On boit en terrasse jusqu'à plus soif. Un groupe joue sous les platanes de la grand-place. Très vite je n'y tiens plus. Je délace mes sandales, d'un bond j'ai traversé la rue, je me mêle aux autres. Pieds nus je danse. Je bois des goulées de ciel à travers la cime des arbres. L'air sent bon, je suis si jeune, si souple… Des gars du village me bousculent, bouteille de Jenlain dans une main, un pétard dans l'autre. Ils sont chez eux et ils le savent. Nous nous côtoyons poliment. Leur terre. Leur sale bled. Nous sommes les saisonniers pourris. Mais c'est l'été… Je danse jusqu'à n'en plus pouvoir sur les notes d'un mauvais disco, je danse et je vacille, je chavire dans le ciel. Quand je retourne en terrasse, les joues en feu, tignasse folle, des cheveux plaqués à mon front humide, Thomas boit toujours. Sourcils froncés il s'échauffe avec les Portos. Je pose la main sur son bras, à peine je l'effleure. Viens Thomas, je murmure, mais il ne m'entend pas. Plus tard il me rejoint, nous chancelons ensemble. Les gens nous poussent et nous les laissons faire. Quand la musique s'interrompt, le chant flûté des crapauds nous parvient de derrière la digue. Dans ses bras je tombe. Je ferme les yeux contre sa poitrine qui sent la sueur fraîche et le savon de Marseille. La tête me tourne, je ne veux pas vomir alors je les rouvre. Au-dessus de moi les siens sont remplis de paillettes. Ils brillent bien trop. Sa bouche reste triste, la lèvre inférieure un peu trop bombée, et cette mollesse du menton, voilà que cela me ferait pleurer. Je laisse aller mon front contre son épaule. Le remous violent des eaux, mer et océan qui se heurtent et s'affrontent, mon rocher… Gibraltar, m'y voilà, enfin je suis arrivée… Thomas a senti mon absence, il me ramène à lui. On va boire un verre ? il dit. L'odeur de l'été est une brûlure douce. Je voudrais m'y fondre.

Les cafés sont vides. Personne aux terrasses. Lionel descend la grand-rue, tête nue sous le soleil, une rage sourde tapie dans la nuque raide qui ne veut pas se redresser, ne veut pas affronter la lumière qui dévore les murs, balaye la rue, écrase et unifie toutes choses. Je voudrais crever, il pense. Je vais crever c'est sûr. Demain j'aurai vingt ans. Le tee-shirt humide colle aux épaules osseuses, au corps efflanqué. Tout se tait à cette heure. Les vieilles maisons de pierre ont leur façade aveugle. Muette et sourde. On peut bien cogner, cracher, pisser dessus, éventrer les portes, défoncer les carreaux, elles se tairont toujours. Toujours ignoreront le passage des vivants qu'elles avalent quelquefois, puis recrachent, les maintenant dans le sommeil douloureux des terriens. Lionel s'engouffre sous les arcades du bas village. Il ne sait pas où il va. Ne l'a jamais su. Aujourd'hui comme hier il longe les rues, toutes les rues, comme un for-cené. L'épuisement ne viendra pas. En lui ce manque auquel tout résiste, qui finit par ressembler à une lente asphyxie. Ce n'est même plus une histoire de dope, d'alcool, de cachetons – on vient toujours à bout de ces manques – mais plutôt un mal tenace qui rongerait sa vie, un chagrin lancinant vrillé dans son cœur. Il serre les dents. Dans le grand brasier de l'été il a froid. Sa vue se brouille, des papillons rouges et or dansent sous ses yeux. Le feu est là, dans sa poitrine. S'enfuir d'ici, pas une thune. Et où aller, que faire. Et où aller. Où vivre en paix, aimer et quoi et qui… Il pousse une porte, il s'engouffre, il se laisse tomber au bas de l'escalier. Ça pue le moisi, les poubelles, des relents âcres de viande avariée se mêlent à ceux plus acides de fruits pourris. Pourtant il fait meilleur ici dans l'ombre. Prostré dans l'angle du mur, la joue griffée par un vieux crépi, le front tendu vers un fenestron, bouche entrouverte et qui luit de salive et de morve, il pleure.

Thomas n'est pas rentré hier et moi je voudrais gémir sous ce ciel de plomb. Peut-être paraîtra-t-il au soir, fatigué, saoul sans doute, il me serrera dans ses bras, très fort et sans un mot. Il ne dira rien pendant de longs jours, visage morne, regard éteint, la bouche alourdie de rancœur. J'aurais envie de le frapper, d'extirper son mal à coups de poing et de griffes, à coups de dents. Son mal. Le désespoir d'une vie qui lui échappe ? Le désir d'autre chose ? Lui qui ne sait pas être heureux, qui ne le veut sans doute pas, qui dit avec lassitude et ennui, Vingt-sept ans… Picoler, fumer, mais qu'est-ce que je fous sur terre.

Et aimer, Thomas, tu n'aimes donc rien ni personne ? En silence je te caresserai. Je toucherai ton visage dans l'ombre, ton long visage triste, tes paupières closes de noyé. Des vagues de chagrin afflueront dans ma gorge, un océan me chavirera dans sa houle. Nous nous tairons.

Une fois encore nous serons trop fatigués pour faire l'amour, je penserai à nouveau qu'il nous faudrait nous enfuir d'ici. Je saurai aussi que c'est une idée absurde quand tant d'espace nous ouvre les bras : derrière la porte il y a les vergers, leurs fruits de rubis et d'or, les marées de lavande et l'odeur des tilleuls, le vent sur les collines, et la rivière qui vient de loin et qui s'en va. Et de l'autre côté des crêtes, en marchant longtemps, des jours et des nuits, on pourrait rencontrer la mer. Rien ne nous retient ici. Mon doux junkie est un imbécile, je voudrais lui souffler à l'oreille.

J'erre dans les rues. C'est l'heure de la sieste. Je ne peux pas dormir. Le soleil est au zénith. J'aime ce mot zénith. Je me traîne en rasant les murs. Mes genoux sont douloureux, mes reins brûlants, mes épaules me font mal. Thomas n'est toujours pas rentré.

T'inquiète pas, Moune. Il est en bringue à Bellefond, je l'ai croisé hier avec José et sa bande, bien allumés tous qu'ils étaient… là il doit se remettre avant de reprendre de plus belle, il tardera pas ton mec, me dit Hercule dans les vergers.

La peur est dans mon ventre. Elle me donne envie de vomir. J'accélère le pas, furieusement je murmure, Mais pourquoi ? Pourquoi ? Le soleil m'écrase de toute sa violence. Il voudrait sans doute que je rampe – Jamais ! je crie au-dedans de moi. Au pont des Mensonges je m'arrête, je regarde l'eau sale, bientôt la rivière est à sec. Je pense aux poissons qui vont mourir, à l'étau glauque qui se resserre chaque jour davantage, leur monde se rétrécissant en même temps qu'il s'échauffe, devient irrespirable. Est-ce qu'ils reprennent souffle la nuit les poissons ? Je me hisse sur le parapet. La pierre érodée griffe mes cuisses. Le vieux Martial passe dans sa 404 bringuebalante, il me fait signe en grimaçant un sourire.

C'est lui qui cherche à me coincer dans son escalier sombre quand je repars, après le verre de blanc qui accompagne la pauvre paye, dans sa cuisine austère qui pue le moisi et la solitude. Mais de Martial je n'ai pas peur, je suis si jeune et lui est un croulant avec ses genoux cassés. Je sors le tabac de mon godillot, je me roule une cigarette. Pour Thomas j'avais arrêté. J'espérais qu'il arrête aussi. Mais il fumait davantage encore, pour deux. Il me regardait longuement, sans sourire, cela me faisait peur – À quoi pense-t-il, je me disais. Il portait une cigarette à ses lèvres – Tu n'as pas du feu ? il demandait d'une voix douce. Et toujours de cet air accusateur. Il toussait plus que jamais, ces quintes que je connaissais bien, qui le réveillaient la nuit, le soulevaient sur son lit, manquaient l'étrangler. Je vais très mal, il me disait alors avec gravité, et comme un semblant de fierté, l'état peu ordinaire de ses poumons lui donnant une telle importance. Il disait – Cela fait plus de deux ans que le médecin me supplie d'arrêter la clope. Mais je suis maître de ma vie, non ? Enfin Moune…

Je finissais par croire qu'il cherchait à me faire pleurer. Oui je disais, oui Thomas – je ne pouvais lui dire, Cela dépend de toi si tu veux aller mieux, il aurait pris l'air outré d'un enfant puni injustement, auquel on voudrait retirer son unique jouet, et se serait tu pour le restant du jour.

Je vais partir, je me dis soudain. L'océan me fait rêver. D'y penser cela me donne soif, ce goût d'embruns râpeux sur mes lèvres, la fraîcheur vive de l'eau dans laquelle me retrouver fille-anguille, sans plus de poids ni de contour, libre et nue dans la vague. Je vais partir. J'oublierai tout. Je dormirai dans le creux d'un rocher. Au réveil il fera très beau, le vent soufflera un peu, des mouettes passeront et balayeront le ciel. Et moi je m'étirerai, bras et jambes en étoile autour de mon corps. Je pleurniche à présent : je sais bien que je ne m'en irai pas. Peut-être un jour, les pieds devant, lorsque la vie d'ici m'aura usé. Le soleil me consume, le travail me dévore, Thomas achève ma joie. Vis, Thomas, je voudrais lui dire. Il y a tant de beauté parfois dans notre vie sous la lumière de juin. Il ne la voit donc plus. Thomas, tête éclatée – Avec l'héro on ne sent plus rien. Si tu savais comme c'est beau… Le cœur cesse de faire souffrir. Mort vivant. Un nirvana, Moune, en quelque sorte.

Trois coups lents sonnent au clocher. Je saute à terre.

Mais qu'est-ce qu'il fout ton collègue ? Il dort ou il fait la bringue ? Les arbres mûrissent tous en même temps… C'est pas le moment de me lâcher !

Le père Estienne est épuisé, barbe de trois jours, les yeux rougis dans un visage congestionné. Je balbutie devant mon café trop amer. Les glycines bourdonnent.

Je sais pas où il est.

Il peut se reposer ou continuer à se cuiter, mais qu'il ne revienne plus me réclamer du travail. Des saisonniers qui veulent bosser, j'en refuse vingt par jour.

Et il s'éloigne entre les tables, discute un instant avec deux gars très blonds, leurs fronts ceints de bandanas effilochés et déteints, qui en appellent un troisième – Hé Ulysse, du taf pour toi ! Ulysse s'approche en roulant ses épaules de titan. C'est pour quoi ? il dit sans sourire, fixant Estienne droit dans les yeux. Estienne a l'air intimidé, il souffle bruyamment. Plus de deux semaines qu'il travaille comme une bête, qu'il file avant l'aurore au marché-gare pour tenter de gagner quelques centimes sur ce que donnent les acheteurs du coin, qu'il se ronge pour la saison d'abricots à venir. Ulysse et lui font affaire, ils quittent le bar ensemble.

Prévenez Loulou… elle attendait la bière. Ulysse s'est retourné avant de monter dans la camionnette. Il nous dit cela de très loin, la petite chauve-souris tatouée au bas de sa nuque rasée semble dormir, il s'éloigne et je pense à un bagnard, je ne sais pas pourquoi. Les saisonniers aux bandanas finissent leur bière. L'un d'eux me sourit gentiment – Il déconne Thomas quand même… Puis il voit ma moue de misère. Alors il dit, Allez, c'est pas grave… Viens boire un verre !

Le ciel est si bleu. Loulou traverse la place. Elle fait un écart, manque perdre l'équilibre quand le camion de la voirie passe en la frôlant. Il faut regarder avant de traverser, elle se rappelle vaguement, mais d'où viennent les voitures, sa droite, sa gauche… elle ne sait plus. Il fait trop chaud, elle se sent très lourde et lasse. Ulysse est parti pour la bière, cela doit faire des heures, et pourquoi ne revient-il pas ? Elle se souvient du chien. Le salaud a encore filé. S'il se fait écraser ou si on l'embarque, Ulysse la tuera. Sa tête est douloureuse, des coups lents des pointes de feu, sa tête lui fait presque toujours mal, putain de soleil. Les bouteilles vides qu'elle charrie voudraient glisser. Alors elle perdrait la consigne – Faut pas, pense-t-elle, j'en ai besoin. Et puis ça foutrait le bordel. Ulysse dit qu'il faut se faire oublier. Autrement les keufs. On nous vire du bled. Ou bien pire. Elle s'applique à marcher droit. Les gens aux terrasses ont les yeux tournés vers elle. Ils peuvent regarder elle s'en fout. Elle prend la ruelle. Un homme étrange jouait de la flûte ce matin, sous les arcades. Il avait un cheval. Ou un âne, elle ne sait plus. Elle aime bien la flûte, ça ne lui donne pas mal à la tête. L'homme n'est plus là et l'épicerie est fermée. Derrière la porte close il y a des bières pourtant. Loulou voudrait pleurer, elle est si fatiguée et elle a très soif. Se coucher là, entre les cageots empilés sous l'arche de pierre, avec les guêpes qui tournent autour des fruits pourris. Mais faut pas, c'est Ulysse qui le dit toujours. Pour elle le squat, la digue où les mecs ont toujours un coup à boire. Elle fait demi-tour, rejoint la grand-place et les bars. Peut-être Ulysse est-il assis à l'une des terrasses. Elle ne saurait le voir de toute façon. Et puis on ne veut plus d'elle au troquet. Elle est triste à nouveau. Plantée au milieu de la rue, elle fixe les parasols décolorés sous lesquels d'autres se font servir des demis glacés. Elle aussi avant. Maintenant la rivière. Les papiers gras les canettes vides et les crottes de chien, la merde des sai- sonniers et les lambeaux de papier cul. Cette route trop blanche, ce soleil brûlant, le bruit du verre qui explose ressemble à un coup de feu, détonation qui la tire de sa torpeur. Une bouteille vient de lui échapper. Elle rattrape les autres de justesse – Voilà, et merde. C'est cassé. J'aurai plus assez pour m'en payer une. Faut pas qu'Ulysse voie ça… Elle voudrait filer en douce mais ce n'est plus possible. Tout le monde l'a vue. Chacun aux terrasses a suspendu son souffle et guette l'épouvante de Loulou. Les tessons jonchent le macadam. Elle va tout ramasser avant que les gens se mettent en colère. Elle s'accroupit, précautionneusement aligne les bouteilles en travers de la rue, rassemble un à un les éclats de verre. Elle a relevé un pan de son tee-shirt pour les y poser, dénudant son ventre très blanc et gros. Elle s'applique, la Loulou, elle tire la langue du contentement de ne pas s'être coupée encore. Peut-être n'est-elle pas aussi défoncée qu'il lui semblait. Un coup de klaxon la fait sursauter, elle se redresse, lâche son tee-shirt, les tessons tombent. Bras ballants elle regarde la camionnette qui voudrait passer. Elle ne sait plus. Mais laissez-moi, laissez-moi tranquille, la plainte remonte en elle, va éclore dans un hoquet. Ulysse a sauté du plateau arrière de la 404. Il ne crie pas. J't'avais pourtant dit de pas quitter la rivière… Il y a presque de la tendresse dans sa voix. Tu vois pas que tu fais perdre du temps à tout le monde. Allez, c'est pas si grave… Et il écarte les bouteilles qui encombraient le passage, l'aide à rassembler le verre brisé. À eux deux ils ont vite fait. Elle s'est coupée et suce son doigt. Le goût du sang lui donne la nausée. Elle se tourne contre un platane pour vomir. Les cigales dans les arbres, stridence de l'air, l'été trop chaud. Ulysse regarde Loulou longuement, la grosse fille qui hoquette. Il est trop fatigué Ulysse, n'a même plus envie de la frapper. Rien ne la réveillera plus de sa mort quotidienne, Tranxène et pinard, rien, ni les coups ni la douceur. Elle est larguée sa meuf, au bout du rouleau, foutue. Vaudrait mieux qu'elle crève maintenant. Il n'en peut plus des cris, de ses scènes lorsqu'elle est en manque d'alcool ou de cachetons, de sa propre violence. En plus de ça les flics au cul. Elle relève les yeux, un peu de bave lui colle au visage, elle s'essuie d'un revers de main qui laisse des traînées noires sur ses joues trop pleines et flasques. La terre sous ses ongles. Loulou ne comprend pas pourquoi Ulysse la regarde ainsi, cet air de pitié mêlée de – mêlée de quoi ? Cerbère est parti, elle murmure. Elle sait pourtant qu'il ne faudrait pas le dire. Mais qu'est-ce qu'elle veut, qu'il la cogne encore ? C'est pas grave, il répond dans un soupir, après tout il est assez grand ce clébard, il connaît la route. Ulysse ne lui dira pas que le chien c'est pour elle, pour la protéger des flics et des cons. Allez rentre, rentre maintenant… Reste à la rivière et n'en bouge plus jusqu'à ce soir. Ou alors va dormir au squat. J'ai trouvé quelques jours de cerises… Va voir Jack et Roger tiens, ils auront bien un coup à boire pour toi. Il la pousse doucement, elle baisse le front et s'éloigne docile, les bouteilles vides serrées sur sa lourde poitrine.

Rien ne frémit dans l'air. Où se cachent les vivants ? Un homme est assis sur le premier banc de la promenade. Il tourne le dos à la grand-place, nue sous la lumière. Devant lui la rivière, le parking en terre des jours de marché, le chemin sec et poudreux.

Voilà, pense-t-il, le feu blanc du ciel va peut-être nous tuer. Mais je délire encore. Un jour il y aura l'automne, finie la saison fauve, envoyée au rancart de ce qui a été et nous aura brûlé. Va jaunir et pâlir…

Des chiens errent. Ils semblent tomber morts lorsqu'ils s'abattent sur le goudron brûlant, flanc offert au soleil. Un enfant surgit de derrière le pont. Le cuivre de ses cheveux flamboie dans l'air bleu. Il traîne les pieds. Indécis, il s'arrête et regarde le ciel, puis la poussière et le ciel à nouveau. Le petit mufle sale est rempli de colère. Il repart, se dirige vers le lavoir, là il y fait de l'ombre. Il saute sur la margelle, à croupetons il boit longuement au robinet. Le débit est puissant, l'eau froide l'éclabousse, il rit, les lèvres entrouvertes. Un léger rictus au coin de sa bouche découvre des canines très blanches, très pointues. Il boit jusqu'à perdre souffle. Dans son cou des boucles humides sont restées collées. Il saute à terre, donne un coup de pied dans une boîte de Néo-Codion défoncée puis disparaît derrière le remblai de roches. Les cigales hurlent dans les grands saules, le bruit de crécelles folles va en s'amplifiant dans la chaleur qui se fait plus dense, les arbres assoupis, seules quelques branches frissonnent encore.

Va jaunir et pâlir… Les abricots ramassés ce sera presque la fin de l'été, le commencement de sa fin, l'ardeur usée, la fatigue aura tout nivelé, déjà les jours raccourciront, et bien trop vite… On parlera des vendanges, on fera des prédictions en regardant grossir les minuscules olives. C'est un peu de l'hiver que l'on ramènera déjà, que l'on tirera à nous comme la couverture des longues nuits à venir, la saison-chagrin que l'on introduira peu à peu dans nos têtes brûlées de soleil. Nos têtes brûlées…

L'homme rit silencieusement. Le chien blond qui halète à ses pieds semble rire avec lui. L'enfant a ressurgi derrière les bâtiments de la mairie, là où est garé un vieux Volkswagen.

Ça c'est le camion de la pute, dit l'enfant, la sale pute qui est rousse comme moi. La pute de saisonnière.

Il redit pute trois fois et il crache en même temps. C'est un joli mot pour cracher. Mais ça ne suffit pas. Il sort un vieil Opinel de sa poche, fait le tour du fourgon. Sur le capot il dessine une bite grossièrement, des cuisses écartées. Sur chaque porte il écrit pute. Il pisse sur les pneus. Puis il retourne vers la rivière. Il se baisse parfois pour ramasser une pierre qu'il lance dans les trous d'eau. De l'eau il n'y en a plus guère. Cela fait un bruit net et bref, quelque chose qui soudain éclate et brise en un éclair, une gerbe d'eau irisée, la lourde attente de la terre, le silence de l'heure écrasante. Le lézard vert qui se chauffait au soleil ne l'a pas entendu approcher. L'enfant s'est figé. Il se mord la lèvre. La gorge bleue palpite. C'est une beauté. Une seconde pourtant avant que l'enfant ait frappé, il disparaît dans un sursaut d'herbes. Et merde, crie l'enfant. Il secoue les buissons avec rage, s'immobilise soudain. Caché dans la faille d'un rocher ce flanc vert, si fine la peau nacrée qui

se soulève très vite. L'enfant sourit, son regard s'adoucit
– Tu es à moi maintenant… cette fois tu peux plus partir. Il s'approche, les cigales se sont tues un instant. Un
avion passe, très haut, le son s'alanguit avant de mourir
avec le tracé blanc qui s'estompe, sillage qui n'en finit
plus de se défaire. L'enfant introduit son couteau dans
le rocher, la lame va et vient dans l'anfractuosité, il s'y
prend à deux mains pour l'enfoncer plus profondément,
il tire la langue, la tourne, la retourne, il s'applique, la
sueur perle à son front et dans le velours de sa nuque.

Le lézard meurt trop vite. L'enfant regarde le petit
tas gluant sur lequel vient jouer la lumière. Il fait la
moue. Le soleil l'agace à nouveau – C'est dégueulasse,
il dit, il crache sur les restes sanguinolents, regarde le
ciel avec colère. Soleil je te tuerai ! il murmure encore.

Le chien s'ébroue. L'homme s'est levé. Il étire son
long corps. Des muscles noueux roulent sous la peau
lisse et tendue, noire. Il bâille. Il a faim – Déjà ? J'ai
pourtant mangé hier, il pense. Il hésite un instant avant
de s'éloigner vers le lavoir en boitant. La tache rosée
d'une vilaine balafre s'étend sur sa cheville, les chairs
écrasées il y a très longtemps sans doute, qui se sont
ressoudées en une masse informe. Il n'y a plus personne
le long de la rivière. Un chien aboie au loin. Suspen-
dus entre ciel et terre, deux oiseaux se poursuivent.
L'enfant lance sa dernière pierre dans un trou d'eau.
Son pied bute sur une souche, il glisse sur la mousse
du rocher, le couteau lui échappe, il tombe. Vautré dans
les broussailles il sanglote, serrant contre lui son genou
ensanglanté – Le couteau du vieux… Saloperie ! J'ai
perdu son couteau. Mon couteau !

L'homme à la flûte est allongé dans l'herbe, à l'ombre
d'un saule. Son mulet broute à quelques mètres. Les

mouches ne cessent de le harceler. Sur le marché ce matin, il a acheté une petite oie. Elle dort, entre le gilet de cuir grossièrement taillé et sa fourrure blonde. L'homme suit des yeux le combat entre deux oiseaux. La buse se défend bien mais le corbeau est plus malin. L'homme rit, il lui manque des dents, il a l'air très barbare ainsi, le grand Viking hirsute, sa crinière blonde étincelante comme une auréole de lumière. À vivre auprès des chèvres depuis si longtemps, ses yeux jaunes ont pris cet étrange éclat, son regard la fixité de leur pupille allongée.

Il court à cette heure son troupeau, éparpillé entre le plateau des Jasses et Saint-Martin. Deux jours déjà qu'il les a laissées, ses filles seront énormes quand il les retrouvera, des pis gonflés et douloureux qui les feront se bousculer contre lui. Il rit encore d'imaginer ses sauvages bêlantes, suppliant qu'il les soulage enfin. De temps en temps il baise une chevrette, c'est la vie, ça ne peut pas lui faire de mal même si elle se débat et braille comme un enfant. Lui, ça lui fait du bien.

Il est descendu au village pour le pain, pour boire aussi, et tenter de ramener chez lui la rousse aux jolis yeux et aux tout petits seins, la sauvagine revenue au village après des années d'absence, celle qui sera sa femme un jour, même si ça n'a pas fini de lui poser question, cette poitrine qui n'en est pas une, parce qu'il veut des enfants, et pas qu'un, faudra qu'elle ait du lait pour les nourrir. Lui pour boire il a bu, mais il n'a pas su persuader la fille. Plus un sou, il devrait rentrer. Avec sa flûte, il a tout juste gagné de quoi payer l'ardoise du bar. Les gens donnent plus volontiers les jours de marché.

Il ne s'impatiente pas si la petite lui résiste. C'est dans les règles. Il l'a suivie la veille au soir. Elle longeait la rivière. La nuit était sombre. Les sabots du mulet résonnaient sur la route. Elle s'est retournée, bête aux abois prête à courir ou à mordre, une biche-renarde, sa biche. Elle avait peur et lui il a souri de très haut, il était l'homme et elle lui céderait un jour. Il était son seigneur et maître qui la laissait partir, ce soir encore. Il grogne, dans sa barbe hirsute et sale, des puces l'agacent. Les oiseaux ont disparu derrière les ruines de la chapelle qui s'élèvent à flanc de colline. Pas un souffle d'air. Les narines du berger tressaillent : ce n'est pas aujourd'hui encore que viendra l'orage. Il soupire. Sa bouche esquisse un demi-sourire. Il ferme les yeux, sa main glisse sous son gilet de peau, sur son ventre laineux, jusqu'à son sexe qu'il caresse lentement.

Rosalinde s'est réveillée. Les cerises des vergers l'attendront. Ou n'attendront pas. Le drap colle à sa peau moite, enroulé autour de ses reins. Une main aveugle rampe dans son dos, furtivement cherche un chemin à travers la géographie de son corps, chaude et mouvante, cachée sous le pan de toile. Les doigts se réveillent au fur et à mesure qu'ils avancent, dans l'ombre cette main, ces yeux magnétiques posés sur sa peau, Rosalinde nue. L'été est là, derrière le volet de bois, un rai de lumière. Mords-moi, elle dit, mords-moi plus encore… Il rit à voix très basse comme un feulement de grand fauve. La tigresse aux cheveux rouges, il répond. Quand elle se réveille l'homme n'est plus là, à sa place un creux dans les draps sales du lit. Elle regarde, la pièce encombrée des vêtements roulés en boule, le chien caché sous un bleu de travail, taché de peinture. Elle frissonne. Elle rêvait qu'une multitude de scorpions lui couraient sur le corps.

Elle rince sa tête de renarde au robinet du lavoir. Un arceau glacé sur ses tempes. Accroupie sur la margelle, des relents puissants remontent jusqu'à ses narines à chacun de ses gestes, des sucs d'homme qui la troublent et l'écœurent tout à la fois. Alors elle se lave plus fort, un acharnement à frotter cette peau jusqu'à se faire très mal. Elle se redresse et saute à terre, la tête lui tourne, de grandes taches noires et des éclats de feu dansent devant ses yeux, explosent dans sa tête comme une nuée de comètes.

L'heure accablante de la sieste avant de repartir dans les vergers. Les cafés sont déserts. Le village semble mort. Tous dorment peut-être. Ou sont-ils vraiment morts ? Une fois encore, mon âme se déchire à la violence de cette faim d'autre chose. Nous vivons sous ce ciel en animaux domestiqués. Chacun s'en accommode, cahin-caha peut-être, mais s'en accommode. Pas moi. Et je me dis qu'il n'y a qu'une chose bonne et belle dans cette vie : la morsure du soleil. Le reste importe peu. Les cigales ont repris leur hurlement strident. La saison terrible. Une fois de plus l'été est là. Ce drame de feu et de lumière sous le silence du ciel, cette blancheur qui nous éblouit comme pour mieux nous écraser. Cela ne passera donc jamais ? Je suis Mounia l'inconsolable. Je m'arrête au lavoir, rince mon visage à l'eau très froide. Les forces me reviennent, je reprends mon souffle. Quand je quitte l'ombre, la chaleur me happe, je redresse la tête. Mais que je l'aime le ciel ardent, muet, sa lumière cri silencieux, bouche avide qui me dévore… Le bel été, qu'il me terrasse ! Et je marche jusqu'à la rivière, seule au monde aujourd'hui encore. Je sais qu'il me faudrait dormir davantage, cesser de me saouler de soleil, de bière, de travail, et que se taise enfin ce désir insupportable de plus grande brûlure.

L'homme à la flûte a perdu sa petite oie blanche. Il l'entend crier dans les buissons du bord de rivière. Il a beaucoup bu ce soir encore. Il était parti régler sa dette au bar, l'oie dormait dans des chiffons, au fond d'un panier accroché au flanc du mulet. L'orage a éclaté et le mulet a eu peur. Maintenant elle est partie et lui il s'est saoulé. Il descend la berge caillouteuse. Le débit de la rivière a triplé et le bruit de l'eau qui déboule est assourdissant. Il marche lentement, s'aidant d'un bâton noueux de cade. Il s'arrête, tend l'oreille, le tumulte du courant couvre les plaintes de l'oiselle à présent. Il imite l'appel de sa mère. Il tend l'oreille à nouveau. Lui parvient alors la voix faible de son égarée, la petite sotte enfuie sous la lune et qui pleure dans la nuit. Il la retrouve entre deux racines, tremblante et affolée, il la gronde gentiment, la caresse, lisse la tête duveteuse, gratte doucement son cou, alors elle ferme les yeux et il la cache contre sa poitrine. Tout de suite elle s'est tue, blottie dans sa chaleur. Il scrute l'ombre. Les rochers sont tranchants et lui était très saoul il y a peu de temps encore.

Depuis le pont des Mensonges, quelqu'un l'observe. Rosalinde. Elle revenait de remplir son jerrycan au lavoir quand elle a aperçu la silhouette qui semblait avancer sur l'eau. Les pierres autour étaient blanches, le flot noir. Il sent son regard peser sur lui, quelque chose qui lui fait relever la tête. Il la reconnaît. Un sourire découvre sa bouche édentée. Il rit. Tu es là ? il crie de son accent guttural. En quelques secondes il a gravi la berge, escaladé le parapet, il lui fait face, presque à la toucher. Elle n'a pas peur aujourd'hui. Il écarte un pan de son gilet pour lui montrer l'oiseau qui dort à présent. Je l'ai achetée hier au marché, quand je l'ai vue j'ai tout de suite pensé à toi… Elle est vraiment comme toi. Tu la veux ?

Non, elle dit, c'est la tienne, c'est ton odeur qu'elle connaît. Tu la gardes, tu la manges plus tard si tu veux mais c'est la tienne. Tu vois comme elle dort bien ? Il hoche la tête – Oui, peut-être. Il la regarde de haut en bas, il est heureux le berger, la rousse aux petits seins est venue, elle est là. Doucement il avance la main, fait glisser ses cheveux entre ses doigts aux ongles noircis de terre et de crasse, puissants et longs comme des serres, elle arrête son geste – Ne les touche pas. S'il te plaît. Le front tourné vers la rivière elle regarde au-delà les roches, éclatantes sous la lune qui s'est découverte après qu'un nuage l'a cachée. Elle pense à quelque chose, mais à quoi pense-t-elle, à la nuit peut-être, aux poissons endormis dont les ouïes palpitent, au mulet qui a bougé derrière le lavoir. Quand j'ai eu seize ans, il dit, j'ai commencé à courir après les filles. Mais toujours je choisissais la plus jeune, la plus fine – toi tu es la plus fine, la plus gracieuse, la plus seule. Tu es celle qu'il me faut. Et disant cela il défait le lien de cuir noué autour de sa tête, et qui retenait sa crinière sale. Il en entoure le front de Rosalinde, l'attache – Tu es très belle comme ça, il dit. Je vais t'emmener un jour. Tu vivras avec moi dans ma grotte, dans les montagnes de la Suze et nous aurons des enfants. Il s'interrompt, fronce les sourcils – Mais tes seins… crois-tu qu'ils pourront nourrir mes enfants ? L'oie s'éveille, un instant elle module un cri flûté puis elle se rendort. La fille relève ses yeux de brume sur l'homme – Je ne sais pas, ça ne se voit pas ces choses. Elle décroche ses mains du muret de pierre, enroule un bras autour de son corps, frissonne, avant de dénouer le lacet de cuir.

Reprends-le. Je ne suis la femme de personne.

La muse aux yeux gris, il répond en avançant sa main vers l'épaule lisse, presque osseuse, jusqu'à ce petit os de la clavicule qui fait une bosse sous la peau. Tu es partie longtemps et moi je t'ai attendue. Je ne veux pas te faire de mal tu sais.

Un chien maigre est sorti de l'ombre. Il pousse un étrange gémissement qu'il étouffe aussitôt.

Non tu ne veux pas me faire de mal, elle murmure, pas encore…

Elle se détourne et s'enfonce dans la nuit.

Je reviendrai ! il crie. Sa voix résonne avant de se perdre dans le grondement de l'eau. Un ver luisant est resté pris dans sa toison, presque à l'emplacement du cœur. Sur la rive le mulet tend le cou en direction de la montagne.

Je rentrais, mes cheveux étaient encore humides de l'orage. Longeant le lavoir, j'ai aperçu le berger, d'abord ses cheveux qui brillaient. Il marchait sur la rive, appelant à mi-voix et scrutant l'ombre. Il s'est penché soudain, je l'ai vu attraper quelque chose, on aurait dit un gros oiseau. Il l'a placé doucement contre sa poitrine, à l'intérieur de son gilet de peau. Il a avancé encore, l'éclat de la lune sur sa toison et sous ses pas celui de l'eau, tenant d'une main son bâton, de l'autre serrant l'oiseau égaré. Puis il a disparu derrière le rideau de saules. Depuis un mois, un vieux Volkswagen était garé à l'extrémité du terre-plein. Dedans, une petite bougie y était allumée et tremblait.

Thomas a reparu un soir. C'était après une journée très chaude, épuisante. Les cerises tiraient à leur fin.

Nous en étions aux dernières, les Hedelfingen. La Fête de la musique ce soir-là. Je n'avais pas voulu y descendre. Pas envie de me saouler. Plutôt rester dans mon cabanon de pierres sèches, en face des montagnes qui s'ombraient de roux. J'étais si fatiguée que j'aurais bu, et bu encore, parce qu'un verre en appelle un autre, qu'il aurait répandu une torpeur bienfaitrice dans tous mes muscles endoloris – la paix, enfin, le ciel plus vaste qui nous ouvre grand ses bras et offre sa lumière, et sa lumière qui se fait miel sur nous, sur les gens et leurs beaux visages fatigués, cuivrés du soleil de nos jours – le bonheur, oui, le temps d'une bière, la première. Mais après en seraient venues d'autres pour monter plus haut dans la joie et déjà se lèverait une soif plus ordinaire, celle de se défaire, de sortir de ses gonds, de rire et de parler pour rien, de retrouver des vérités ineptes, de les confier, de les clamer, et surtout d'y croire et d'oublier encore… la terre, sa pesanteur, notre fatigue, et le chagrin de n'être qu'acteurs sous le grand théâtre du ciel, de n'avoir pas choisi la pièce, de n'en être jamais l'auteur, de piètres figurants réutilisés chaque année. J'avais mangé. Une soupe, du fromage, mon ventre était lourd des cerises ingurgitées au gros de la chaleur. Je pensais que le soir venait, et que bientôt il ferait nuit, qu'il faudrait me laver, me mettre nue sous l'eau froide quand j'aurais juste aimé m'envelopper dans ma fatigue comme dans une pèlerine. J'ai levé la tête parce que la lumière avait changé dans l'encadrement de la porte. Thomas ! j'ai dit. Il était là, debout et maigre, les traits tirés, hésitant, sûrement qu'il était honteux.

Je peux rentrer ? il a dit d'une voix éteinte. Je me suis mise à rire, d'abord très bas comme le filet d'eau de la rivière qui mourait de soif, puis avec plus de joie – Thomas était revenu – j'ai pensé qu'il s'était souvenu de Mounia, du plus profond de sa biture, qu'il avait eu peut-être comme un regret de moi, un désir de ma peau, de mes mains calleuses quand elles se font douces pour lui. Thomas j'ai dit encore, mais entre ! Il ne bougeait pas. Il avait baissé la tête, si bien que je ne voyais rien de son visage. Juste ses épaules qui tremblaient un peu. Il a reniflé, alors j'ai compris, je me suis levée, j'ai attrapé mon tabac, fourré trois billets dans mon godillot et on est partis ensemble. La lumière était belle, une chaude lueur du soir aux éclats de grands cuivres, il y avait les grillons, leur son léger et doux comme les étés d'enfance, et le bruit très discret de l'eau. Sur le pont des Mensonges, j'ai passé un bras autour de ses épaules parce qu'il n'osait pas, clos dans son désarroi. Son regard fuyait le mien. Il ne pleurait plus. On a marché en silence et puis il a dit, Je m'excuse. J'ai fait le con. Je vais retourner chercher des affaires là-bas, je reviendrai tout de suite. Je vais assurer ma place pour les abricots, et pour après, jusqu'aux vendanges. Et puis on partira cet hiver. En Espagne pour les oranges, au Portugal ou au Maroc.

Le Maroc, je n'en avais pas tellement envie, il m'avait raconté ses séjours à Rabat… mais ce n'était guère le moment d'en parler. On a continué et bien sûr on est arrivés au bar. Je ne voulais pas penser à ce qu'il m'avait dit, qu'il devait retourner là-bas… Est-ce qu'il reviendrait cette fois, ou me faudrait-il l'attendre tout l'été, espérant un retour qui n'arriverait pas ? Je n'ai pas cherché de tourments. J'ai essayé d'être heureuse tout au long de la soirée. Bien sûr on s'est saoulés. J'ai oublié aussi qu'il restait des cerises dans les vergers, et la camionnette à six heures tapantes sur la place demain. Mais de cela j'avais l'habitude.

Le bar était plein. Lionel ne tenait plus debout quand nous sommes entrés. Il peut être beau Lionel lorsqu'il est à jeun, quand il n'a pris ni bière, ni dope, ni cachetons, parce qu'il est si jeune, qu'il n'a encore aucune écorce sur le cœur. Jamais il n'en aura sans doute. Chaque émotion sur son visage laisse en s'y posant comme une griffe. Mais ce soir-là un sourire imbécile déformait ses traits. Il bredouillait des choses que personne n'essayait plus de comprendre, et parfois le hoquet convulsif de son rire le secouait tout entier, il plissait ses paupières rougies, sa cigarette glissait sur sa chemise et la brûlait. Thomas n'a pas bronché quand il l'a vu dans cet état. Pourquoi l'aurait-il fait ? Bois un coup ! il lui a dit. Il est très généreux parfois Thomas, et jusqu'à ce que Lionel tombe il lui a payé à boire. Quand Lionel a basculé sous le comptoir, Thomas était déjà trop allumé pour s'en soucier. Et se soucier de quoi d'ailleurs ? Nous y passons tous. Nous buvons et buvons encore puis nous tombons. Étrange jeu de massacre. Nous nous relevons le lendemain, la tête éclatée et les neurones en miettes. Nous rassemblons les morceaux. Le soleil nous torture un peu, remue nos cerveaux mis à nu. Mais nous sommes les fruits d'une race increvable, la mauvaise herbe qui ne meurt jamais et très vite il n'y paraît plus. Le soir même, nous avons remis les compteurs à zéro et sommes prêts à recommencer. Un verre, deux, trois, dix…

Thomas était heureux. Un revenant, on disait de lui. Il riait, disait qu'il s'était fait ramasser dans une bringue à répétition, qu'il en avait oublié les cerises, les jours, et le reste du monde. Voilà, Lionel gisait sur le plancher sale, entre les mégots et les flaques de bière, personne ne le remarquait plus et Esméralda, la jolie Portos aux yeux noyés dans le rimmel, allait bientôt subir le même sort, noyée dans la bière elle. Jules avec qui je travaille aux vergers, maigre comme un clou et le regard perçant, s'est approché de moi. Quand est-ce qu'on s'en va ? il m'a soufflé de sa voix rauque. Au Tibet on ira. Toi et moi parce que les autres n'ont rien compris. Le Dalaï-lama il viendra vers moi, il regardera mes mains, il me dira Toi t'as la lumière… Mais avec toi Mounia, rien qu'avec toi j'veux partir, j'accepterai personne d'autre que toi !

J'ai essayé de lui expliquer encore que je ne voulais pas aller au Tibet, qu'il y avait Thomas et que le Dalaï-lama n'était plus au Tibet de toute façon, mais cela il ne voulait pas le comprendre. Il a regardé Thomas d'un air morne, il a dit comme cela :

Thomas ? Mais on ne va plus le voir longtemps dans les parages celui-là.

J'ai dû devenir très pâle parce que même à une heure pareille il s'en est rendu compte, Jules. Il m'a tapée gentiment sur l'épaule – Je veux dire qu'il va partir faire ses affaires ailleurs.

Je ne l'écoutais plus. Je me suis tournée vers la porte vitrée. J'ai écrasé mon visage contre le carreau. Je voyais la place immobile sous les platanes. Ils sont très vieux les platanes. C'est Napoléon qui les a plantés. Enfin ses hommes. J'imaginais qu'il devait faire bon dehors, j'ai pensé aux cerises demain, et une fatigue insupportable s'est abattue sur moi. J'ai fermé les yeux. Quelqu'un m'a tirée par la manche. J'ai mis du temps avant de me retourner. Thomas me tendait un verre de bière. Il souriait. Ça va ? il a dit. Tu as l'air si triste. Il avait les yeux remplis de larmes. Il n'avait pas l'air d'un homme, mais qu'il était beau.

Je ne sais plus comment nous sommes rentrés cette nuit-là. Il était bien plus saoul que moi. On est allés chez lui. J'ai réussi à prendre la clé dans la poche de son jean. J'ai eu du mal à trouver la serrure. Il est tombé dans l'entrée lorsque j'ai enfin ouvert la porte. J'ai glissé avec lui. Je tenais son beau visage défait entre mes bras. Il a eu une espèce de hoquet, un soupir, et puis il a perdu conscience, il dormait. Je l'ai traîné jusqu'à sa chambre, je l'ai fait basculer sur le matelas, j'ai retiré ses chaussures, dégrafé sa ceinture, et puis je me suis couchée contre lui. Dans le courant de la nuit, il a refermé ses cuisses autour de ma taille. Cela m'a réveillée un peu. J'ai pensé, le temps d'un éclair, avant de sombrer à nouveau, que je l'aimais, je l'aimais, je l'aimais tant. Que je ne voulais pas qu'il meure, pas déjà.

Personne ne peut rien pour personne. C'est un refrain qui me harcèle. Je le savais dès le début, avant que nous commencions à nous voir. Je marche dans les rues. Personne ne peut rien pour personne. Je marche. Quelqu'un s'est pendu ce matin, dans sa cour, pendu à son tilleul. L'arbre défleurissait juste. Sa femme n'aurait pas dû partir, pas dû le quitter pour un autre… Sa femme a fait ce qu'elle avait à faire. Les petites pleuraient devant la maison. Tout le monde semblait égaré, assommé de chagrin, de stupeur, mais peut-être était-ce aussi la chaleur. Moi je suis passée vite. Le père Maurin que je connaissais bien – il a toujours un mot gentil pour moi quand on se croise sur la digue – m'a regardée. Mais il ne me voyait pas. C'était son fils, le pendu. Il fait trop chaud. Thomas m'aurait dit doucement, Viens te reposer Moune… Tu ne sais que courir toujours, à quoi ça sert pour finir ? À rien Thomas, à rien. Je cours sous le soleil c'est tout. Au pont des Mensonges je crache dans l'eau – dans ce qu'il en reste. Je sens les regards des hommes du village sur mes épaules et mes seins, mes

82

cuisses nues, l'un est plus lourd encore, des paupières d'un plomb fondu qui s'enfonce sous ma peau et irradie ma chair, je crache à nouveau. C'est pour eux cette fois, je repars, je sors du village et me dirige vers la rivière. La route blanche et le macadam brûlant, envie de braver le soleil, d'aller sous ce ciel aveugle jusqu'à ce qu'il ait consumé toute ma substance, jusqu'à ce qu'il m'ait dévoré l'âme. Mon corps est insatiable de chaleur à l'heure où tous se terrent dans des maisons sombres, des cabanons de fortune, ou échouent aux terrasses des bars pour regarder les cuisses des filles.

Le travail a repris dans les cerisiers. Un vent de sud-est s'est levé. L'été me fait souffrir encore. Ce tourment… la faim de quelque chose que je ne connais pas et qui toujours m'échappe, ce désir fou de qui de quoi, à en mordre la terre, à brandir mon poing fermé vers le ciel, à me cogner la tête contre les vieux moellons du mas… Je pleure dans mon arbre. Mais que le monde est beau avec ce vent qui déferle sur les montagnes, fait ondoyer les genêts comme une marée d'or aux flancs des collines, secoue les arbres, chahute les cimes. Elles ressemblent à des bras tendus, leurs mains s'agitant dans les airs, des multitudes de doigts les feuilles, qui tentent d'agripper le ciel. Des branches que je ne vois plus me griffent le visage. Je rattache mon foulard très bas sur mes joues, il s'accroche et je le déchire. C'est le vieux foulard de maman, avec ses roses jaunes, fanées. Voilà que je repense à elle, maman, et sa petite valise de carton gris. Je me mouche entre deux doigts. Deux yeux perçants m'observent sur l'arbre voisin, Jules et les crochets maigres de ses mains qui déshabillent les arbres de leurs fruits avec une dextérité folle – la Marabunta on l'appelle. Son regard d'oiseau de proie me découvre jusqu'au cœur.

Ça va pas fort aujourd'hui Mounia. D'habitude tu nous chantes ta conne de chanson, « Habibi habi… »

Sa voix éraillée est presque douce. Je descends de l'échelle pour vider mon panier. Le sien est plein aussi. À la sauvette il le verse dans ma caisse.

Merci Jules, mais j'en ai pas besoin de tes cerises, si je traîne c'est bien ma faute.

Tu perds du temps, Moune, y a du pognon à faire aujourd'hui, les cerises sont énormes et les arbres bien chargés. Trois francs cinquante pour le kilo qu'ils nous donnent… C'est Thomas qui te rend malade comme ça ? Viens avec moi plutôt, nous on s'est compris… On ira voir le Dalaï-lama – Toi t'as la lumière, y m'dira.

Tu me l'as dit déjà l'autre jour, Jules, pour le Dalaïlama…

L'orage a éclaté. Nous avons couru mettre les cagettes à l'abri. Des éclairs zébraient le ciel et dansaient au-dessus des montagnes. Les gouttes énormes nous cinglaient la peau. C'était bon. Et puis l'orage nous a échappé derrière le pic de l'Homme fou. Seule la pluie est restée. Nous étions tous réfugiés sous le vaste hangar à regarder les arbres qui ployaient. La saison finissait derrière un halo gris. Les cerises étaient foutues. Des larmes ont perlé à nouveau à mes paupières. J'ai regardé Olivier, le patron. De la buée s'était posée sur ses verres loupes, derrière, ses yeux de myope écarquillés lui donnait un air de ravi étonné. Il souriait. J'étais choquée :

Mais ça te fait rire Olivier ? Les Hedelfingen sont foutues et toi ça t'amuse ?

Plus de cerises ! il a répondu gaiement. On a enfin fini les gars.

Les autres semblaient heureux aussi.

Je crois bien qu'y a que toi que ça fait chialer, Mounia, a rajouté Olivier. Toi Mounia, plus c'est dur et plus t'aimes ça, pas vrai ?

Oh oui ! j'ai répondu avec passion.

Tous ont ri. J'avais rien compris à l'humour.

Je vous paye un verre au bar d'En Haut pour fêter la fin des cerises, on l'a tous bien mérité, a encore dit Olivier.

On a chargé les cagettes dans son camion puis on a grimpé sur le plateau arrière de la vieille 203, deux filles à l'avant qui ne voulaient pas se mouiller. Et on a filé vers le bled, la pluie sur nos visages. C'était beau et bon. Je pleurais plus.

Le bar d'En Haut semblait plein. Un petit chien aux oreilles cassées était blotti sous un siège de plastique, en terrasse, la queue cachée entre ses pattes arrière – Tiens le Corniaud, a dit Jules. On a franchi le seuil et le mur de fumée. Près de la porte il y avait les Portos qui devaient picoler depuis longtemps, Alonzo et son visage d'enfant malingre, Rafael et sa gueule d'ange pas mal déchu, Domingos et Manoel très saouls, et la petite Esméralda, la biche complètement raide, les pupilles dilatées et sa bouche trop rouge. Son rimmel avait encore coulé, mais ça elle s'en foutait, toute ruisselante qu'elle était, ses cheveux noirs plaqués sur la tête, dégoulinant sur son front et sur ses pommettes brique sombre, ses épaules osseuses, jusque dans son dos maigre et nerveux.

Paraît qu'Acacio est dans les parages, a dit Alonzo, il travaillait dans les vignes à Saint-Christ et il devrait rappliquer pour les abricots.

Il le sait que Rosa est là ?

Ça m'étonnerait. Elle a débarqué ici y a tout juste un mois. Elle-même ne sait pas qu'il est dans le coin.

Esméralda a eu un rire étranglé – Ça va encore péter fort…

Olivier nous avait trouvé une table au fond du bar. Devant le baby-foot, Lucia, une grande Portugaise à l'œil noir et sauvage, nez busqué dans un visage étroit, presque ingrat – on croirait un oiseau de nuit ou un rapace. D'ailleurs un corbeau s'accroche à son épaule, déploie ses ailes jusqu'à son avant-bras, un tatouage je veux dire. Paraît qu'elle a une louve sur le sein gauche et qu'elle ramasse torse nu dans les vergers. Elle n'a peur de rien. Ses seins lourds sont libres sous ses débardeurs usés. Une fille aux cheveux rouges était adossée contre le mur, à l'autre extrémité du comptoir. Autour d'elle des hommes. Elle n'avait pas l'air de les chercher, au contraire, elle buvait de la bière et regardait au loin, elle aussi son tee-shirt lui collait au corps, à ses tétons de gamine. Un petit cul rond, de longues cuisses à peine hâlées, normal elle était rousse. Olivier a commandé une première tournée et Dieu que c'était bon ! T'es où Thomas, j'ai pensé mais il ne me manquait plus pour finir. Ne reviens pas tout de suite, j'ai pensé encore et ça m'a fait rire. Jules m'a vue – Tout à l'heure elle pleurait, maintenant elle rit toute seule…

Ta gueule Jules, j'ai répondu, t'as pas besoin de tout raconter, et quand je vais pisser dans le verger tu le cries sur les toits aussi ?

Le berger était accoudé au comptoir, sa bouche éden-tée ouverte dans un sourire sauvage. Il était saoul, partait dans des éclats de rire tonitruants qui secouaient sa tignasse blonde et sale, un étrange animal, sa tête à elle seule. Une petite fille a surgi de derrière le comptoir, dans une robe trop courte, huit ans elle avait peut-être, elle s'est tortillée, a fait trois simagrées. Va faire tes devoirs Agnès, t'as rien à foutre ici… a dit la patronne.

La fille aux cheveux rouges s'énervait au bout du comptoir, un gars la collait de trop près. Olivier a recommandé une tournée. Esméralda s'est levée en chancelant, a esquissé un pas vers la porte des toilettes mais cela devait être trop pour elle. Elle a fait demi-tour et s'est rassise. Le berger regardait la gamine qui s'était installée sur un haut tabouret, à faire sa belle déjà et remuer du cul et montrer sa culotte, pauvre petite, ça m'a fait mal à l'âme, le malaise est descendu jusque dans mes tripes, lui qui la fixait avec cet éclat bizarre, une fascination, un éblouissement ou une absence, cela a duré quelques minutes puis son regard a dérivé au bout du comptoir, vers la fille aux cheveux rouges. Jules m'observait encore – C'est Rosa que tu regardes comme ça ?

Qui ça Rosa ?

Rosalinde… La rousse qui a tous les mecs au cul.

C'est qui ? Je veux dire… elle vient d'où ?

Du Nord, d'Allemagne je crois. Elle roule sa bosse. Tu connais pas grand monde ici Mounia, t'es arrivée dans l'hiver. Rosa elle a vécu ici bien avant toi, trois ou quatre ans au moins. Ça faisait plusieurs années qu'on l'avait plus vue et puis elle vient de débarquer pour les cerises.

Elle a l'air bien cette nana.

Oui elle est bien, mais elle est comme toi : on sait pas ce qu'elle veut.

Pourquoi les mecs sont après elle ? Elle est jolie d'accord, mais d'habitude ils préfèrent celles qui ont plus de quoi là où il faut.

Parce qu'ils sont cons les mecs. J'ai un peu essayé aussi, mais j'suis trop moche pour l'avoir.

Ah.

Enfin c'est même pas ça, elle choisit pas souvent des beaux mecs, mais pour finir elle m'a fait peur.

Pourquoi peur ?

À mon avis elle est folle.

On l'est pas tous ici ?

Oui mais elle l'est plus. Elle n'a peur de rien. J'suis sûr qu'elle pourrait tuer si on l'emmerdait trop. Ils aiment bien dire que c'est une salope.

Pourquoi une salope ? Qu'est-ce qu'elle leur a fait ?

Ben rien justement. Ça les énerve. Ou alors elle fait justement, mais comme elle veut.

C'est qui, ils ?

Les mecs, des gens du village aussi. Elle est pas d'ici.

Mais qui est d'ici parmi les saisonniers ?

Personne est d'ici. Mais elle c'est pas pareil.

Voilà comment j'ai connu Rosalinde. Elle avait l'air nue au fond du bar, nue et seule au milieu des hommes. Tout à coup ses cheveux c'était un casque de feu avec ses yeux clairs au-dessous, d'une teinte indéfinissable, couleur de la mer du Nord j'ai pensé, ses paupières et ses cernes de brume pâle, son air inquiet, sa solitude, et au fond, derrière le silence, une colère, la liberté ? Mais venue de si loin que ça me faisait mal au ventre. J'ai compris pourquoi tous les hommes la voulaient : elle leur faisait mal au ventre. C'était comme une bête ensauvagée, avec son corps fait pour la course. Elle fixait l'homme aux paupières étranges à l'autre bout du comptoir, un mec du bled, un con, celui qui vous regarde si fort que ça vous brûle, et quand il est enfin venu vers elle, elle s'est relâchée un instant, j'ai entendu son rire, voilé, et elle est partie sans prévenir. La petite salope était partie. Mais pour moi, elle était Casque de Feu dès ce premier jour où je l'ai aperçue.

Quelqu'un pleurait dans un coin du bar, sur ses mains vides, devant un énième verre de bière. Olivier nous avait laissés depuis longtemps. Jules avait changé de taverne, Lucia avait rejoint les Portos pour un match chez Alonzo et Esméralda. Le Benfica jouait ce soir. La gamine était repassée dans les coulisses du bar et le berger avait filé.

Alors je suis sortie. L'orage avait cessé depuis longtemps mais il pleuvait toujours. C'en était fini des cerises. J'ai marché jusqu'au pont. Là je me suis appuyée contre la balustrade. Le niveau des eaux avait remonté, un courant grisâtre balayait les berges sales. Cela ne durerait pas. J'ai pensé que les poissons allaient mourir quand même. J'ai pensé aux saisonniers nouveaux qui commençaient à affluer de partout, de jour en jour plus nombreux, plus dépenaillés, plus fauchés et nécessiteux de travailler, la peur qui déjà s'installait chez les gens du pays, cette guerre entre eux et nous qui allait reprendre. J'ai pensé à Thomas. J'ai compris qu'il ne reviendrait pas. Pour finir il pleuvait trop pour rentrer jusqu'au cabanon, j'ai rejoint le bar du coin… Il faisait nuit noire quand j'en suis ressortie. La pluie avait cessé. Les cerises étaient foutues. Et Thomas ne rentrerait plus. Sur le sentier qui me ramenait au cabanon, j'ai pensé à ce qu'il m'avait dit, au tout début de notre histoire, quand il me racontait la poudre, combien elle s'accrochait à vous pour ne plus vous lâcher, il disait qu'on n'en guérissait pas, que jamais il ne cesserait d'y penser parce que son corps savait à présent : c'était la seule délivrance. Toujours elle lui tendrait les bras, une amante cruelle et folle, irrésistiblement belle, et qu'il lui suffirait de dire oui pour que l'histoire passionnée reprenne. Thomas… toujours le plus enragé à boire, le plus ardent à se défaire jusqu'à devenir loque, déchiré et titubant au milieu des rires, avec sur son visage quelque chose qui ressemblait à un étonnement triste lorsqu'il roulait à terre. Quelqu'un aurait donc fait un croc-en-jambe à l'enfant qu'il n'avait cessé d'être.

Une dernière fois il m'est revenu pourtant. C'était une saloperie de journée. Il pleuvait. Ciel bouché, la lumière glauque du soir à travers la vitre terne de sa piaule – un taudis. Lui dans sa dérive, un peu sale, hâve, épuisé, parce qu'il avait pris des amphés la veille avec ses potes espagnols. Soudain je ne supportais plus cela, même le sida me laissait indifférente, peut-être l'avait-il la Saloperie sournoise, avec toute cette vie de défonce derrière lui, et penser qu'il me l'aurait refilée, qu'elle préparait son nid en moi, oui cela m'était devenu bien égal quand je le voyais se tuer avec tant d'application. On a fait l'amour. Sans un mot. Sans joie. Il était muré dans son silence et moi je ne savais plus comment l'atteindre. La saleté du squat achevait de me rompre le cœur. Tant de crasse, partout. Il ne croyait plus en moi ? C'était fini. Déjà fini ? Il était retourné à son amoureuse de toujours, la seule qui sache lui donner le plaisir, le repos et l'oubli du monde. Il est parti au matin. J'ai couru après lui dans la clarté du chemin. Je lui ai tendu une petite boîte en corne noire trouvée sur le marché pour lui. Elle avait la forme d'une tête de cheval, c'était si joli, j'étais gênée. Il n'a pas souri.

Pour quoi faire ? il a dit en haussant les épaules.

Comme ça, c'est un cadeau Thomas, mais c'est trop petit, bien sûr ça ne peut servir à rien.

Je lui trouverai bien un usage, va…

Il a disparu derrière les arbres et je ne l'ai plus revu. Plus tard j'y ai repensé, la boîte… C'était la dimension rêvée pour sa poudre. Je n'aurais pas pu mieux choisir.

J'étais partie à la rivière. J'ai marché jusqu'aux gorges. Juste avant le virage du pont il y avait un passage entre les ronces. Et là j'ai aperçu Casque de Feu qui sortait de l'eau. Elle se savait seule et elle souriait. Non plus cet air rebelle, un peu sauvage et provocant qui lui donne son air nu. Elle est toujours nue Rosalinde, malgré ses vieux shorts et ses tee-shirts délavés. Nous les portons tous, ces nippes de travail, mais sur elle c'est différent. Les hommes le sentent et la suivent du regard, une tension, un éclat dans leurs yeux soudain, la mâchoire durcie. Elle n'a pas vraiment de seins ni de cul pourtant. Mais qu'est-ce qu'elle était jolie c'est vrai, quand je l'ai vue cette première fois au bord de l'Aygues. Ce corps de gazelle… Des tétons roses sur une poitrine très blanche, l'esquisse de deux seins qui pointaient dans la lumière – deux fleurs étonnées, un ventre lisse, doucement creux dont les muscles ondulaient entre ses hanches étroites. La marque du short en haut de ses cuisses faisait jaillir la rondeur éclatante de ses fesses nerveuses. Et le duvet blond, presque roux de son pubis sur lequel dansait la lumière.

Ça n'a pas manqué. Un cycliste que je n'avais pas vu s'est arrêté pas loin. Il l'a interpellée, gouailleur, il s'y voyait déjà, le con, son petit jésus dans la crèche de Casque de Feu – J'peux venir te rejoindre ? T'es seule on dirait ? Déjà il avait rangé son vélo contre la rambarde et s'apprêtait à l'enjamber. Elle a eu un sursaut, levé les yeux, ce regard de bête, un gibier qui sent le danger, puis son visage s'est durci, la haine. Sa bouche un rictus sauvage. Tout son corps s'est rétracté, ramassé comme avant un bond, elle a repris son souffle pourtant, a pointé son majeur vers le ciel, à bout de bras – Essaye un peu et je te plante !

C'est là que j'ai remarqué le petit chien moche, le drôle d'avorton aperçu devant le bar d'En Haut quelques jours auparavant. Il la suivait comme son ombre. Le gars était reparti, la bite en bandoulière. Je crois qu'il a eu peur. Et moi aussi. Je n'ai pas osé descendre. Mais c'est là, au bord de l'eau, que j'ai commencé à l'aimer. J'y suis retournée deux jours plus tard. Elle était plus à l'écart dans les rochers et je l'ai cherchée longtemps. J'allais renoncer quand j'ai entraperçu une tache de couleur, un rouge éteint : ses vêtements qui séchaient sur les roches blanches, elle couchée sur une pierre plate. Nue. Je n'ai pas fait de bruit pour ne pas la surprendre. Je me suis baignée en contrebas. L'eau était glacée. Mes seins étaient si lourds par rapport aux siens, mes hanches trop pleines… Mon cul de fille du Sud. Je ne voulais surtout pas la réveiller. J'ai glissé. Un cri m'a échappé quand mon genou a cogné la roche. Je suis ressortie pliée en deux, me tenant la jambe. Ça saignait fort. Alors elle est venue.

C'est rien j'ai dit. J'suis conne. Je ne voulais pas te déranger. J'voulais juste me baigner. Être un peu propre quoi.

T'as le droit d'être là comme moi, la rivière ne m'appartient pas. Mais tu saignes ! Ça te fait mal ?

Je ne pouvais plus cacher mes seins. Ma peau humide semblait noire près de la sienne.

C'est rien ça va passer, j'ai dit seulement.

C'est comme ça qu'on est devenues amies. Enfin amies, je l'espère. Parfois je n'espère plus que ça. Ça et Gibraltar. Un jour nous irons dans le désert ensemble. On s'est revues aux bars parfois, mais c'est tout juste si l'on ne s'évitait pas. Notre moment à nous deux, c'est la rivière.

L'âtre éteint le cubi vide
Plus d'eau
Moi Acacio, poète
Mon bouquet d'œillets roses
Gelés
Je me pèle les couilles
Mort de froid demain matin
De soif aussi.

Je suis un libertaire. Je m'appelle Acacio. Ma mère collectionne des cartes postales dans son petit appartement de Lisboa. Un jour je lui ai tout piqué pour m'acheter de la dope. C'était pas bien. C'était horrible. Je m'en souviendrai toujours. Elle, elle m'a pardonné. Pourquoi. Mon père est mort. Il a fait la révolution. C'était magnifique. Autogestion. Plus de patrons. Tous les ouvriers étaient libres enfin. Ils ont ramené leurs cubis de vin, ils ont fait la fête et ils ont regardé les machines arrêtées. C'est vraiment con une gueule de machine. Surtout arrêtée. Fini l'esclavage. Ça a duré trois semaines, après la boîte elle a coulé. Mais ils auront eu cela dans leur vie au moins, l'usine à eux, maîtres de leur destin, enfin. Ils ont eu quelques semaines de bonheur à pouvoir se saouler devant les machines qui avaient empoisonné leurs vies.

J'ai quitté Lisboa pour des histoires de dope. Je suis poète. J'aime Rosalinde. Elle m'a pris mon âme. Moi qui ne voulais rien de la vie que courir les routes et les saisons, moi qui m'en fous de l'avoir, elle m'a renvoyé au matériel, le matériel parce que je voudrais une maison pour elle, avec elle, rien qu'un cabanon de pierres sèches cela me suffirait. Avec un potager. Peut-être un gosse ? Mais elle, elle s'en fout. Elle me tue. Cette nana que tous les mecs voudraient dans leur pieu. Elle n'a même pas de seins. À peine un peu de chair, blanche. Si j'avais su que j'allais aimer ça un jour, Rosalinde, ma rose des neiges. On boit de la bière dès que l'on se voit et on ne peut plus s'arrêter. Après elle s'en va. Je veux la retenir, je lui tape la tête contre les murs, elle s'en fout, ça me tue. Moi je suis un libertaire, Acacio, poète alcoolique qui va écrire ses mémoires comme Jack London.

Je suis un saisonnier pourri comme ils disent au village, je suis Acacio, le libertaire, né des œillets roses, non j'étais kid quand ils ont fleuri mais la révolution m'a fait naître une seconde fois, m'a fait devenir qui je suis. Moi Acacio. Ma mère collectionne les cartes postales et donne à manger aux chats errants. Elle a des fleurs sur son balcon. Un jour je lui ai volé ses cartes postales. J'aime Rosa. Je l'aime même pas.

Ma petite Chinoise, ma sale tête de mule, viens, viens avec moi cette fois. Tu me fais mal toujours… Tu vois ? Tu me fais bander encore.

Ils pivotent dans la nuit. Elle perd l'équilibre, se raccroche à lui, ils tombent ensemble sur le goudron, ensemble roulent dans la poussière de l'été. Elle rit. Il l'embrasse. Il l'écrase de tout son poids. Il enfouit ses doigts dans les mèches rousses, éparses, poudrées de terre et de poussière, et où s'emmêlent des brins d'herbe sèche, il agrippe la tête qui roule de droite à gauche.

Regarde-moi, regarde-moi nom de Dieu.

Elle ne veut pas ouvrir les yeux. Elle rit. Il la secoue, il cogne doucement sa nuque contre l'asphalte.

Regarde-moi, ma sale petite bique, j'ai envie de te foutre des baffes

Elle ouvre les yeux, ses paupières clignotent, elle ne rit plus.

Tu peux prendre mon couteau aussi.

Elle essaye de se dégager gauchement, il pèse lourd sur elle, il la maintient à terre. Elle se laisse retomber, sa nuque heurte le sol avec un bruit mat. Ses mains parviennent à défaire le bouton-pression de l'étroit fourreau noir accroché à sa ceinture, sous le tee-shirt, à même la peau. Elle attrape son couteau, le lui tend – Allez, vas-y maintenant, comme ça on est débarrassés tous les deux, toi de moi, moi de moi, t'es tranquille et moi je peux me reposer enfin.

Mais il repousse le couteau qui va rouler plus loin, sous un banc de bois. Le chien qui s'y était terré s'enfonce davantage.

Espèce de conne… ma petite Chinoise.

Oh mon couteau, rends-moi mon couteau Acacio.

Il rit. Il entoure son visage de ses paumes qu'il serre de plus en plus fort. Il écrase ses tempes, malaxe les joues pâles, les étire, en fait un masque très tendu et lisse. Comme ça elle est morte peut-être. Elle ne bouge plus, elle a oublié son couteau, elle voit la cime noire des arbres trembler et au-dessus le ciel, ses mains glissent dans les reins de l'homme, ils sont chauds, brûlants du soleil des journées. Ses doigts suivent le sillon du dos, remontent jusqu'à la nuque, ombrée de duvet elle le sent, se posent sur une plage de peau derrière les oreilles dont elle redessine le contour, passent dans les cheveux très ras, attrapent le front qu'elle tente de ramener à elle. Elle redresse la tête, elle tend la nuque pour atteindre sa bouche, il ne bouge pas, elle n'y arrive pas, elle se laisse retomber, une plainte rauque s'échappe de ses lèvres, les crapauds de l'été s'appellent sur les rives de l'Aygues, le vent fait bruisser les cimes des très hauts platanes, elle a refermé les yeux, il enfouit son front dans sa poitrine, ils ne bougent plus. Le froid les saisit, lentement, d'abord un frisson qui devient tremblement.

Mais où elles sont les nuits d'été, mais pourquoi il fait si froid dis ? On irait se coucher au bord de la rivière, on serait si bien…

Chut… Allez viens, il dit. Il se relève, il l'aide à se redresser. Fais un effort s'il te plaît, j'y arriverais jamais si tu n'y mets pas du tien.

Ils font quelques pas. Ils vacillent, manquent tomber encore. Il la rattrape, il la plaque contre un réverbère, il s'appuie sur elle de tout son poids, elle ferme les yeux.

On dirait que tu as embelli depuis que t'es partie. Combien ça fait ? Deux, trois ans ? Pourtant t'as vieilli, t'as peut-être même grossi.

Elle a un rire las qui s'éteint lentement.

Je ne suis même pas belle tu m'as dit la première fois que tu m'as sauté dessus, c'était sur cette place. Moi je te voulais pas. Baby tu me disais, baby… Avec ta peau blanchie à l'eau de Javel tu disais, tes seins qui n'en sont pas, pas comme les femmes de chez moi… Mes cheveux courts de rouquine, tu croyais au début que j'étais un garçon, un petit mec venu pour oliver…

Ta gueule.

Mais un jour je vais mettre ma robe d'Amsterdam, la robe de mes vingt-huit ans avec un marin hollandais qui m'aimait beaucoup…

Ta gueule, salope.

Je mettrai ma robe, un chiffon qui couvre à peine ma poitrine et qui laisse voir toutes mes jambes et je viendrai te voir. De toute façon je suis même pas belle, je te dirai, et je m'en irai vite parce que j'aurai à faire.

Oh baby tu le fais exprès tu as toujours fait exprès de me faire du mal mais maintenant je ne t'aime plus je t'ai aimée plus qu'aucune autre, plus que tout je t'ai aimée, et toi tu m'as pris le cœur et tu l'as cassé, aujourd'hui c'est fini je ne t'écouterai plus.

Et il la secoue contre le pylône et il l'embrasse doucement. Elle ouvre les yeux, elle le regarde avec étonnement.

Je ne suis pas mauvaise mais toujours je partirai.

Tais-toi, ta gueule.

Je partirai ni toi ni personne pourra m'en empêcher.

Ta gueule je t'ai dit.

J'irai voir ailleurs parce que votre vie là je peux pas.

Il la secoue avec rage, les petits crapauds s'appellent toujours, la place est déserte, un chien aboie longtemps puis plus rien. Elle murmure :

J'ai pourtant peur. Les hommes ne m'ont jamais fait la vie facile. Une fois ce routier… Il m'avait jetée sur sa couchette et il tenait mes poignets. C'était un rocher sur moi. J'étais toute seule.

Tais-toi tais-toi tais-toi, si t'en dis plus je deviens fou, si t'en dis plus je crois que je te tue – il l'embrasse –, oh baby avec moi personne jamais ne… Oh baby baby ma petite Chinoise… Reste comme ça chut ne dis plus rien ça me tue quand tu parles ça me tue, tu es à moi tu m'entends et moi je tuerai celui qui te touche je tuerai celui qui te fait mal, oh baby…

Ils ont de plus en plus froid. Ils tremblent et ils grelottent.

Il faudrait rentrer, elle dit, il doit être très tard on pourra pas travailler au matin.

On travaille pas demain tu le sais bien. Allez viens on s'en va de cette putain de glacière – il rit – mais chez moi c'est encore pire.

Je veux pas dormir chez toi, je rentre.

Allez viens dis pas de conneries tu sais bien que personne ne ramasse demain.

Ça fait rien je veux pas que ça recommence.

Y a rien qui recommence parce que je t'aime plus allez viens.

Ils se sont remis en marche, l'air vif les a dégrisés un peu. Le petit chien est sorti de l'ombre. Il s'étire, bâillant longuement, avant de leur emboîter le pas.

Ils traversent la route et c'est la Croisée des chemins. Elle s'arrête.

J'viens pas.

Tu vas pas recommencer. Marche avec moi jusqu'à la croix.

Elle hésite, et puis elle se laisse entraîner. Devant la croix il s'arrête, il regarde longuement le christ blafard qui a fermé les yeux sur la pierre grise.

Tu vois, le calvaire du Christ il est mort pour nos péchés

Oui elle dit. Elle attend. Il ne bouge pas, vacille un peu, et puis il se signe. Elle le tire par le bras – J'ai froid Acacio, elle murmure. Je crois que je vais y aller.

Allez on y va ensemble baby.

Il se signe encore, se tourne vers elle et passe le bras autour de sa taille, ensemble ils s'enfoncent dans l'ombre du chemin.

Dans la nuit ils se réveillent. Ils sont nus sous le vieux duvet de l'armée d'Acacio, sur une couverture et des cartons qu'ils ont hissés à l'étage du cabanon de pierre, sous le toit parce qu'ils ont pensé que la chaleur allait monter, Acacio avait mis deux bûches dans l'âtre éteint. L'air passe entre les tuiles disjointes, ils entendent la rivière couler en contrebas. Le chant d'un merle qui s'élève. Le flot de la rivière semble avoir enflé. De toutes leurs forces ils s'étreignent pour avoir plus chaud. Il caresse la peau douce et blanche de son épaule.

Tu es toujours aussi blanche le soleil te cuira jamais.

Je suis une dure à cuire.

Je sais.

Mais qu'il fait froid Acacio, c'est pourtant juin tu vois on grelotte.

Rosalinde… Rosa, ma petite Chinoise, ma petite Chinoise aux cheveux rouges…

Acacio… t'es doux et velu comme un ours.

Qu'est-ce que tu as fait toutes ces années, t'as eu beaucoup d'hommes ?

Chut recommence pas avec ça. Réchauffe-moi plutôt.

L'oiseau s'est tu un instant. La rivière toujours semble se rapprocher. Le ciel pâlit par le fenestron aux carreaux cassés.

J'ai soif, t'as pas soif toi Acacio ?

Oh si.

T'as pas d'eau chez toi ?

Non, plus. Le cubi est vide. Pas pensé à le remplir.

Et la rivière ? Elle est à côté la rivière.

Faut pas la boire ils y foutent leurs saloperies d'engrais, de sulfates, peut-être même leurs égouts tiens.

Oh j'ai si soif.

Tais-toi c'est encore pire si t'arrêtes pas de le dire, ma petite Chinoise.

La rivière t'es vraiment sûr qu'on ne peut pas…

Non tu peux pas.

Quand même je crois que je vais y aller, à l'entendre comme ça et de plus en plus fort.

Non t'iras pas je ne veux pas que tu attrapes la mort.

Il resserre ses deux bras autour d'elle, l'emprisonne entre ses cuisses. Elle rit.

Alors je vais mourir de soif.

C'est ça tu as juste le droit de mourir de soif.

Ils ont froid et soif pendant de longues heures encore. Puis le jour paraît, le merle cesse de chanter et d'autres plus nombreux prennent la relève. Le bruit de la rivière décroît. Leur soif ne décroît pas pourtant. Ils se lèvent. Il voudrait bien la garder encore, couchée contre lui sous le duvet mais lui aussi a bien trop soif. Elle est déjà dehors à l'attendre, pâle et hirsute, ses cheveux éclatants dans la lumière du jour, elle n'a pas tout à fait dessaoulé, elle rit quand elle le voit sortir et buter sur la pierre de l'entrée.

Recoiffe-toi, t'as pas un peigne, quelque chose ? T'as l'air d'une folle ou d'une déterrée.

Ah – elle se peigne avec ses doigts. Ça va mieux ?

Si on veut… Bon, on va où maintenant ?

Eh bien on va se trouver à boire, de l'eau du lait du jus de quelque chose.

Il ferme la porte et glisse la clé sous la pierre. Son front s'est assombri, sa bouche fait un pli mauvais.

Tu reviendras ?

Tu vois tu recommences, elle lui répond à mi-voix, t'avais dit…

J'ai rien dit du tout je te hais tu le sais que je te hais. Peut-être bien que tu reviendras dans cinq ans quand t'auras été faire ton petit tour dans l'Antarctique ou sur la lune, ou plutôt en enfer tiens et tu viendras me le rapporter en cadeau.

Elle ne répond pas, elle marche en regardant ses pieds, soudain elle s'arrête et se tâte la nuque longuement – Ben merde, je comprends pourquoi j'ai mal à la tête j'ai le crâne couvert de bosses et d'égratignures !

Il hausse les épaules – De toute façon je ne t'aime plus, t'es complètement folle et je te souhaite de souffrir beaucoup.

Le petit chien a reparu. Il les regarde et l'un et l'autre et cligne des yeux dans la lumière. Tous trois marchent vers le village. Les stands du marché sont installés depuis longtemps quand ils rejoignent la grand-place.

Esméralda est en cloque, dit Alonzo d'un air sombre.

Midi. Jour de marché. Les terrasses sont pleines, saisonniers devenus sédentaires, leurs mioches débraillés courent au milieu des chiens. La jeune Portugaise aux yeux rimmelisés s'est levée précipitamment pour courir aux toilettes.

Si c'était moi j'avorte tout de suite, dit Lucia qui sort enfin de son silence.

Trop tard, dit Alonzo, elle a passé la date.

Alors je le noie à la naissance.

Tu parles sérieusement ? je n'ai pas pu m'empêcher de dire à la louve noire.

Pour la première fois depuis que je la croise, je l'ai vue sourire le visage sombre et anguleux, son visage d'Antigone s'est adouci et presque avec tendresse elle m'a répondu :

Tu es la dernière personne à qui je mentirais Mounia. J'ai bien trop d'amour pour toi.

J'ai senti à la brûlure de mes joues que je rougissais. Elle a vidé cul sec son verre de tequila et elle s'est levée. Jamais elle est saoule Lucia. Ça m'a fait réfléchir en rentrant au cabanon. Peut-être qu'elle a raison j'ai pensé au soir, m'endormant. Dans la nuit j'ai rêvé que ma mère me noyait avec mon petit frère Djibril. Ce n'était même pas désagréable comme rêve – étrange seulement, inquiétant à peine. Après je partais avec l'eau. Vers le détroit de Gibraltar j'espère.

Le marché est fini depuis longtemps, le parking du bord de rivière s'est vidé. Delaroche rôde près du lavoir, chien famélique. Rosalinde sort du combi, un vieux short en jean, effrangé, bâillant sur ses cuisses nues. Elle cligne des yeux sous la lumière, semble hésiter, sourit, pour rien, avant de reconnaître celui qui arrive droit vers elle comme un malade. Il n'a pas changé, créature inachevée, ce regard sombre plus assoiffé que jamais. Delaroche s'est jeté sur elle, il agrippe ses bras nus – Rosa Rosa Rosa, il balbutie, ma Rosa, t'es revenue Rosa… Tu vois je t'ai attendue ? Trois ans t'es partie mais je savais que tu reviendrais. Tu reviens toujours et je sais que c'est pour moi.

Lâche-moi Delaroche… Oui je suis revenue, pour le tilleul et les abricots, comment tu vas Delaroche… Mais laisse-moi, et lâche-moi s'il te plaît !

Je t'ai attendue tu sais. J'ai rangé la cabane chaque jour, j'ai mis des draps à mon lit et je les lavais souvent. Quand tu es partie j'ai planté des roses. Elles ont poussé et elles sont belles. Y en a des blanches, des rouges, mes préférées ce sont les orangées. Presque rousses, mes rosalindes.

Le chien sort de dessous le camion. L'échine hérissée de poils rêches et drus, d'une couleur indéfinissable. Il montre ses crocs et gronde sourdement. Delaroche recule.

Allons le Chien, ça va… Tu vois bien qu'il n'est pas méchant ? Retourne te coucher.

La bête s'aplatit dans la poussière. Delaroche revient à l'assaut.

Je veux faire l'amour Rosa... Je ne te demande rien de plus, tu le sais que je t'aime depuis toujours, que j'ai besoin, que je vais crever sans toi.

Rosalinde se dégage, lâche-moi Delaroche, toi, Acacio, Paupières de Plomb et tous les autres, lâchez-moi ! Elle le repousse si violemment qu'il va rouler dans la poussière – J'suis pas ici pour soulager l'humanité souffrante, elle crie encore. Et tout de suite elle s'en veut, elle se baisse pour l'aider à se relever. Pardon Delaroche, je voulais pas dire ça, j'voulais pas que tu tombes. Mais va-t'en quand même. Il tente de se raccrocher à elle, ses mains qui n'osent pas n'effleurent que ses épaules, jamais il ne tentera plus si elle ne l'aide pas un peu, sa déesse sauvage, son Athéna coiffée de feu, son seul amour depuis toujours, sa vie. Aime-moi Rosalinde, il dit suppliant, je veux juste te faire l'amour, l'amour que j'ai pour toi... Elle s'est redressée – Casse-toi Delaroche, c'est moi qui n'en peux plus. Elle s'est détournée.

Tu n'es même pas une femme, tu n'es qu'une salope, une femme écoute l'homme et se laisse guider par lui, elle lui fait confiance, il crie entre deux sanglots, une salope, et comme je te plains il ajoute, la bouche tordue par le chagrin et la rage, tu seras malheureuse et tu finiras seule.

Rosalinde s'est éloignée sans répondre. Il se redresse en titubant, il crie toujours, des phrases inaudibles.

C'est l'heure où tous sont terrés au-dedans des murs, elle marche dans les rues désertes, lui derrière, son visage affamé et en larmes. Jusqu'à ce qu'il s'affaisse et ne se relève plus, entre le crucifix de pierre et une remorque de paille garée sur le bas-côté. Rosalinde se retourne – Et merde, elle murmure, j'ai fait tomber Jésus de sa croix. Le chien la regarde en agitant la queue. Tous deux continuent vers la rivière.

Les étals du marché étaient remballés depuis long-temps, le camion de la voirie nettoyait la place. Plus un chat. Les terrasses des bars s'étaient vidées. J'ai filé vers les gorges de l'Aygues. La route était aveuglante et collait aux semelles de mes sandales. L'appel des cigales résonnait entre les pans rocheux, une cacophonie assourdissante et folle. Peut-être est-ce cela le chant de l'enfer, j'ai pensé. Rosa était là, en contrebas de la route, cachée par des bosquets de saules. Elle ter-minait de laver les quelques habits qu'elle avait sur le dos avant sa baignade. Le short de jean blanchi sur les fesses, une culotte à l'élastique détendu, son tee-shirt, le vieux rouge délavé. Elle a relevé la tête, m'a souri en clignant des yeux.

Bonjour Mounia l'été.

On s'est allongées. Elle, détendue, les yeux fermés. Elle a eu un rire léger, soupiré.

Tu vas bien Mounia ? Moi les gens me tuent. Tout à l'heure… Je mangeais des prunes dans l'ombre du combi. Deux heures, les cigales et la chaleur du zénith.

Dis-le encore ce mot, zénith, oh s'il te plaît, ça me fait trop de bien de l'entendre.

Zénith alors, Mounia le zénith… Donc je te disais, la chaleur que je sentais monter, moi couchée qui mangeais ce fruit, son jus merveilleux coulant dans ma bouche, et puis le bruit d'une voiture lointain, mais qui se pré-cisait, troublait le mirage lourd de l'été, crevait quelque chose. Je me suis redressée et j'ai vu la vilaine chose bleu métallisé apparaître sur le chemin, se rapprocher jusqu'à s'arrêter au camion… Le petit homme de papier mâché, décoloré et cassant qui en sortait. Son sourire doucereux, ses mains de verre, deux pinces crochues…

Oh mon beau calme, parti, et lui qui veut entrer, qui veut me parler et voudrait surtout poser ses pattes sur moi.

C'est qui cet homme ?

Le vieux toubib. Il me cherche. Pourtant j'ai rien fait pour. Un jour je me suis fait mal au dos en tombant de la remorque, c'est tout.

Il te veut ?

Rosalinde rit :

Lui aussi… Mes reins cassés ont dû lui plaire. T'inquiète, je l'ai viré. Mais après y en a eu un autre.

Encore ? Eh ben toi…

Celui-là il est malheureux. Il est tout seul au monde et depuis toujours. Il s'imagine que je peux le sauver.

Un oiseau sautille au bord de l'eau, tête basse, en hochant de la queue sans cesse. Le Corniaud l'observe avec dédain.

Je suis allée me baigner. Quand je ressors l'oiseau n'est plus là, le chien s'est assoupi, Rosalinde, appuyée sur un coude, me regarde.

T'es belle Mounia, aussi belle que la première femme du monde quand elle est sortie des flots.

J'ai rougi. Ça ne pouvait pas se voir j'ai pensé.

Peut-être que je suis son contraire tu sais, d'abord la première femme qu'ils montrent toujours, leur Vénus, elle est blanche comme toi, et moi plutôt que d'en sortir je vais y retourner dans les flots.

Alors je lui ai raconté Gibraltar où j'irai un jour. Elle m'écoutait, les yeux fermés, ce sourire léger sur les lèvres. Elle s'est redressée.

C'est l'heure de vivre Mounia, l'heure ardente de plonger, à corps perdu !

Je l'aime mon amie quand elle est heureuse, qu'elle renverse sa tête d'or dans le soleil, son heaume rougeoyant de guerrière, nue sur la roche blanche, qu'elle a ce rire léger et voilé qui roule en cascade dans sa gorge pâle, le chien blotti dans le creux de ses genoux.

Comment il s'appelle, Rosa ?

Il s'appelle le Chien.

Ah. Les autres au village l'appellent le Corniaud.

Corniauds eux-mêmes. D'accord il est peureux et puis ? Il n'a que moi. Je l'ai sauvé tu sais. Et peut-être bien que je n'ai que lui au monde aussi. Et qu'il me sauve la vie à son tour.

J'aurais voulu lui dire que maintenant elle m'avait, moi, aussi. À la place j'ai caressé le chien, espérant qu'il allait m'aimer un peu. Et alors Rosalinde m'aimerait.

Je vais partir dans la montagne si je ne trouve pas une place pour les abricots.

Tu m'emmènes Acacio ?

Non, on peut pas, on ne pourrait pas s'en empêcher… Il faudrait toujours qu'on se cherche des villages pour s'arrêter, un bar pour se saouler. Faut être seul pour prendre la montagne, ou n'avoir jamais bu ensemble.

Rosalinde a mis sa petite robe rouge. Elle est gênée soudain, peut-être à cause de la robe, elle la fille aux shorts effrangés et aux tee-shirts informes. La place est couverte de monde ce soir dans le gros hameau qui domine la vallée. C'est la Fête du tilleul – la fête des saisonniers, les purs, les durs, les crados et les rebelles, français espagnols portugais, hollandais, anglais ou belges… Fils de paysans, d'ouvriers, fils de bourgeois ou fils de rien, enfants de la route ou de l'errance. Le bar a disposé des stands sur la place, des bancs et des tables, des chaises, un groupe de rock local installe la sono. Enfin la nuit fraîchit. Ils se sont assis à l'écart, mais pas trop loin de la buvette quand même. L'un et l'autre sont embarrassés, vaguement intimidés comme à un premier rendez-vous. Acacio a gardé ses rangers. Il n'a pas eu le temps de se changer en revenant des vergers. Il a les jambes très brunes, presque noires dans l'ombre, ses pommettes osseuses cuivrées, des yeux brillants derrière de petites lunettes rondes.

J'aime cette vallée. Elle ne me fait pas de cadeau pourtant – c'est un peu une histoire d'amour moi et cette vallée. Comme nous peut-être, il ajoute plus bas.

Oui.

Ce bar aussi il me plaît. Je me suis fait foutre dehors l'hiver passé, j'étais saoul comme un coing, je les ai fait chier avec mes histoires de révolution, j'avais mon harmonica, j'ai pas arrêté de leur casser les oreilles. C'est vrai qu'on devait plus s'entendre… Je squattais une maison par là, derrière. C'était beau. J'étais peinard. Qu'est-ce qu'il a fait froid cet hiver-là. Y a pas eu trop d'olives, quand je me faisais dix sacs de la journée j'étais content.

Tu finis ta bière ? Je vais en chercher d'autres.

Tu bois toujours aussi vite.

Elle rit – Avec toi toujours, tu me donnes soif, faut croire.

Elle marche vers la buvette. Il ne veut pas la regarder, dans la robe trop courte qu'elle portait avec un autre, elle le lui a dit l'autre soir sous les platanes – ses jambes trop nues, en short c'est pas pareil c'est pour le travail – sûrement que ça lui ferait mal encore, bander, avoir mal d'elle. Il regarde les gens, le groupe qui a commencé à jouer, une petite blonde danse, il se concentre sur ses cuisses, sa poitrine, elle, elle a des seins au moins, des gros seins, comme sa mère, comme les vraies femmes de chez lui. Rafael vient vers lui – Hé Acacio, déjà repartie ta nana ?

Acacio ne peut s'empêcher de rougir – C'est pas vraiment ma nana, il dit, une copine c'est tout.

Elle revient un peu trop vite, comme si rien n'était sûr, risquait de se dérober, le sol, les gens, pense-t-il en la regardant, il comprend. Il connaît cela lui aussi, quand il y a du monde et qu'il n'est pas saoul, la nuque raide, le pas mal assuré, sans doute de la même race tous deux il pense, laquelle il ne sait pas. Elle lui tend la bière, salue Rafael d'un signe de tête qui sourit et s'éloigne – Bon eh bien je vous laisse.

Ils boivent au goulot, très vite, elle roule une cigarette qu'elle lui tend.

Je voudrais t'emmener chez moi, il dit. Chez moi on n'a pas de toit sur nos têtes, chez moi le ciel… On est un pays de rebelles tu sais, je suis, j'ai toujours été libertaire.

Oui, elle dit.

J'ai vécu une révolution moi tu sais, les gens ne se souviennent pas mais je suis d'une révolution, je suis un rebelle tu sais.

Oui.

Je n'ai besoin de rien pour vivre. Je travaille pour des paysans de merde, je suis un immigré mais le matériel je m'en fous.

Oui.

Je voudrais te montrer mon pays – il écrase son mégot sous sa semelle –, je suis différent là-bas. Ici je suis un con, je picole comme un fou dès que j'ai trois thunes, je fais chier tout le monde, mais je suis un immigré, je suis un clandestin, ici je suis pas grand-chose pour les gens, mais là-bas c'est chez moi.

Moi non plus je suis pas grand-chose, une saison-nière arrivée d'on ne sait où. Mais d'où tu viens, Nord ou Sud, ça ne change rien pour les gens du bled, on est des saisonniers c'est tout. C'est sale, ça pue, ça se drogue et ça picole sans arrêt – remarque pour picoler c'est vrai qu'on peut y aller fort – et les nanas se font enfiler au lavoir y en a même qui disent.

Parle pas comme ça.

Elle rit – Je suis allemande mais ils ne me placent pas plus haut que toi. Tu sais ce qu'on est pour eux ? On est les abricots du rebut, les vilains petits fruits tout piqués, tavelés, tordus, les invendables qu'on balance dans le cageot pour la pulpe. J'ai pensé à ça un jour, je calibrais, il faisait chaud, les cigales gueulaient, la poussière me collait à la peau. Les triples A, tu sais ? leur renflement velouté et leur fente douce… je les rangeais avec précaution dans des cagettes de pin blond, sur du papier de soie. Tout ça m'a traversé comme une vérité alors que je lançais un fruit difforme dans la caisse à mes pieds. C'était moi que je jetais. C'était nous. Nous qui finirions dans des cabanons pourris, qui mourrions dans le feu de l'été ou la solitude de l'hiver, dans le travail et dans l'alcool. Ceux dont on ne veut pas dans les douches du camping, des fois qu'on contaminerait le site ou que ça fasse trop mauvais effet pour les touristes, que l'on renvoie au lavoir, crade, avec les boîtes de Néo-Codion défoncées, les canettes vides et les bouteilles de margnat-village éclatées, c'est vrai qu'ils peuvent nous traiter de drogués et d'alcoolos les gens du village quand on voit comment y en a qui laissent le lavoir, oh je sais plus tiens, qui a tort qui a raison, et est-ce que ce n'est pas juste un malentendu – en attendant on est le rebut.

Dis pas ça il dit doucement, ne dis plus jamais ça..

Si tu veux.

Ils boivent. Les canettes sont vides. Acacio est reparti en chercher. Un souffle d'air s'est levé, la brise frôle les fronts, les épaules nues, les arbres fatigués de chaleur, qui voudraient boire eux aussi. Acacio revient avec les bières.

C'est si frais, oh c'est si bon, elle dit.

Le chien de Rosalinde était couché à l'écart. Il s'approche. Acacio avance le bras et lui flatte l'échine. Le chien se laisse faire puis il s'éloigne vers le stand à merguez.

J'avais un chien aussi quand j'étais kid, commence Acacio, je l'aimais mon clébard, un vieux bâtard avec des poils partout, bourré de puces – il rit un instant –, il s'est fait avoir par une bagnole. Ce con qui l'a écrasé, il ne s'est même pas arrêté, plus loin il ralentissait au feu, il a fallu me retenir, je l'aurais tué autrement. Je voulais le défoncer le salaud qui avait démoli mon chien.

Et sa voix s'énerve soudain, il s'enflamme, la fatigue, la bière, la tension grandissante d'avoir Rosalinde avec lui ce soir, comme chaque fois qu'ils se retrouvent et qu'ils boivent – il parle de son chien, du chauffard ce fumier, de lui fou de colère, et l'Acacio d'alors réapparaît, s'indigne, sa révolte, son chagrin, sa violence, et l'enfant de ce jour très lointain ressurgit d'on ne sait où, crie, pleure presque. Rosalinde l'écoute. Elle reconnaît Acacio le saisonnier mais c'est aussi l'Acacio d'un espoir fou, révolu, les œillets roses, sa révolution, qui a fleuri, éclaté, mordu la poussière avec son adolescence à lui. Sa rébellion…

Je suis un rebelle.

Oui Acacio oui.

Je suis un libertaire.

Toujours ces chagrins premiers qui vous font, vous défont, pense Rosalinde. Les rêves brisés, les espoirs saccagés, tout ce en quoi l'on croyait, que l'on aimait, le beau le puissant la flamme, tout cela renvoyé au chaos, au rebut, au broyeur d'un camion d'ordures. Elle se lève – Je vais danser – et elle va se cacher derrière un groupe de saisonniers à l'autre extrémité de la place, elle danse dans l'été, dans la nuit d'été.

Elle est revenue. Acacio n'a pas bougé – Mais qu'est-ce que tu me fais avec tous ces mecs qui te regardent, et qu'est-ce que je peux faire, moi...

Je t'ai rien fait. Je dansais.

Allez viens, je vais te montrer la vue depuis le haut du village, et la maison où j'habitais l'hiver dernier, et le rocher de la chapelle, et les vers luisants.

Ils se sont faufilés entre les groupes assis sur les marches, au bas de la ruelle qui monte raide jusqu'au rocher. Ils sont seuls à présent. Acacio la prend par la main et l'entraîne dans le sentier.

Faut que je pisse, elle dit.

Moi aussi, viens.

Ils gravissent le raidillon obscur qui s'éclaircit passé les dernières maisons. La vieille chapelle les domine. Acacio se retourne – Regarde la vallée maintenant – Oh, elle fait. Il rit – Maintenant on peut pisser. Elle s'accroupit derrière un arbre, il en choisit un autre, il rit encore. Un ver luisant... Regarde, je pisse dessus, ça y est, il s'est éteint. Je faisais toujours ça quand j'étais kid. Il y en a plein chez nous tu sais. Viens on va en chercher d'autres...

Mais des vers luisants ils n'en trouvent plus. Peut-être que j'ai trop pissé dessus quand j'étais kid, dit Acacio d'un air confus. Ils redescendent vers le cœur du village. À l'approche des premières maisons, il lui lâche la main.

Il est très tard. Ils ont bu encore beaucoup de bières. Elle a dansé, une fois il est venu la rejoindre quand on a joué la *Chanson pour l'Auvergnat* de Brassens, mais le tango qu'attendait Acacio n'est jamais venu.

112

C'est un beau tango quand même, elle a dit, un peu triste, ça me rappelle le temps des olives.

Chut, parle pas de l'hiver.

Et il l'a entraînée dans la ruelle obscure. Cette fois ils n'ont pas dépassé les dernières marches d'avant le sentier, il l'a poussée doucement contre le mur, à quelques mètres d'eux Rafael fumait un joint avec deux filles. Elle pose une main plus ferme sur ses reins, les presse contre son ventre.

Ne fais pas ça… Tu me cherches hein ?

Je te cherche pas, je te sens.

J'ai fait vœu d'abstinence tu sais.

Pourquoi, t'es séro ?

Hein ?

T'as le sida ?

Non. Je crois pas. Pas encore.

Il la serre maintenant, la main dans la cambrure de son dos, il l'écrase de tout son poids contre la pierre, chaude encore, elle ferme les yeux, elle rit.

Tu ris toujours quand tu es saoule.

Elle ne répond pas. Il l'écrase davantage et elle soupire, dans sa gorge un souffle entre le murmure et la plainte. Rosalinde rouvre les yeux – les étoiles – Mais ils sont là Acacio tes vers luisants !

On attendait que démarrent les abricots. Des saisonniers débarquaient chaque jour de partout. Ils envahis-
saient la digue, les bars leur étaient interdits. Seuls deux
d'entre eux nous acceptaient encore : le Commerce et
sa grosse Yolande, plus pigeonnante que jamais dans
ses décolletés vertigineux, et celui d'En Haut, la maigre
femme épuisée et sa gamine qui tortillait du cul. Mais
pour les nouveaux c'était plus dur : le nerf de bœuf s'ils
osaient franchir le seuil. Des seringues usagées avaient
été trouvées dans le bac à sable des enfants, entre la
rivière et la digue. Les gendarmes faisaient leur ronde.
Loulou ne dessaoulait pas. Elle n'était pas la seule : ils
étaient toute une faune bariolée, échevelée, ou rasée.
Il y avait ce grand gars aux muscles très longs, effilés,
au visage lisse et anguleux, qui semblait être le gardien
de la digue. Il était noir et il boitait. Lui ne buvait pas.
Il se tenait assis toujours sur le premier banc de la
promenade, un regard sur le pont des Mensonges. Ses
yeux glissaient tranquillement du chemin à la route,
celui qui menait à la digue et l'autre qui fuyait vers la
montagne, suivaient le cours de l'eau qui ne cessait de
s'amoindrir, le passage des chiens et des humains, les
gestes et les cris des nouveaux venus, leur enivrement
lent et certain – il n'y avait aucun jugement, jamais,

dans son regard. C'était un témoin en quelque sorte. Un grand chien blond l'accompagnait. Un jour je passais et je m'ennuyais, ne sachant où aller à force de courir dans mon été à moi, il m'a regardée. Un sourire, un hochement de tête, rien de plus, je me suis approchée de son banc.

Bonjour, j'ai dit.

Bonjour, il a répondu. Tu t'appelles comment ?

Moune. Enfin Mounia, mais ils disent Moune.

Ça veut dire seul en grec.

T'en sais des choses.

Il a ri, à peine un roulement d'eau dans sa gorge.

Oh si peu… Mais c'est aussi « désir » en arabe. C'est un beau nom que tu as là. Pour moi t'es Moonface. Je t'appellerai Moonface.

Moonface ? Comme la lune ?

Oui, t'es lisse comme la lune. Je peux t'appeler Luna si tu préfères ?

J'aime mieux Moonface. Ça me fait voyager.

Je suis Césario. Et ma chienne c'est Rivière. Rivière d'Or en fait, mais c'est un peu long à dire.

Pourquoi ?

J'étais gamin, il y avait ce chien… sa belle toison fauve qui ondulait et semblait ruisseler sur lui quand il courait. On me disait que c'était un golden retriever. Je ne connaissais pas grand-chose à l'anglais. J'ai cru entendre « un golden river » et je me suis promis que moi aussi j'aurais un jour ce chien très particulier que l'on nomme une Rivière d'Or. Je l'ai trouvée ma rivière.

Oh, je dis.

Un bruit d'estafette m'a fait tourner la tête vers la place, en contrebas. Les gendarmes. Ils se sont arrêtés devant la deuche de Lucia qui elle aussi attend les abricots, allongée à l'arrière de l'auto dont elle a retiré la banquette, ses jambes longues et nues en appui sur le volant, un polar à la main, dans une guêpière rouge. Elle avait rabattu la capote quand je suis passée, entrouvert une portière, et agitait mollement un petit éventail de pacotille, un truc de foire recouvert de brillants. J'ai entendu des éclats de voix. Les gendarmes sont repartis penauds. Elle n'aime pas qu'on l'embête Lucia, surtout quand il fait chaud et qu'elle essaye de se reposer. Au bout de la promenade goudronnée, sous les platanes, Loulou chancelle, Jack l'Irlandais tente de la retenir, paraît qu'il a fait le Vietnam Jack, puis c'est Bilou, un gars du Nord avec une bonne figure rouge et des yeux bleus qui rient toujours. Elle tombe assise, décide de ne plus tenter de se relever. Une brise légère fait frémir les arbres un instant. Et la chaleur retombe.

Ça fait longtemps que tu es là ?

Césario a une voix lente et chaude, un accent musical qui roule dans sa bouche.

Je suis arrivée à la fin de l'automne. Je viens d'un autre bled où il fait chaud aussi, où les gens s'emmerdent et où il n'y a guère de travail.

Tu as grandi là-bas ?

Si l'on veut. Et toi ?

Moi ? Cabo Verde… Le Cap-Vert, enfin, je viens plutôt de Chelas, un quartier de Lisboa. Mes parents ont émigré au Portugal après l'indépendance, Salazar et toute sa clique. Un grand-père nous avait précédés vers l'Europe, embarqué sur un navire de commerce basé à Rotterdam. Ça se faisait dans le temps. Il a saisi sa chance. Son frère a préféré partir pêcher la baleine en Amérique. Mes parents eux ils ont juste fui la misère.

Mes parents aussi ont fui mais c'était pour leur vie. La misère ils l'ont trouvée en France.

C'était guère mieux pour nous à Lisbonne. Chelas n'est pas un quartier facile. C'est là que j'ai grandi et que j'ai appris la vie, auprès des petites frappes de la rue. Je me suis tiré de tout ça. J'avance avec les saisons et les saisons m'accompagnent, mais qui précède l'autre vraiment, nous avançons ensemble. Cet hiver je serai en Grèce sans doute. Si le vent me pousse vers là-bas.

Un rire strident venu de l'extrémité de la digue me fait sursauter. C'est Jack l'Irlandais qui crie toujours comme s'il était à moitié fou quand il est saoul. Césario lui n'a pas bronché.

La saison fauve s'abat sur nous, il murmure, un aigle solaire et fou.

L'ai-je rêvé.

La récolte avait commencé aux alentours des Bastides Rouges. Nous tentions de reprendre notre souffle après les cerises, un souffle que nous nous dépêchions de perdre chaque soir au bistrot. J'aurais aimé voir la mer. Je suis partie dans les montagnes. Je voulais décoller du village, de ses bars, de nos ornières et de nos peurs. Depuis l'aube j'ai marché sous un soleil ardent, les sangles d'un mauvais sac me cisaillaient les épaules. Les sources et les ruisseaux étaient à sec lorsque j'ai atteint le plateau des Loups. Il était désertique. L'air vibrait, des taches noires comme des mirages vacillaient au loin. La gourde était presque vide, ma langue me collait au palais. J'ai rejoint la futaie de chênes et de hêtres en fin d'après-midi, juste avant la forêt de pins noirs. Les arbres étaient immenses, les bois n'en finissaient plus. J'ai un peu pleuré d'incertitude, de découragement. Tout était si grand et beau. Ça sentait la résine. J'ai trouvé un ruisseau. Le soir tombait, le ciel s'obscurcissait entre les cimes. Comme je me couchais dans des fougères sèches, un énorme chien m'est apparu. Un dogue je pense. Je l'ai vu venir de loin, à longues foulées souples et interminablement lentes. Arrivé devant moi, il m'a flairée, il avait un regard pensif, et s'est couché à mes pieds. Le restant de la nuit on aurait cru qu'il me veillait. J'ai dormi. À cinq heures je me suis levée. Il n'était plus là. Je l'ai regretté. Mais quand je me suis remise en route il a réapparu comme la veille, surgi de derrière les arbres. Il m'a léché les mains et puis il a pris les devants. Il y avait plusieurs chemins mais il semblait connaître ma route. Au sortir du bois une biche a bondi des fourrés et s'est enfuie, à deux pas de moi, en même temps que le soleil perçait et que se découvrait le mont Saint-Auban, juste en retrait du pic de l'Homme fou. La montagne était nue, ses contours nets et brûlants, son sommet pelé sous un ciel absolument pur. Alors le chien a disparu. Tout simplement il n'était plus là. J'ai presque cru l'avoir rêvé.

J'ai marché et j'ai marché encore. J'ai pensé que si je continuais ainsi, sans plus m'arrêter, toujours droit devant, j'arriverais à la mer. Cela m'a paru la plus belle chose du monde. Je me suis juré de le faire un jour. En attendant j'ai atteint le sommet. Le vent soufflait très fort. J'ai longé la crête, comme à cheval entre deux pays, mais en gardant les yeux fixés sur mes pieds, sur cette terre pauvre et brûlée, je pouvais croire au désert. On n'entendait plus que le vent mugir, des bourrasques violentes qui bientôt allaient m'emporter, oui j'avais atteint le désert et tout était bien ainsi, fini l'éparpillement d'en bas, les bars et nos pauvres chagrins. Jamais plus je ne m'y laisserais reprendre.

J'étais de retour au village le soir même. Les arbres mûrissaient très vite à présent. En fin de semaine peut-être… m'a-t-on dit au bar d'En Haut. Thomas n'était pas rentré. Il était bien long pour rassembler quelques affaires, mais peut-être faisait-il ses adieux aux camarades de cuite, là-bas – Reviens vite Thomas, je pensais, des copains de biture j'en ai plein à te présenter, y a des nouveaux au village. Un couple était assis au bord de la route avec des sacs à dos et un fourbi indescriptible, dans la poussière, des dreadlocks cachant leurs visages. Je suis allée traîner dans les rues. Sur la grand-place, je me suis entrevue dans la vitrine de l'office de tourisme, d'abord ma bouche, mes lèvres un peu charnues, la masse brouillonne de mes cheveux très sombres, presque crépus, mes joues pleines, et là j'ai remarqué ces petites rides, à peine, au coin des yeux. Pour la première fois j'ai eu peur de vieillir. C'est la solitude de l'été j'ai pensé mais soudain j'ai senti un cheval qui s'emballait en moi. J'ai rejoint la digue. Les nouveaux saisonniers en avaient fait leur quartier. Ils semblaient plus nombreux que jamais. J'ai pensé aux cigales qui sortaient de terre il n'y a pas très longtemps encore dans le bois de la Destrousse. Grosse Loulou était entourée de ses gars, un chien-loup couché à ses pieds. Elle buvait à la régalade, tenant à bout de bras un cubi de rouge trop lourd pour elle. Le jet de vin manquait sa bouche bien souvent. Elle aussi était toute rouge. Ulysse un peu plus loin s'enfilait un pack de bières avec l'Irlandais très maigre en la surveillant du coin de l'œil. Le grand Noir était là aussi, Césario, assis en retrait, seul, penché sur Rivière, sa main noire posée sur le ventre rose de la chienne qui souriait béatement. Je me suis approchée.

Bonjour Moonface, il a dit. C'était beau la montagne ?

Comment tu le sais ? j'ai répondu avec surprise.

Il a ri de sa voix basse et tranquille. Et je ne sais pas comment c'est parti que l'on se soit mis à raconter ces choses dont je ne parle jamais, peut-être le cheval fou qui se cabrait dans ma poitrine depuis que j'avais vu ma vieillesse en marche, c'est-à-dire depuis dix minutes, peut-être la chanson de Bruel que passait le transistor de Loulou, à quelques mètres de nous, mais je lui ai dit d'où je venais vraiment, moi qui n'aimais en parler à personne.

C'est la chanson de mes parents Césario ! Yalil yalil, habibi yalil... l'odeur du jasmin... le baiser qui fait mal... Écoute Césario, oh écoute... Tes souvenirs se voilent à l'avant du bateau, et ce quai qui s'éloigne... Une vie qui s'arrête pour un jour qui commence, c'est peut-être une chance – Paupières mi-closes je chantonne, yalil yalil tu n'oublieras pas, même si tu t'en vas...

T'es une Algérienne aux yeux verts.

Je suis française. Mes parents eux sont des vrais Algériens. Je suis née au camp des Quatre-Saisons. C'est là que j'ai grandi. L'Algérie j'ai jamais vu mais un jour j'irai. Je suis kabyle en fait, des montagnes de Djurdjura, je lui dis fièrement. Ma mère avait la peau très blanche, on l'aurait prise pour une Européenne, des yeux clairs, comme moi, et l'hiver je suis aussi blanche qu'elle. L'hiver je suis ma mère et l'été je deviens mon père, presque noire de peau.

Pour finir on a plus ou moins la même histoire. Moi je suis créole. De mon pays je ne connais pas grand-chose. Je me souviens juste de la lumière, d'une île aride, du bleu de la mer sous un soleil écrasant. De tempêtes aussi, l'harmattan, le vent du désert en début d'année qui desséchait tout. De la faim un peu. Et la voix de ma grand-mère qui chantait la saudade. Mais la vie c'est Chelas qui me l'a enseignée. Enfin non, j'ai rien appris là-bas à part à me battre, d'ailleurs ça a failli me coûter la jambe. Là vie, la vraie, je la découvre depuis que j'en suis parti.

Qu'est-ce t'as eu à la jambe ?

Un règlement de compte… Des mecs qui m'ont poussé sous une bagnole. Mais j'étais rapide et c'est le pied qui a pris. Je pouvais être mauvais moi aussi. Fallait survivre. C'était moi ou les autres. J'ai jamais été soumis. Fallait que je parte. Je serais dans des histoires de dope aujourd'hui ou pire.

T'as une famille ?

Oui. Elle va pas trop mal.

Je le regarde plus longuement, ses paupières bombées ourlées de cils très fournis, la bouche dessinée et pleine, tendue comme un fruit, ce nez puissant dans un visage anguleux, il pourrait être mon frère.

J'ai quatre frères tu sais, je continue, je suis au milieu. Ils sont gentils mes frères, enfin gentils… Ils sont tous partis en couille, oui ! Mais l'aîné c'est quand même le meilleur, le cœur sur la main… Il a les yeux tombants, l'air de rire toujours, mais au fond il faisait déjà semblant de rire, petit, même quand il pleurait, surtout quand il pleurait, pour cacher ses larmes. Il n'a pas de chance : sa nana s'en va, ses gosses le laissent tomber, le travail ? il court toujours après, peut-être qu'il est maladroit, ou trop sincère ou trop naïf. Alors il s'énerve, il se saoule à mort et il hait le monde parce qu'il finit par se haïr lui-même. Le deuxième c'est pas pareil, il s'est fait embaucher à la mairie mais il aurait pu faire mieux : il avait des capacités lui, il était plus intelligent que nous tous réunis. Mais il n'avait pas la patience. Ça coûte des sous d'étudier, mais quand même, quand on peut, je veux dire quand la tête peut, on devrait vouloir non ? Enfin voilà, il travaille à la voirie.

Oui Mounia, il faudrait vouloir… Et les autres ?

Ils sont en colère les deux derniers, en guerre contre le monde entier, les Arabes, les Français, les immigrés. Djibril voudrait s'engager dans la Légion, il nous a bassinés longtemps avec ses pompes et son entraînement de forcené. Oh, ils le prendront bien un jour pour finir, dans une guerre quelconque… Quant au dernier il est au RMI, il vend de la dope, il regarde la télé et se tape des nanas. En plus de cela il se dit musulman !

Et toi Moonface ?

Ben je suis ici moi. J'avais commencé un BTS, comptabilité… Mais tu sais les chiffres ça n'a jamais été mon fort. Je suis trop bête pour étudier. J'y comprends plus rien au bout d'un moment. Surtout je crois que ça m'ennuie. Et puis je voulais pas vivre le restant de mes jours dans un HLM sans avoir vu autre chose.

C'est important la religion pour toi ?

C'est quoi cet interrogatoire ? j'ai dit en riant. T'es de la police ? Un indic peut-être qui nous surveille tous, les sales saisonniers du bord de rivière. J'ai rien à cacher de toute façon. Tu veux savoir si je suis musulmane ? J'en sais rien. Je bois de l'alcool, j'aime ça, j'ai aimé faire le ramadan quand j'étais gamine – j'aimais aimer Dieu. Le jeûne, cette discipline de mon corps et ses habitudes, c'était sans doute le seul combat qu'on n'aura jamais pu mener là où on était. D'une certaine manière cela nous unissait. J'aimais aussi que mes parents fassent la prière, ma mère disait que c'était louer Dieu. Ça me plaisait tu vois, remercier pour la vie, même si cette vie n'était pas drôle. Enfin ma mère et ses prières… Pour ce qu'elle en a eu en retour.

Moi aussi j'aime Dieu, dit Césario. Pour moi Dieu c'est l'inconnu, le toujours possible. Ou plutôt les dieux. Je crois dans tous, tu sais. Ils sont comme nous les dieux, ils s'engueulent entre eux souvent, moi ça m'amuse.

Ma chienne aussi ça la fait rire. Elle est si bonne ma Rivière que même le diable elle l'aimerait.

Elle a levé les yeux vers lui, elle m'a regardée, semblant hocher la tête.

Je crois qu'il ne m'intéresse plus, le Dieu des autres, je lui demande plus rien en tout cas. Je sais qu'il n'en a rien à foutre de ma petite vie de merde. Celui qui est le mien et que j'écoute c'est le soleil, c'est aussi mon rocher de Gibraltar. Un jour j'irai. C'est ce qui me fait avancer. Et quand j'y serai il faudra choisir, traverser ou crever.

J'espère que tu iras. Et que tu traverseras.

Bien sûr que j'irai ! Voir les eaux qui se rencontrent… Il paraît que c'est violent tu sais, deux courants contraires qui s'affrontent. Il faut que j'y aille, que je le franchisse enfin ce détroit. De l'autre côté il y a les montagnes de Djurdjura, Djebel Djurdjura ils disent. C'est peut-être mon pays.

Moonface ! De l'autre côté c'est le Maroc, pas l'Algérie !

Je hausse les épaules. Il m'énerve ce Césario. Comme si je ne le savais pas.

T'es con, je murmure.

Je mords ma lèvre qui s'est mise à trembler. J'ai envie de me lever et de le laisser là. Il me prend le poignet doucement.

Reste, il dit. On a bien le droit de refaire la géographie à sa manière.

Et tes parents ? il a repris après un long silence.

Mon père est fatigué, il ne parle guère. Ma mère elle est partie.

Soudain je n'ai plus eu envie de raconter, j'en avais trop dit déjà, et qui il était d'abord pour me poser des questions sur ma vie ? Il n'a pas insisté, comme s'il le sentait. Et je ne sais pas pourquoi, j'ai continué.

Ma mère est partie, elle a rangé du linge dans sa petite valise grise, des affaires de toilette et son eau de Cologne au jasmin, elle a mis son foulard rouge et elle est partie. Elle nous a laissés et on ne l'a plus revue.

C'est son foulard que tu as autour de la tête ?

Oui. La pauvre.

Une fois de plus je l'avais dit et pourtant je ne le voulais pas. Ma vie à moi. Ma peine. Mon secret. Ma mère.

Tu la connais toi, Rosalinde ? il m'a demandé encore.

Ah. Toi aussi elle te fait bander.

C'est pas ça. Quand je la vois passer avec cet air bravache et lointain, ce port de tête, elle est comme un animal. En fuite ? Non pas en fuite, au contraire… Et je ne peux pas m'empêcher de me dire, C'est pas croyable, c'est pas pensable, elle est trop, trop quelque chose que je n'arrive pas à saisir. C'est le mot : elle est insaisissable. Elle a les rides des gens seuls, enfin les rides… Les marques.

Les hommes sont tous après elle. Certains doivent être persuadés qu'ils l'aiment, mais ils veulent juste coucher avec elle.

Il n'y a pas que ça. Ils veulent l'attraper, sans doute parce qu'ils la sentent sauvage.

Ça les fait bander, c'est bien ce que je te dis !

Oui mais c'est plus aussi. Elle provoque quelque chose en eux, l'instinct du chasseur peut-être.

Et toi ? Elle ne te fait rien ?

Moi ? Elle me fait de la peine.

J'ai tourné la tête : le globe parfait de ses yeux s'était recouvert d'un voile brillant.

Tu pleures Césario ?

C'est le pollen des tilleuls…

Y en a plus de pollen, les tilleuls ont tous boulé ici.

Un arbre qui aura fleuri après les autres. Il y a toujours des retardataires de l'histoire. Tiens, nous par exemple.

Il reprend après un long silence – Ça va mal finir pour elle. Elle court vers le feu. Les loups auront sa peau. Ou les chiens qui se prennent pour des loups. Elle va droit au feu.

J'ai frémi.

Parce que tu es devin aussi ? Qui tu es pour parler comme ça ?

Je regarde, c'est tout. Je vois ce qui est, et alors ce qui se prépare aussi.

C'est dégueulasse ce que tu dis.

Il a soupiré – T'as raison, je dis des conneries. Et toi tu es Moonface, tu iras loin, la lune elle fait le tour du monde.

Non, toi qui sais tout, c'est la Terre qui tourne autour.

Je l'aime bien Césario, même si c'est un flic de Chelas à la cheville écrabouillée par des jeunes qui ont pas aimé se faire pister. En le quittant sur son banc, j'ai levé la tête vers le couchant. La lumière au-dessus de l'Homme fou m'a rappelé la marche dans la montagne dont je revenais juste. J'y avais vraiment compris quelque chose de beau et de grave. Plus jamais je ne me laisserai prendre par la folie d'en bas, j'en étais persuadée au matin. J'ai traversé la grand-place. Il y avait du monde au Commerce. Jules m'a appelée. J'étais contente de le revoir. J'ai rejoint les terrasses. Et quand je suis allée commander une bière j'ai vu Rosa, debout dans l'angle du comptoir comme elle m'était apparue la première fois au bar d'En Haut, Acacio à ses côtés. Ils s'énervaient tous les deux, lui tentant de prendre son bras, elle se dégageant d'un air agacé. Elle m'a aperçue, son visage s'est éclairé, à peine, le temps d'un sourire qu'elle m'envoyait en cachette. Lionel est entré, complètement raide, pupilles dilatées et iris rougis par le manque de sommeil. Yolande l'a regardé, fronçant les sourcils – Toi mon coco... Et elle lui a servi un pastis. Esméralda sortait des toilettes et s'essuyait la bouche dans un pan de son tee-shirt, elle a repris une bière qu'elle a portée, en titubant, jusqu'en terrasse où était attablée la bande des Portos. C'est alors qu'une étrange voiture s'est garée en hurlant devant le bar. Une Américaine vert pétant aux ailes chromées. Le Gitan en est sorti, l'allure plus toréador que jamais. Il n'avait jamais paru aussi fier.

Oh Manu ! a fait Yolande lorsqu'il est allé s'accouder au comptoir. D'où est-ce que tu nous ramènes cette beauté ?

Je l'ai trouvée à Beaucaire. Cadeau pour un petit service rendu.

Paupières de Plomb qui jouait au baby-foot dans l'arrière-salle a eu un sifflement admiratif. Rosalinde s'était levée, Acacio faisait la gueule. Elle est sortie s'asseoir à l'écart, rapidement rejointe par le Corniaud qui attendait derrière la poubelle. Lionel commandait un autre pastis. J'avais détourné la tête, j'ai entendu des éclats de voix : le Gitan tenait Lionel par le collet et le secouait, sans doute le jeune l'avait bousculé. Paupières de Plomb l'a arrêté avant qu'il frappe... Yolande a foutu Lionel dehors. En terrasse, Esméralda était tombée de son siège, Alonzo tentait de la récupérer tandis qu'Ernesto et Rafael se bidonnaient. Le Gitan est ressorti

– Alors Poupée… tu viens faire un tour ? il a dit d'un ton infatué, passant devant la table de Rosalinde. Elle a détourné la tête. Jules à mes côtés marmonnait des phrases inintelligibles. Il ne me voyait plus. Je me suis levée et me suis calée dans l'embrasure de la porte. J'ai regardé la nuit tomber sur la grand-place, le casque de feu de ma Rosa. J'apercevais la silhouette de Césario assis en solitaire sur le banc, à ses pieds une tache fauve. Des saisonniers étaient vautrés dans la poussière. Où est Thomas, je me suis demandé, le temps d'un instant. J'ai haussé les épaules. L'image de la biche qui s'enfuyait au matin m'est revenue, puis celle du chien, disparaissant quand le soleil m'était apparu sur la montagne nue, j'ai réglé ma bière et je suis rentrée au cabanon.

Rosalinde ouvre les yeux. Une lueur pâle filtre au travers du rideau rouge. Sa tête est vide, un vertige, ce malaise qui lui colle à la peau comme un suaire. Mais aucun corps d'homme à son côté, juste la présence tiède du Corniaud, calé dans ses reins. Il lui faut chercher de longues minutes avant de se rappeler son nom – Je suis Rosalinde, oui, peut-être. Mais où suis-je et qui suis-je, moi Rosalinde.

Elle s'est levée. Elle enfile son short, un tee-shirt. Elle ouvre la porte au chien. L'eau chauffe. Bientôt la chaleur sera là. Le bruit de l'eau, un chuchotis encore distinct, un répit avant que les crécelles folles reprennent leur envol. Un rat s'est enfui lorsqu'elle a sorti le siège de voiture que quelqu'un avait balancé dans les fourrés de ronces au bord de l'Aygues il y a longtemps. Il est devenu son trône, souveraine elle règne sur l'extrémité du parking de terre battue, entre l'abattoir de campagne, désaffecté depuis peu, et le mince filet de l'Aygues qui sent la vase. Autour d'elle les crottes de chien éparses, des détritus en tout genre. Oui Rosalinde, une reine étrange et solitaire avec son bouffon corniaud, qui attendent l'arrivée de l'assaillant dans leur petit désert, un dépotoir grandissant, tous deux protégés par des saules étiques.

Elle boit son café. La chaleur monte. Bientôt les mouches, en essaims. Renversant la nuque, les yeux mi-clos, elle sent les rayons du soleil à travers le feuillage qui tremble un peu, les feuilles assoiffées, ils doivent nimber sa tête d'or sombre. Elle sourit alors. Le chien observe un couple de rats. Ils creusent un tunnel.

Un frelon bourdonnait lourdement et se cognait à la vitre. Il m'a réveillée. Je me suis levée et je lui ai ouvert. L'ombre était douce et fraîche. J'ai fait un café et je suis sortie. Le pic de l'Homme fou s'éclairait à l'ouest, le plateau des Loups presque rose dans la lumière du matin, la grande forêt domaniale et sa masse sombre, un velours peut-être. Et puis ce pierrier noir qui toujours me fait peur. Oui, je le déteste. J'ai tourné la tête vers l'est. Je regardais l'été. Le soleil était sorti. Bientôt brûler encore... Cela m'a rendue triste. Lui offrir un corps, une âme, coquilles trop creuses. Feu de paille pour lui.

J'ai marché vers le village. J'ai pris un café au bar de l'Eau Vive. Le Gitan a grimacé un sourire quand j'ai longé sa table. Il était assis en terrasse, l'œil fatigué, plus brillant que jamais, les ongles teintés de cambouis, ses cheveux raides et courts dressés en épis gras. Je n'aime pas le Gitan. Ça me fait comme le pierrier noir : la chair de poule, l'intrusion de quelque chose de malfaisant dans la lumière de juin. J'ai lu le journal. J'ai traîné dans les rues. Puis j'ai eu faim. Je me suis acheté du pain, des tomates et des olives que je suis allée manger sur la digue, à l'ombre de la promenade.

J'ai évité Loulou et sa bande, Acacio qui fumait seul, l'œil vague et mauvais. Le banc de Césario était pris par d'autres. Je me suis assise sur le remblai de terre sèche de la digue. Quand ils sont partis, j'ai regagné leur place. J'ai mangé. Et j'ai attendu Rivière d'Or et Césario.

Et ta mère ? Tu n'as toujours pas de nouvelles ? m'a demandé Césario.

Et soudain j'en ai marre de mentir.

Ma mère elle est morte, j'ai dit en le regardant droit dans les yeux.

Il a baissé les siens.

Ah… Ça fait longtemps ?

Oui. Longtemps. Les martinets criaient dans le ciel bleu de l'été au-dessus des murs blancs de l'hôpital quand je rentrais au soir. Ils étaient aveuglants les murs, brûlants de chaleur et de toute la douleur qui était emprisonnée derrière.

Tu m'avais dit qu'elle était partie, il a murmuré en regardant la rivière.

Oui, elle est partie. Elle est vraiment partie. Avec sa petite valise cabossée et le sac en skaï qu'elle aimait tant. Son eau de Cologne au jasmin. Ma maman. L'hôpital s'est refermé sur elle. Il l'a avalée et elle n'en est plus jamais ressortie. Enfin si, elle est ressortie un jour, mais elle était partie.

Moonface…

Quoi Moonface ? J'ai pas vraiment menti. De toute façon ça revient au même.

Il a passé un bras autour de mes épaules nues. J'ai senti sur ma peau ses muscles durs. Et pourtant c'était doux. J'ai laissé aller ma tête un instant à la jonction de sa poitrine et de l'aisselle. J'ai reniflé, j'ai soupiré – Enfin… On va quand même pas en faire un plat ? Ça ne regarde que moi au fond.

Plus tard j'ai pensé qu'il le savait depuis le début. Que maman était morte. Rivière m'a regardée longuement. Ses yeux dorés étaient tristes. Au bout de la digue il y avait Loulou, plus raide que jamais, la bande à Jack et Sammy et le chien-loup, imperturbable, qui haletait. Lui aussi avait soif.

J'ai rejoint la rivière presque aveuglément, comme s'il n'y avait que là que je puisse trouver ce que je cherchais. Elle était là Rosa, offerte au soleil. J'ai tout de suite vu les bleus sur ses bras, des marques violacées qui viraient au mauve, certaines étaient jaune sale. L'empreinte de doigts. Je n'ai rien dit et je me suis déshabillée. Je me suis couchée pas très loin d'elle.

J'ai pas envie de te parler Rosalinde. Je viens là pour me laver et pour oublier que les abricots ne mûrissent pas assez vite et que je m'emmerde à mort.

Elle a ri – Ça c'est du direct Mounia. Mais je t'ai rien demandé de toute façon.

J'écoutais l'eau. J'attendais qu'elle me parle et elle ne disait rien. Je n'ai pas tenu bien longtemps.

Tu t'es baignée Rosa ?

Oui.

Vous commencez à ramasser bientôt ?

Dans quatre ou cinq jours.

T'y vas avec le combi ?

Non je le laisse à la rivière. Les patrons me prêtent une petite maison derrière chez eux. Ça me fera des vacances.

J'ai changé de sujet – T'as pas l'air de l'aimer le bled.

Et toi tu l'aimes ? Ce coin, j'y ai vécu bien avant toi. Je les connais, ses hivers interminables. Le travail dans les vergers d'oliviers quand il ne dégèle pas de la journée, c'est pas le problème, ça j'aime, c'est pur. Par contre, le froid dans mon camion et les mecs qui viennent taper à ta porte parce qu'ils ont besoin de thunes pour le bar, qu'ils voudraient bien aussi te sauter parce qu'ils ont besoin d'une femelle... C'est dur. Que ce soit l'hiver ou l'été, il n'y a pas assez d'espace entre ces montagnes pour que nos actes puissent jaillir librement, sans devenir des poids que l'on doit se traîner aux pieds.

Tu veux dire qu'on n'est pas libres ?

C'est à peu près ça. On est pareils à des bêtes emprisonnées dans ces contreforts rocheux. Alors on court dans tous les sens, on se rue vers n'importe quoi, n'importe qui. Tout est déréglé.

Tu viens d'où Rosa ?

On était couchées sur les pierres, moi en pleine lumière, elle qui s'était déplacée à l'ombre d'un bouleau. Le Corniaud était allongé à quelques mètres d'elle, le flanc offert au soleil.

Je viens des brumes. Hambourg. Il y a longtemps. J'ai presque oublié. D'ailleurs des fois j'oublie. Mon grand-père a été mécanicien sur de gros navires, et moi je me suis désamarrée à tout jamais.

Tu as des parents ?

Oui. Ils sont fonctionnaires.

Moi mon père était harki et ma mère elle est morte. Non elle nous a lâchés. Elle a pris sa petite valise de rien, m'a laissé son foulard et pfuitt... Mes frères eux sont partis en vrille, enfin non ils font comme tout le monde, ils font leur vie.

J'ai pensé que c'était le moment de lui parler du désert. J'avais tourné cela longuement, des jours et des nuits, et plus j'y pensais, plus c'était évident que nous devions partir ensemble.

Rosalinde, j'ai commencé, et puis je n'ai pas su continuer et j'ai parlé de tout autre chose – J'ai peur de ne jamais arriver à Gibraltar. Et même si j'y arrive, je fais quoi après ? L'Algérie je ne connais pas. Je dois bien y avoir encore de la famille, mais comment faire si je les revois ? J'ai la trouille en fait. Est-ce que t'as peur de quelque chose, toi Rosa ?

De quoi j'ai peur ? Mais de tout, Mounia. Des hommes, du feu qui est en moi, de ce trop qui me mange et me tue, de ce vide qui veut m'avaler. C'est bizarre ce que je te dis, je suis pleine de trop et de vide. Mais le savoir n'y change rien.

J'ai soupiré – Pour moi il est surtout dehors le vide, quand je cours dans les rues du bled, qu'elles sont désespérément désertes. Au fond Rosalinde, on est toutes les deux des femmes du feu. J'ai ri – il nous habite et aura notre peau.

Rosalinde s'est redressée. Elle a pris appui sur un coude et s'est tournée vers moi.

Oui Mounia, peut-être… Cette faim que j'ai d'aller au bout de moi, jusqu'à en tomber épuisée, rassasiée un moment. Pour un instant je me sens comme… anesthésiée ? Je n'ai plus besoin d'autre chose enfin. Les hommes comblent le gouffre en moi. Toi c'est courir sous ton soleil, mais est-ce que ce n'est pas la même chose au fond ?

Je ne comprenais plus très bien. Ma tête me semblait une calebasse trop creuse.

Je ne sais pas Rosa. Moi le vide pour l'instant il est dans mon cerveau, des fois dans mon cœur ou dans mon âme. Mais pas dans mon ventre je crois.

C'est pareil Mounia. Le ventre c'est le cœur de tout.

Je l'ai regardée. Elle fixait le ciel sans le voir. Elle a soupiré et a repris, d'une voix lointaine et rêveuse :

Tu sais Mounia je pense parfois que les saisonniers, on est des anciens combattants. On cherche le feu d'un combat, on en charrie surtout le manque parce que le plus fou c'est qu'on n'a pas combattu. Enfin, pas pour de bon. Toi Mounia, c'est la guerre de ta famille, la vie de ta mère aussi, que tu portes, peut-être, et que tu continues à ta manière, mais contre qui, pour qui, tu le sais ? Acacio a sa révolution, ou plutôt celle de son père. En attendant il picole et se prétend libertaire. Et tous autant qu'on est, on traîne ça comme un boulet.

Et toi Rosa, c'est quoi ta guerre ?

Est-ce que je sais seulement. Mais c'est pour dire… On est restés bloqués. La vie et la mort de nos parents, on en a fait du figé et de leur mémoire on a fait des mausolées. Le figé se laisse adorer tu sais, manipuler, déguiser suivant les humeurs. Le vivant non – car ils étaient vivants eux. Le vivant change sans cesse et sa vérité nous échappe. Ils ont raison au fond les gens du pays, on est vraiment des fruits tordus juste bons pour la casse. Et ça doit les arranger qu'il y en ait qui soient déglingués. Faut bien des abricots pour la pulpe, faire marcher les usines avec la chair des fruits déclassés, elle rit. Remarque, les triples A se feront bouffer aussi…

T'exagères, Rosa. Mes parents eux ils ont connu la tragédie. Nous on est juste des petits cons à côté.

J'ai repensé alors aux marques sur ses bras.

T'as des bleus sur les bras Rosa, c'est Acacio ?

Elle a souri – Il dit que je suis sa sorcière… Il me voudrait tout le temps. À lui seul. Comment pourrais-je répondre à son besoin de moi ? J'attise le feu de sa soif. Il s'énerve. Tu vois, lui aussi est bouffé par le feu. Mais c'est ma liberté qu'il veut, comme tous. Et ça ils ne l'auront pas. Peut-être qu'il a raison et que je suis vraiment habitée par le Mal.

Quel mal ?

Je ne sais pas. Le fait que j'aime les hommes peut-être, que je les haïsse davantage lorsqu'ils cherchent à me retenir ? Jamais j'appartiendrai à aucun, Mounia ! Je n'aime que cette course, la lutte des corps, la morsure… La seule chose qui me fasse me sentir vivante c'est ma peau et celle de l'autre. Et l'instinct, celui qui nous fait sortir de nous-mêmes.

Tu parles drôle des fois. Je comprends pas toujours.

Thomas, tu le comprenais ?

Je sais qu'il a pris de la dope pendant longtemps, que ça lui manque. De toute façon il est parti.

Thomas, Gibraltar, ton désert… Ce désir et cette peur de repartir… Tant qu'on n'aura pas trouvé notre vraie raison de se battre, ce sera juste des paravents pour se cacher que l'on a peur.

Mais j'ai pas peur moi !

Alors disons… pour ne pas voir l'insupportable incertitude de la vie, de ce monde où il n'y a jamais eu personne… La même trouille qui nous fait chercher un semblable, un sauveur, une chimère qui porterait en elle toutes les réponses – le rêve de l'amour, l'amour absolu qui n'existe pas, qui n'a existé que lorsque nous étions des têtards, des créatures poisseuses dans l'ombre chaude d'un ventre. Ton Thomas… Tu crois vraiment que c'est ça l'amour ?

Elle n'avait pas tort Rosalinde.

Si tu restes avec Thomas ou un autre, tu vas toujours recommencer les mêmes tentatives et les mêmes ratages. Se mettre en couple… les grands mots pour deux personnes qui veulent juste se mettre à l'abri !

J'ai pouffé. Des fois elle était drôle Rosalinde. Mais elle n'a pas eu l'air de m'entendre.

C'est le piège le couple. L'espoir inconsolable d'un réconfort. Le réconfort il est dans nos corps quand ils sont libres, la seule vérité, elle se trouve dans ton soleil, ton rocher, le désert… Elle accompagne les bêtes dans leur course pour la survie. N'abandonne jamais ta liberté pour quelqu'un Mounia.

Elle s'est tue un instant. Et t'as raison Moune, faut avancer, elle a repris plus doucement, ne pas suivre interminablement le chemin qu'ont tracé les autres. Il faut être fidèle au monde plutôt qu'à un homme, le beau monde qui nous entoure, l'inconnu qui vous prend le cœur et les tripes.

Le Corniaud était revenu à ses pieds. Il s'est étiré longuement, a ramené ses petites pattes tout contre lui et a bâillé d'un air ébloui, sa gueule rose comme une fleur ouverte et humide. Le soleil se reflétait dans ses yeux jaunes. Rosalinde était ailleurs. Elle avait l'air très fatiguée tout à coup.

Vivement demain et le travail qui reprend ! j'ai dit en soupirant.

Oui le travail, et encore le travail, et encore les bars, et encore les hommes… elle a continué à mi-voix, et l'on va tourner de plus en plus vite. De toute façon on ne peut pas s'arrêter, on aurait bien trop peur de mourir si l'on s'arrêtait. La peur de regarder en face et de n'y voir que le désert qui s'étend à l'infini jusqu'à la mort, jusqu'après la mort qui est un autre désert : la route est nue devant nous Mounia. Le rien quotidien. Qu'est-ce qu'on y croit fort dans notre rien… Donnez-nous Notre Père notre rien quotidien.

Elle a changé de ton. Elle a fermé les yeux et m'a récité un poème, si triste, avec des bêtes crevées et pourries à l'intérieur. C'était trop. Soudain je l'ai détestée Rosalinde, quelque chose m'a dégoûtée en elle, son désespoir, elle n'avait pas le droit de me dire tout cela. Bien sûr que je n'étais pas aussi intelligente qu'elle mais peut-être que je le savais, bien sûr que je le savais déjà tout ce qu'elle me débitait impitoyablement. Qu'elle me laisse le temps de m'en assurer moi-même, je veux dire, qu'elle me laisse ma chance, une toute petite chance que ce ne soit pas vrai, pas tout à fait vrai, que quelque chose de beau puisse m'arriver un jour, quelque chose de plus ample que mon bonheur et ma rage et mon chagrin de courir sous un soleil qui se fout de moi, à côté de Loulou qui bientôt se noiera dans sa vinasse, de Thomas qui s'éteint lentement, de tous les autres… Qu'elle me laisse le droit d'aller quelque part et d'y croire, avancer pour un but, cesser de me brûler en vain, être davantage enfin qu'une pauvre fille emportée par le cheval fou emprisonné dans sa poitrine. D'où elle venait Rosa, qu'est-ce qu'elle avait fait, vu, pour être si fatiguée et si sauvage à la fois. Les hommes… Coucher avec eux comme elle le faisait, elle ne les aimait même pas. Je me suis relevée :

T'es pas drôle aujourd'hui. D'ailleurs t'es pas souvent drôle. Je crois que je vais rentrer, tu me donnes juste soif.

Elle m'a regardée étrangement.

Ben va-t'en.

Je suis partie. Le Corniaud n'a pas levé les yeux sur moi. On n'irait pas dans le désert ensemble. Et mon rêve de Gibraltar je suis sûre qu'elle n'y croyait pas.

La splendeur de l'été me mange. Thomas ne reviendra plus. Il a repris de la poudre, quelque part entre samedi soir et mardi. Il me fait dire que je ne l'attende plus, qu'il a à faire vers Bellefond, du travail, des amis, du travail… à n'en plus pouvoir. Plus le temps de passer ici, et d'ailleurs à quoi bon. J'ai repris le chemin des vergers, les abricots ont commencé enfin. Il faisait froid le matin, à cinq heures et demie sur la place où nous attendions le camion. Je suis montée à l'arrière avec un troupeau de saisonniers que je ne connaissais pas, ceux qui vivent le long de la promenade, sur la digue, entre la rivière et la grand-place. Ils ont surgi de la pénombre, les uns après les autres, lentement. Du bout de la rue on les voyait paraître, on aurait pu les croire tombés des vieux platanes qui bordent la route, tombés très doucement, de drôles de fruits ensommeillés. Ils titubaient un peu. Ils ne dorment pas beaucoup. Ils ne mangent pas beaucoup non plus. Ils se font refouler des bars alors ils vont boire sur les bancs. La journée passe ainsi pour ceux qui n'ont pas trouvé d'embauche et pour finir ils s'endorment là. Ou bien ils font quelques pas jusqu'à la rivière. Ils se laissent glisser dans l'herbe sèche. Dans l'odeur de l'été et les crottes de chien, ils roulent, mais ne s'en rendent plus compte. Les plus malins ont leur cabanon, une vieille ruine depuis longtemps abandonnée. Les gens du village n'aiment pas ça et quelquefois la gendarmerie débarque : ils cherchent des seringues qu'ils ne trouvent pas, embarquent les pouilleux qu'ils vont relâcher dans le département voisin. Rien ne change pourtant : deux jours plus tard les étourneaux sont de retour, plus nombreux encore, semble-t-il, comme s'ils s'étaient multipliés en route. Ils s'en vont boire, basculent à nouveau dans l'herbe roussie, roulent dans l'odeur de l'été et les canettes défoncées.

Le camion a gémi longuement en s'arrêtant. Un homme en est descendu. Il avait des yeux bleus très pâles, humides, dans un visage osseux et harassé déjà : Michel, le patron. On a grimpé sur le plateau arrière en essayant de ne pas traîner. Michel nous comptait. Les derniers resteraient en rade. Je me suis calée dans un angle, le rebord de tôle était glacé. Mon voisin m'a écrasé le pied. Ouille, j'ai fait en le ramenant sous mes fesses. Il a levé sur moi un regard étonné, je l'avais réveillé peut-être. Oh pardon, il a dit. Il sentait fort le vin. L'odeur aigre se mêlait aux relents de gasoil du pot d'échappement, des pieds, à la poussière. J'ai humé à plein nez, pour tenter d'y débrouiller l'odeur du matin. Il y en a six de trop, a crié Michel. Il était vraiment fatigué, sa voix était tout enrouée. Personne n'a bronché. Nous gardions les yeux baissés. On ne voulait pas entendre. Il en a désigné six qui sont descendus en maugréant. Bien sûr, ils n'avaient plus rien en poche. Peut-être demain, a dit Michel. Il a fait monter deux filles à l'avant. Les portes ont claqué. Le camion s'est ébranlé péniblement. Ça soufflait fort à l'arrière du camion. Mon voisin l'écraseur de pieds s'était réveillé tout à fait. Il toussait. Il semblait heureux. Ses mèches blondes s'étoilaient autour de sa tête. Tu as froid ? il a demandé quand je me suis pelotonnée, les genoux rabattus contre ma poitrine, mon pull abaissé sur mes jambes nues. Un peu, j'ai murmuré, et il m'a prêté un pan de son duvet. Bientôt nous étions cinq ou six dessous, serrés pour nous tenir chaud. Le jour se levait sur les montagnes, l'air nous brûlait les poumons. Ça au moins c'était bon. Thomas ne reviendra plus, j'ai pensé. On a roulé longtemps ainsi. Et puis le matin était là.

Les vergers s'étendaient très loin, jusqu'aux vallonnements bleus de l'horizon. Nous avancions en rangs serrés, panier en bandoulière. On n'entendait plus que le tambourinement des abricots encore durs lorsqu'ils cognaient l'osier et une voix très jeune qui chantait. Mon corps était heureux de reprendre le travail, de s'étirer sous un ciel pâle, délicatement nacré. Le soleil paraissait. Ses rayons discrets réchauffaient mes jambes nues. La lumière oblique du petit matin caressait la plaine, redonnant flamme et relief aux choses. À huit heures, Michel a donné le signal – Petit déjeuner ! Personne n'a traîné pour abandonner son arbre. J'ai fait le tour des visages rassemblés autour des paniers à victuailles. Une belle fille aux cheveux noirs sortait les verres et les thermos, les assiettes en carton et la bouteille de vin, disposait les pains sur un torchon, le pâté, les sardines en boîte et la confiture, les fromages, une énorme salade de riz. La voix qui chantait est venue s'asseoir près de moi, elle m'avait adoptée déjà – Je m'appelle Abdelman. J'ai regardé le visage imberbe, les yeux noirs sous le front bombé, son air de bonheur étonné. J'ai souri – Moi c'est Mounia.

Je viens de Lyon, il a continué en mordant dans sa tartine. Je suis venu avec mon frère. Il a eu de l'embauche ailleurs et bien avant moi. Et je suis rudement content d'avoir la place tu sais ! J'avais peur de pas trouver. Tu vas voir comme je vais bosser ! Je vais devenir irremplaçable pour le patron.

J'ai souri encore – Tu dors où ?

Un peu n'importe où. C'est beau la liberté. Quelquefois à la rivière, ou alors chez mon frère qui s'est trouvé un cabanon. Hier je me suis endormi derrière le lavoir, j'ai pensé que c'était plus sûr si je voulais pas manquer le camion.

J'ai repris du café. L'écraseur de pieds se resservait de vin. À ses côtés un grand gars patibulaire, au visage dévoré par une ancienne acné, riait avec un autre très maigre et rouge. Le soleil montait, la lumière devenait plus blanche. Bientôt on aurait chaud.

Nous avons fini tôt ce jour-là, et les suivants, les abricots commençaient tout juste à virer. Nous étions de retour au village en tout début d'après-midi. Je suis allée me laver à la rivière. Rosalinde n'y était pas, elle travaillait sur l'adret des montagnes. Je me suis endormie au bord de l'eau.

Au soir je suis retournée faire mon tour sur la digue. Le même peuple efflanqué et dépenaillé couvrait la promenade. J'ai reconnu Loulou entourée de sa bande, Abdelman et l'écraseur de pieds du matin, son collègue au visage vérolé qui m'a arrêtée.

Bonsoir cousine, il m'a dit très jovial.

Cousine ?

Oui, cousine. Je suis Roby, Roby l'affreux. Mais appelle-moi cousin. On est tous de la même famille ici.

D'accord cousin, j'ai dit. Tu viens d'où ?

De l'Est, Mulhouse.

Et il m'a raconté sa vie très vite : il avait longtemps travaillé dans un abattoir le cousin Roby, un jour il en était parti. Il avait choisi les saisons. J'ai compris qu'il faut toujours être vrai, il m'a dit encore, d'abord avec soi-même et ensuite avec les autres. Avoir confiance, la vie c'est toi, c'est moi, c'est nous tous ici sur la digue.

J'étais pensive. Oui, peut-être, j'ai répondu. Mais comment reconnaître le vrai du faux. N'est-ce pas le plus difficile des fois, mon cousin ?

Césario paraissait sur le pont des Mensonges, Rivière le suivait. Il avançait en claudiquant, un mécanisme brisé dans le balancé de son corps. À bientôt cousin, j'ai dit très vite, et j'ai couru vers lui. Nous avons repris nos places de sentinelles sur le premier banc de la digue.

Alors ta journée ? il m'a demandé.

Oh que cela fait du bien de retouver les vergers Césario…

Tu as raison Mounia. Je commençais aussi à m'ennuyer à regarder passer l'eau, enfin ce qu'il en reste.

Mounia ?

Moonface je veux dire.

141

Une trille modulée nous est parvenue. Elle venait du bout de la digue. J'ai souri. Abdelman... c'est le petit gars qui ramasse avec moi. Ça me rappelle juste mon plus beau souvenir peut-être de là où j'ai grandi.

Raconte.

J'avais quatorze ans, treize... c'était avril je crois et je portais une jupe. Rouge. Ma mère l'avait cousue. La route bordait un chantier. Les hommes ont sifflé, longuement, c'était comme des oiseaux du printemps. Mais c'était des hommes aussi. J'étais intimidée. J'étais heureuse. Bientôt je serais une femme. Ils l'avaient vu eux. C'est vrai que mes seins avaient poussé... Ils sifflaient dans les airs, du haut de la grue d'abord, puis d'autres ont répondu de partout... Oui des oiseaux.

Ce sont toujours eux qui nous apprennent les saisons, me répond Césario.

Qui ça, eux ?

Les oiseaux.

Abdelman a une tête de linotte.

Sa voix claire sur le chemin m'a réveillée. Il chantait. Six heures et demie au cadran du gros réveil. Nous ne travaillions pas ce jour-là. Les abricots mûrissaient à peine. Abdelman avait fait la fête très tard, dormi sur un banc quelques heures, puis cherché une journée d'embauche auprès des camions qui nous embarquent à l'aube. Mais il était trop tard déjà et tous étaient partis. Alors il avait mangé un nombre fou de croissants, une quiche, un chausson et une baguette tout entière – Tu comprends, maintenant que je travaille il me faut me nourrir correctement ! Le jour se levait, très beau, très clair et neuf dans le tapage des oiseaux qui avaient démarré depuis longtemps, et la forme sombre à la lisière des chênes d'un inconnu qui dormait. J'ai fait du café. Abdelman en a bu trois tasses, a fumé un pétard, puis il est rentré se coucher au cabanon où créchait son frère. Je suis retournée dormir. J'ai rêvé que Rosa était revenue à la rivière avec son sac à dos et qu'elle me disait, Alors le désert, on y va ? Moi je suis prête Mounia.

Je traîne dans les rues. Mon corps sans travail me pèse et m'encombre. On dirait une bête entravée, un bateau sans erre. Inévitablement mes pas me mènent à la digue. Peut-être Césario sera-t-il en pause. Je le retrouve au lavoir. Il se rince la bouche. Je m'assieds sur mes talons, au-dessus du ciment frais, et le regarde faire. Quand il a terminé ses ablutions, il se lave longuement les bras. L'eau perle sur sa peau noire, lisse comme un bois ciré. Ses muscles glissent sous une soie très sombre. Vient le tour de ses jambes. L'une après l'autre, il les passe sous le jet glacé. Sa bouche se contracte un instant quand l'eau vient frapper sa cheville, celle qui est rose et écrasée. Les cigales sont saoules de leurs propres cris. Césario se redresse – Allons nous asseoir Moonface, j'ai une heure devant moi avant de reprendre. Et nous retrouvons notre banc.

Cerbère ! Au pied ! gronde Ulysse, du bout de la promenade.

Le gros chien qui grognait sourdement s'écrase dans la poussière.

C'est notre gardien des enfers tu crois ?

Peut-être Moon.

En tout cas il a une bonne gueule. Tu sais Césario, je pense à la solitude des chiens. Est-ce que tu as réalisé ?

Raconte.

Les chiens ils nous suivent. Rivière c'est différent, vous faites route ensemble.

Le Corniaud et Rosalinde aussi.

Oui mais j'imagine qu'il ne comprend rien à rien le Corniaud. Il doit reconnaître quelques mots. Pour le reste il suit. Aveuglément. Il avance dans un monde inquiétant, peuplé de créatures bruyantes et à moitié dingues. Il est seul dans son attente. Une nuit qui durerait toujours. Et ce sera jusqu'à la mort. À quoi rêve-t-il, tu crois ? À la peur peut-être, à Rosa qui s'en va et à Acacio qui cogne. Passer toute une vie en terre étrangère, condamné dès la naissance à la solitude, cela me semble terrible – je soupire.

Chacun a son désert Moon, les bêtes, les humains... c'est sans doute le même.

Rosa elle dit, C'est quand tu es dans le désert que tu pourras le mieux trouver ton puits. J'y pense souvent. Au fond je suis sûre qu'elle a raison.

Césario plisse les paupières. Tiens, lui aussi il a des petites rides au coin des yeux. Ce sourire doux des fois. Je continue :

Et des fois je me dis que le désert il est ici. Et que c'est là que je devrais y chercher ma source. Mais est-ce qu'elle ne sera pas empoisonnée, celle du bled que je vais trouver en creusant, je me le demande aussi.

Césario sourit encore. Ses lèvres pleines s'ouvrent sur l'éclat bleuté de ses dents.

Tu risques surtout de tomber sur un puits de bière. C'est pas forcément mal si tu aimes ça mais faut le savoir.

T'as rien compris Césario ! Faut toujours que tu sois plus intelligent et que tu aies le dernier mot, c'est d'eau que je parle. Avec de la bière, tu mourras de soif très vite.

Oui. Et encore plus vite que sans eau.

Là on se comprend.

Les abricots mûrissent vite sur le flanc sud-est de la montagne. Rosalinde ramasse jusqu'à deux heures passées. Elle est fatiguée. Les années passent, elle part, revient, et rien ne change jamais. Les hommes sont les mêmes qui l'attendent et la veulent encore. Elle se dit qu'elle va quitter le combi, le village, et même la maisonnette que lui ont prêtée ses patrons, pour dormir au hasard des granges, des roches et des fossés. Elle s'est allongée à l'ombre d'un tilleul avant de reprendre à quatre heures. Les mouches l'agacent. Elle s'endort pourtant. Elle rêve au bruit qu'ont fait les lunettes d'Acacio lorsqu'elle l'a giflé. Un craquement léger qui ne cesse de la poursuivre et lui fait mal au cœur, le bruit sec et triste des montures cassées, Acacio qui portait la main à ses yeux, son regard apeuré, son geste affolé pour les rattraper, ce dos voûté d'enfant battu ou de vaincu soudain, comme un ressort brisé en lui, Acacio égaré, tellement vulnérable que tout de suite elle regrettait son geste, aurait voulu que cela n'arrive jamais, ce coup de couteau dans son cœur d'homme amoureux, une brèche irréparable dans sa fierté. Il était saoul, jaloux, furieux de l'avoir vue parler au berger. Et il tambourinait contre la tôle – Salope, ouvre-moi ! Tu vas m'ouvrir enfin ? *Le rêve des lunettes s'estompe, elle est au milieu d'un oued, la pierre est rouge, un minaret doré monte jusqu'au ciel. Ahmed a pris sa tête qu'il ramène contre sa poitrine, les deux paumes en corolle autour de son visage. Ses yeux noirs plongent dans les siens mais c'est elle qui se noie. Sa vue se brouille, elle suffoque, Ahmed lui échappe. Elle est seule sur une autoroute déserte. Un homme surgit de derrière le talus. Il a un visage de somnambule épuisé. Sans doute il est fou. Il marche droit sur elle. Il l'écrase de tout son poids de malheur.*

Elle sursaute dans son sommeil. Quelqu'un s'est assis à quelques pas d'elle. Il la regarde.

Nous avons repris le chemin des vergers dès le lendemain. J'étais heureuse et Abdelman chantait « Au premier temps de la valse »… Le patron n'a fait descendre personne du camion ce matin-là. J'ai pensé que c'était bon signe, que cela mûrissait vite maintenant et que nous allions beaucoup travailler. Cousin Roby l'affreux m'a souri, les cratères de son visage m'ont fait penser à des petites comètes rouges. Et Michel le patron m'a tendu la main presque avec douceur pour m'aider à descendre du plateau arrière. Comme si j'avais besoin de ça ! Mais il était gentil. Un nouveau s'est fait engueuler parce qu'il ramassait les abricots trop verts. Il avait une barbe démesurée et des cheveux très longs noués en queue-de-cheval. Au déjeuner il s'est assis à côté de moi – Ne le dis à personne, mais je suis daltonien.

Le pauvre, j'ai pensé.

Nous étions de retour au pic de la chaleur. Ma tête était légère, mes épaules brûlantes, les muscles de mon cou tendus et douloureux. C'était bon. Au bar du Commerce, en terrasse, le Parisien m'a hélée – Viens prendre un café, belle Mounia ! Je l'ai rejoint à sa table.

T'étais où le Parisien ? Ça fait un bail qu'on ne te voyait plus.

Je bossais la vigne aux Bastides Rouges. Lucia m'avait trouvé une vieille caisse. Je l'ai foutue en l'air hier, à mi-chemin. Il m'a fallu rentrer à pied. Plus une thune. J'ai décidé de ne plus boire. Ça m'allège.

J'ai ri – Normal que tu te sentes léger si t'as plus rien.

Il a ri aussi. Puis il a regardé mes épaules nues – Tu sais que tu es à croquer ?

Tu vas pas t'y mettre toi aussi, le Parisien !

Paupières de Plomb est passé, suivi par le Gitan. Ils se sont assis dans notre dos, pas loin. Ils mataient. Je le sentais à ce poids soudain sur ma nuque, mes cuisses, quelque chose qui empêchait le plus simple de mes gestes tout à coup. J'ai eu du mal à me relever tant j'étais gauche et maladroite. Ma chaise s'est renversée, ma besace a accroché ma tasse qui s'est écrasée à terre. Je suis partie plus honteuse que jamais et j'ai filé vers la rivière. Passé le crucifix et la Croisée des Chemins, mon pas est redevenu dansant, ma nuque légère et droite.

Rosalinde arrivait juste.

Je me sens nue l'été, Rosa. J'ai toujours l'impression d'être nue sous le regard des hommes, enfermée dans mon corps comme sur une île déserte. Peuplée de fauves qui me guettent et pourraient me dévorer. Ça me rend coupable et mal à l'aise.

Rosalinde rit – Des fauves ? Alors il te faut les dévorer avant qu'ils ne le fassent ! Moi tu vois Mounia, je crois que je suis nue tout le temps.

Cette fois nous sommes allées plus haut dans les gorges, là où l'eau coule encore, dans des bassins couleur des mers du Sud.

D'ailleurs j'aime, elle continue. Ça au moins ça m'appartient. Mon corps vivant. Et c'est bon. Le mot « bon » lui prend toute la bouche lorsqu'elle le dit, savourant le mot même comme si elle mangeait un fruit, qu'elle avait eu très faim et se nourrissait enfin de la prune juteuse, gorgée de sucre, dont elle me parlait l'autre jour quand le vieux toubib est arrivé... Elle cligne des yeux, un rai de lumière glisse à travers les bouleaux et fait briller ses cils presque transparents. Le Corniaud suit le vol d'une abeille.

Je déplace mes reins sur la pierre chaude. C'est brûlant et délicieux. Je réfléchis un instant – Pour moi ce qui est bon c'est le soleil. Quand j'entre dans l'été comme dans la passion et les bras d'un amant furieux.

Cette fois je me sens fière d'avoir si bien parlé, mes mots sont aussi beaux qu'un poème j'en suis sûre.

Le soleil te suffit à toi.

Allongée sur la roche j'ai ri. Si elle savait combien j'aimais l'odeur de pain chaud des hommes, au gros du travail, l'odeur de ce pain que cuisait ma mère. Et ce voile de sueur sur le grain de leur peau, un suc qui me donne toujours envie d'y poser ma langue pour en sentir le goût salé, lécher passionnément comme une brebis captivée par la pierre à sel.

Moi Rosa je me protège de Paupières de Plomb et des autres caïds du village. Je veux pas qu'ils me touchent. S'ils essayent je les tue. Un coup de poing dans leur gueule d'abord.

Rosalinde rit – T'es une guerrière toi... Moi non plus je les aime pas tu sais, mais le sale il est dans la tête Mounia. Je sais bien qu'ils veulent me baiser, me dévorer comme tu dis. Mais moi aussi j'ai faim d'eux. Là au moins on se retrouve à égalité et enfin on peut se rencontrer pour de bon – quand nous ne sommes plus que deux animaux. Tu sais ? Leur poitrine de caïd comme ils la gonflent, dans la rue, dans les bars... je

peux la mordre, c'est comme une forteresse leur poitrine, elle est si brûlante et douce, enfin je peux lutter, comme pour tenter de le franchir ce rempart. C'est de toutes mes forces, mes peurs, ma sauvagerie que je me jette dans le combat. Et je m'y donne entière, je suis toute à l'homme comme il est tout à moi. Il faut que ce soit une lutte sans merci, un corps à corps bouleversant dont personne ne doit sortir gagnant. Ou plutôt si, chacun sera et le vainqueur et le vaincu à la fin du combat, épuisé, anéanti dans les bras de l'autre. Elle soupire
– Et si personne n'en sortait vivant ce serait encore meilleur. Il est peut-être là mon combat à moi Mounia.

Elle s'est rassise. Les jambes repliées contre la poitrine, le menton posé sur les genoux, elle regarde au loin.

Toi tu viens du soleil et tu l'as dans la peau. Moi je suis née dans les brumes, elles sont dans mon ventre et me collent à l'âme. Des fois je pense que j'aurais mieux fait de mourir il y a longtemps, dans la boue et le froid, dans ces champs noirs où j'ai été heureuse, elle a dit à voix très basse.

Tu étais amoureuse ? j'ai demandé, et tout de suite j'ai regretté ces mots.

Elle a tourné la tête, un regard voilé, ironique et triste, a coulé jusqu'à moi, par-dessous ses paupières presque bleutées. Elle sourit.

Des fois Moune… t'es vraiment gamine.

J'étais blessée. Elle avait la tête penchée sur le côté, je ne voyais plus que la courbe de sa nuque, le croissant de lune d'une mèche qui s'y était collée. Je me suis levée. Je lui ai dit que je l'aimais, vite, si vite en renfilant mes vêtements, je crois que j'avais les larmes aux yeux. J'ai regardé son corps, tendre, fragile, tendu et nerveux, puissant pourtant, la conque lisse de ses hanches nues, sa peau trop pâle encore, les rides de la solitude sur son visage – j'ai compris Césario et je l'ai aimé pour cela tout à coup, pour avoir vu Rosalinde. Ça me faisait mal au cœur, ça me perçait le ventre. Elle avait bien raison au fond, le ventre c'était le centre de tout, c'était le cœur aussi. Rosa, ma petite Rosa, mon amour j'ai pensé, ma fleur ma tourterelle blanche, ma biche blessée qui court et tombe dans les bras des chasseurs, et se sauve à nouveau.

Nous sommes les enfants de l'été… Les abricots mûrissent enfin, et de plus en plus vite. Sammy prend son duvet et l'on s'en recouvre les jambes à l'arrière du camion. Ils sont un paquet à l'aube, à attendre dans le petit jour l'arrivée du camion. Et un paquet à rester. Tous veulent travailler. Tous se battraient pour embarquer. Je me défends comme une furie : pour rien au monde je ne laisserais ma place, au cœur de l'été, en plein cœur, qui bat, qui bat fort qui bat rouge… Bilou et Sammy s'en vont à Cayenne boire du rhum et voir la forêt vierge après la saison. Abdelman chante. Nous rions. Je suis Mounia l'impatiente, la fille du harki qui cherche sa terre, celle qui court sous le soleil.

Les vergers grimpent à flanc de colline, toujours plus pentus. Même le tracteur à chenilles ne parvient pas en haut. Les arbres ont leurs fruits gorgés d'or. Je cours sous le soleil, la chaleur nous enrobe, rien ne sert de se plaindre ou de lui résister, elle nous tient, elle nous possède. Alors grandit en moi la joie brutale d'être en vie sous un ciel nu, le plaisir furieux de ce corps ardent qui lui tient tête, grimpe plus haut, peine plus dur, les caisses emplies d'abricots qu'il nous faut redescendre à bras. Les pierres roulent sous nos pieds, chevilles agiles qui plient et se tordent, résistent à la torsion, terre sèche qui s'éboule et cède, moi qui tiens bon, moi qui ris, moi qui tombe, moi qui grimace et qui retiens mes larmes et pourtant elles débordent, moi qui me mords rageusement la lèvre, moi qui me relève et qui ris et qui cours, je suis Mounia l'infatigable, Mounia l'ardente. Je suis Mounia l'été. C'est un mariage avec le feu du ciel, la lumière, noces passionnées, l'effort est un acte d'amour, mon corps avec la terre, mon corps et le soleil, ne plus tenter de résister à la vague lourde et brûlante, plutôt plonger pour se laisser happer, jusqu'à ne faire qu'un le soleil et moi. Le vent s'est levé. Je m'étire. Sûrement je grandis encore ! Mes mollets sont griffés par les ronces sèches, je tombe et me relève, un mistral insensé s'élance sur les crêtes, son galop fou est un appel, je suis Mounia le vent.

Tu vas attraper un infarctus... dit le patron en riant. Abdelman chante. Il vient d'avoir dix-huit ans. Sammy dit que les cigales, ça a une tête con, qu'il les déteste. Oui, ça a vraiment une sale tronche, renchérit Nordine, elles nous fatiguent tout le jour, tout le jour elles nous scient les tympans. Bilou dit qu'elles vont le rendre fou, que c'est bien leur faute si Paul a eu une crise d'épilepsie hier matin dans le verger. Il s'est fracassé le front sur les pierres et a dû être ramené au village. Points de suture sur sa gueule déjà cassée. Il n'y a qu'aux grands génies que l'épilepsie arrive, a dit le patron, mais là c'est peut-être le soleil. Le soleil et les cuites, a rajouté Abdelman.

Nous avons eu très chaud les jours passés. Un orage a éclaté. Il fait meilleur. Les criquets posés sur les cageots de fruits empilés entre nous tous, les retours du travail quand plus personne ne parle à l'arrière de la camionnette, qu'à l'horizon l'astre d'or en se couchant a laissé des traînées de feu sur la fresque immense du ciel, reflétant le même coucher de soleil sur les abricots et nos joues veloutées, dans nos yeux lumineux. Parfois nous finissons tard. Coincés entre les caisses on voit la lune sortir de derrière les montagnes. On mange encore de ces fruits qui nous font très mal au ventre. On fume. On est harassés. On a grelotté quand c'était l'aube, on a eu très chaud après, si chaud qu'on pensait mourir, on tremble de froid à nouveau, la journée se termine, la boucle est bouclée. Le crépuscule après le zénith. La route est longue et l'on sait que l'on n'aura pas la force de se laver beaucoup ce soir. Manger peut-être… Tous iront boire, on a eu si soif ! On rit parce qu'on n'en peut plus et qu'on avance dans les ténèbres, seuls au monde, quelle histoire de fous. Les bars nous attendent, des cœurs fidèles dans la nuit, et avec eux la bière et le corps des vivants, les paillettes amères de notre élixir, la voix des humains, l'odeur lourde des glycines au-dessus des terrasses, l'herbe sèche et craquante pour ceux qui vont rouler derrière la digue ce soir.

Il y a des vers luisants près de la rivière la nuit. Ce soir le village se tait.

Il faudrait avoir le temps de reprendre son souffle, je dis à Césario. Je sens à nouveau battre le cœur d'un cheval fou en moi. Mais c'est difficile, je rajoute dans un soupir.

« Laisser le temps à son âme de vous rattraper », disait un poète.

C'est joli cette phrase. Mais moi j'ai plutôt l'impression qu'elle est devant mon âme et que je cours pour tenter de la retrouver. C'est juste le souffle qui vient à me manquer parfois.

Césario sourit. Il pose une main très longue contre ma joue, ramène doucement ma tête contre lui, dans le creux de son épaule.

Ferme les yeux, respire fort et lentement, écoute la rivière. Après tu peux repartir courir, Moonface.

T'as quel âge Césario ? je lui demande plus tard, quand le souffle m'est revenu.

Bientôt quarante. Je suis vieux ?

Oh pas vraiment. Pour moi t'as pas d'âge. Tu m'aurais dit huit, quinze ou vingt-six, ce serait pareil. Moi j'ai vingt-six. Des fois je me sens très vieille. Rosalinde elle, elle a trente-quatre ans et pourtant elle n'a pas d'âge. Comme toi.

Acacio et Rosalinde nous ont rejoints. Ils se sont assis à l'écart, éloignés l'un de l'autre. Le Corniaud fixe Rivière, la chienne tente de l'approcher, il recule, l'échine hérissée, la queue plaquée entre les jambes.

Acacio rit – La vie n'est pas héroïque, il dit, on le voudrait bien mais elle ne l'est pas.

Vie de bien peu de chose, et qui se joue de nous, coup de griffe du chat qui s'amuse avec sa proie, sans vouloir la blesser vraiment mais qui blesse, jusqu'à la morsure finale. Césario chante la saudade. Rosalinde sourit en regardant au loin. Acacio la couve des yeux. La grêle est passée sur les vergers mais la récolte n'a pas été détruite. Il faudra juste trier davantage, des abricots pour le rebut… beaucoup. Et nous serons plus nombreux à nous battre pour embarquer sur les camions à l'aube. Nous sommes au cœur de l'été, un cœur flamboyant comme un soleil, un cœur comme un abricot très mûr. La splendeur de l'été m'éblouit. Quelquefois c'est bien trop. Un jour elle me tuera.

Loulou et Ulysse se sont à nouveau mis sur la gueule, raconte Sammy à la pause du déjeuner, elle était encore défoncée. On mange la salade de riz et du saucisson. Les derniers arrivés râlent parce qu'il n'y a plus de café.

Ils chargeaient la remorque et nous on a tout bu. Les cigales braillent. Le soleil est déjà haut. Ulysse et Loulou se tabassent souvent. Ils viennent de loin, de l'Est, de Paris, ou de Perpignan. Enfin d'ailleurs. Ils sont en cavale raconte Sammy, qui squatte avec eux l'ancienne usine à briques à l'entrée du village. Paraît qu'Ulysse a planté deux mecs qui cherchaient des crasses à Loulou, qui voulaient la donner aux flics parce qu'elle, elle avait planté un curé. Le manque l'avait rendue mauvaise Loulou, et elle avait besoin d'argent... Le curé n'avait rien voulu lâcher. Je hausse les épaules, leur triste histoire je ne veux pas l'entendre, j'en connais d'autres et de bien pires. Abdelman chante. Je détourne la tête et mon regard s'en va très loin. Le secret de mes parents, un drame de sang et de mort, l'exode pour la survie, leur presque chance d'avoir pu fuir. Moi je veux de la lumière. Qu'elle m'emplisse, qu'elle baise mon cou, mes épaules rondes, mes jambes nues, que je devienne une outre à soleil, que je me gorge de sa brûlure jusqu'à en être consumée. Il y a un nouveau ce matin, un Breton avec un nom italien, ce n'est pas son vrai nom sans doute. Il me sourit de derrière sa gamelle. Il regarde mon foulard noué en chèche. Joli ! il dit. Et moi je sens que je rougis. J'ai baissé les yeux. Quand je les relève il regarde les cuisses d'une jolie blonde, une petite Anglaise qui a de la peine à suivre la cadence, il fait bien trop chaud pour elle et d'ailleurs elle sera bientôt cuite. Les cigales ont attaqué et gueulent de plus en plus fort. Abdelman vient s'asseoir près de moi – Merci pour les lentilles hier... C'est encore un enfant Abdelman. Il chante, il siffle, il va boire ou fumer des pétards, il en oublie de manger, tout empli d'un bonheur stupéfait, lui qui n'a jamais quitté sa banlieue ni sa famille. Et soudain il débarque chez moi. Il a faim, il est fatigué, il vacille de faiblesse, il ne chante plus. C'est tout juste s'il ne fond pas en larmes. Je lui ouvre une boîte de raviolis, de sardines ou de lentilles. Des fois je mélange tout pour qu'il mange bien. Il dévore, en silence d'abord puis il redevient bavard avec les forces qui reviennent – Toi et moi sommes de personnes très spéciales parce que nous sommes nés sous le signe du Lion. Je ris. Il me regarde alors avec une admiration enfantine. Tu es belle, il me dit gravement. Je ris encore plus. Il repart tout ragaillardi en chantant, le ventre plein, et s'en va dormir quelque part.

Lentement nous nous relevons. Déjà le patron est sur le tracteur. Le beau Breton me frôle en passant et caresse mon chèche, il est très grand, resplendissant, la santé d'un barbare que rien n'a su domestiquer. Abdelman a surpris son geste. Il ouvre la bouche, la garde quelques secondes ainsi avant de la refermer sans un mot, sans même chanter cette fois. Il a l'air outré. Je ris. Le grand gars me demande mon nom. Moune, j'ai répondu. Moi c'est Vincent. Vincenzo plutôt. Très vite le soleil nous écrase. À midi nous sommes silencieux, hébétés dans le hurlement des cigales. Abdelman s'essaye à siffler. Ah... ta gueule, soupire Sammy. Le gamin n'insiste pas. Il hausse les épaules tristement, regarde la limite des vergers avec lassitude. Il a une moue contrite qui le ferait presque pleurer, et puis il s'endort quand nous rentrons, coincé derrière les cagettes qui blessent ses bras maigres, sa tête ballottant contre la tôle chaude, de lourdes boucles noires qui collent à son front bombé.

Au village, quand on arrive, l'estafette des gendarmes devant le bar de l'Eau Vive. Paul, le patron, s'arrête un instant et échange quelques mots avec Raymond, un gendarme fatigué qui a trop chaud. Il fronce les sourcils. On l'entend parler d'un enfant qui a disparu et d'une droguée qui irait très mal. Sammy pâlit sous son hâle. Ben merde alors, l'entend-on murmurer, Loulou a fait une O.D.

L'enfant court, hors d'haleine. Une méchante éraflure lui entaille la joue. Il en est fier. Le vieux s'est enfin réveillé, a saisi le tisonnier accroché devant l'âtre et l'a frappé en pleine face. On le croyait aveugle, il a vu pourtant quand le gamin a retrouvé le porte-monnaie de sa mère, elle l'avait caché la garce et il a dû chercher longtemps. Petite saloperie, a dit le grand-père. Et lui qu'on croyait muet. L'enfant est tombé, il s'est relevé très vite, un coup de pied dans le tibia du vieux qui s'est écroulé. Crève sac à merde, il a hurlé avant de s'enfuir. Le gamin court. Je suis un vrai Peau-Rouge, il pense, avec ma blessure de guerre sur la joue, et je rentrerai pas ce soir. Il ralentit, il s'arrête. La rivière. Il a envie de pleurer tout à coup. Il est fatigué. Accroupi dans l'angle du lavoir, ramassé sur lui, la tête cachée entre ses deux bras sales, il pleure le grand guerrier peau-rouge.

Le soir est là. Le sang du ciel s'est éteint, lentement s'est dilué par-delà les montagnes, bu par l'ombre qui déjà gagne la vallée. Les saules bruissent au bord de l'eau. La terre frissonne et reprend vie. Le mistral devrait se lever bientôt, dit Acacio. Puis il rote. À ses côtés, assis dans l'herbe contre la vieille masure de pierres, Vincenzo soupèse le cubi de vin – Heureusement qu'on a pris cinq litres ! Et il boit à la régalade. Un filet de vin glisse le long de son menton, sur sa gorge, coule sur sa poitrine nue. Il s'essuie d'un revers de main.

Et Loulou, comment elle va ?

Oh pas trop mal, elle va s'en tirer… C'est dommage pour Ulysse. J'serais lui, ça fait longtemps que je l'aurais larguée, une meuf pareille.

Le jour où je suis comme elle, faut m'achever.

Y avait du bon produit dans le temps. Y a plus rien qui ait un sens aujourd'hui.

Oui, il y avait un souffle, les gens vivaient pour quelque chose au moins. Maintenant qu'est-ce que tu veux faire ?

Maintenant à part bosser pour des paysans cons, te saouler jusqu'à ta dernière thune. Moi c'est décidé, après les vendanges je me casse au Brésil. Si Rosalinde veut venir…

C'est ta nana Rosa ?

Quelquefois. Elle est gentille mais elle n'en fait qu'à sa tête. Elle parle avec n'importe qui aussi. L'autre soir, le mec au mulet, le berger, un fou celui-là qui lui racontait ses salades. Oh, elle se laisserait pas emmener, elle est pas conne tu sais, mais quand même j'aime pas ça. On ne sait jamais avec ce genre de taré. Je l'ai engueulée, j'espère qu'elle aura compris.

Acacio boit un coup de vin. Il rote à nouveau, continue d'une voix plus pâteuse :

Mais elle peut être si gentille aussi, elle a cette manière de froncer les sourcils sans dire un mot, je lui enverrais bien des baffes alors, la faire parler, je crie, je voudrais la secouer, elle me regarde seulement et je me retrouve comme un con, je gueule encore plus fort, salope je lui dis, quelquefois elle est embêtée, quelquefois elle rentre avec moi au cabanon… Il rit – C'est toujours sale chez moi. Faut dire, c'est normal, je ne m'y attends jamais qu'elle vienne. J'peux pas savoir à l'avance si elle sera bien lunée. C'est une fille propre tu sais mais mon bordel n'a pas l'air de trop la déranger. Tu vois si elle voulait bien me suivre, je pourrais même arrêter de picoler… arrêter de faire le con et de claquer toute ma thune au bistrot. Mais ça elle a pas l'air de le comprendre. J'sais pas ce qu'elle veut. Cette nana c'est un mystère.

Vincenzo s'est adossé au muret, les paupières entrouvertes, il soupire – On n'est pas toujours des cadeaux pour elles.

Des grillons chantent. Les petits crapauds de la nuit ont commencé à s'appeler.

Je sais, dit Acacio. Ah je m'ennuie de mon pays des fois si tu savais… De Lisboa, il continue. De ma mère. Elle fait la collection de cartes postales ma mère. Elle nous a élevés toute seule moi et mon frère. Un connard celui-là. Un jour je lui ai piqué, sa collection à ma mère. Je l'ai revendue. Et pour pas cher. J'avais besoin de thunes. Qu'est-ce qu'on s'envoyait dans les narines… C'était pas de la merde en ce temps-là – il rêve un instant – mais ma vieille, quand il a fallu lui dire, oh j'ai pas eu besoin de dire quoi que ce soit, elle avait compris que c'était moi. Quand je me suis retrouvé en face d'elle… Elle en pleurait. C'est tout ce qu'elle avait récolté de cette vie, sa collection de cartes postales à la con, tout ce qu'elle avait vraiment à elle, ça regardait personne. On aurait dit une petite fille à qui on aurait tué son chat, ou cassé sa poupée juste pour rire. Ce jour-là je me suis dit, Acacio t'es une ordure. Si tu dois être puni quand tu seras claqué, c'est pour ça, pas pour ce que t'auras piqué ni pour les nanas que t'auras baisées.

Vincenzo se redresse. Il se tourne vers lui, le regarde. C'est vrai que tu es une ordure des fois, il dit doucement. Mais t'es pas le seul. Il a l'air très grand Vincenzo ce soir. L'alcool et la fatigue ont tiré ses traits. Ses yeux luisent dans la pénombre. La lune qui sort à peine réveille des reflets fauves au fond de ses iris. Acacio ne dit plus rien. La peau tendue de ses pommettes a pris une couleur d'ocre sombre. Depuis les ailes du nez, deux plis profonds creusent ses joues et descendent jusqu'au menton, emprisonnant sa bouche amère. Il boit encore au cubi. Puis son visage s'adoucit, il a un sourire rêveur.

Quand même, peut-être que Rosa viendra au Brésil avec moi.

Le berger est descendu de ses montagnes pour venir chercher sa femme-renarde. Il a repassé le même cordon de cuir autour de son front. Maintenant tu es vraiment la plus belle, a-t-il dit, et sa bouche se fend d'un sourire qui découvre deux dents sur sa gencive nue.

La prochaine fois je t'emmène, il dit encore. Il est très sûr de lui, très sûr de sa promise aux petites mamelles. Rosalinde, elle, ne dit rien. Son regard gris parfois il semble trouble et lointain, noyé de brume, mais à cet instant il est clair comme les eaux de l'Aygues. Elle retire le lacet de cuir et le lui rend sans un mot. Elle le regarde et on dirait qu'il a compris. Ulysse seul à sa table boit une bière, puis une autre. Et encore une autre. Loulou s'en est sortie. L'estafette de la gendarmerie vient d'embarquer un lot de saisonniers. Ceux-là n'avaient pas de papiers. L'accident de Loulou a réveillé la crainte farouche des villageois. Soudain on prétend avoir trouvé des seringues usagées un peu partout, et l'on ne parle plus que de nettoyer le pays ce soir. Les plus sales, plus saouls et les moins chanceux aussi ont été embarqués pour une destination inconnue, expédiés dans le département voisin, à une vingtaine de kilomètres de là. Peut-être ne reviendront-ils pas tout de suite. J'ai assisté impuissante à la scène. Vincenzo était du lot. J'ai serré les poings. Le calme retombe lentement, la fatigue nous engourdit. La bière. Les grenouilles chantent par-delà la digue. Ulysse s'est levé. En titubant il se fond entre les rambardes du pont des Mensonges, deux bras incertains qui semblent l'avaler. Le berger a repris son cordon de cuir. Il boit du vin en silence. Abdelman s'assied en face de moi. Un souffle d'air caresse ses paupières, joue sur son front à ébouriffer quelques boucles noires, glisse sur sa bouche comme pour en disperser les mots. Qui ne viennent pas les mots.

J'explose alors. J'aimerais que leurs chaussures pourries empestent de plus en plus, que l'odeur devienne si puissante… Les gens du village tomberaient comme des mouches ! Nous on ne craindrait rien.

Abdelman me regarde sans comprendre. J'entends le rire léger et rauque de Rosalinde. Pendant ce temps je balancerais des seringues remplies de pastis devant la gendarmerie, elle dit en attrapant son verre.

Abdelman ouvre une bouche ronde et stupéfaite. Aucun son n'en sort.

Vincenzo a reparu le lendemain. Il était rentré à pied, s'arrêtant en chemin à tous les bars. Je l'ai croisé sur la grand-place, la pause de l'après-midi, j'avais tant arpenté les rues. J'étais contente quand il m'a invitée à la rivière. Et qu'il soit revenu aussi. Deux heures. La chaleur était au plus fort. Nous marchions sur la route blanche. Je faisais des entrechats brefs, comme pour m'envoler, comme si la chaleur, au lieu de m'abrutir, me rendait plus volatile. Une eau-de-vie courait dans mes veines. Tu es folle il me disait en riant et moi je riais plus encore. Peut-être, j'ai répondu. Une fois de plus j'avais envie de défier le soleil. Je savais que Rosalinde ne serait pas à la rivière, qu'elle travaillait plus haut en montagne et ne rentrerait qu'au soir. Et d'ailleurs je préférais : peut-être qu'elle m'aurait oubliée pour Vincenzo si elle l'avait rencontré, que lui n'aurait vu qu'elle soudain. Elle avait laissé son combi garé au bord de l'Aygues. C'était triste de voir le vieux fourgon sans elle, même pas la petite lumière vacillante de sa bougie à travers le carreau lorsque je rentrais tard le soir. Mais bientôt elle reviendrait et nous retournerions à la rivière. Ensemble.

L'eau était un bracelet glacé autour de mes chevilles. Je me suis déshabillée très vite. Vincenzo s'était couché sur le gravier et me regardait en souriant. Mes joues sont devenues brûlantes. J'ai gardé ma culotte de coton bleue, j'hésitais, les deux mains plaquées sur ma poitrine que je sentais trop lourde sous mes paumes, j'aurais voulu plonger très vite dans l'eau claire, faire cesser ce regard qui pesait sur mes seins, mes hanches rondes. À nouveau je me savais cramoisie même si cela ne se voyait pas, la fille de son père, noire comme une Arabe des montagnes, de ceux qui travaillent et vivent sous le feu du ciel. Et je restais là à vaciller et suffoquer, de l'eau jusqu'à la taille. J'ai fini par m'immerger complètement en pensant à Gibraltar, là-bas il faudrait bien que je m'y jette, dans des remous autrement furieux. Un instant le rideau est tombé sur l'après-midi éclatante, les cigales se sont tues, avec elles le rire de Vincenzo. Puis j'ai reparu, j'ai ouvert les yeux et le ciel m'a aveuglée, et le soleil a été une gifle chaude. Vincenzo n'était plus le seul sur la berge caillouteuse. Sammy l'avait rejoint et avec lui Nordine. Je n'osais plus rejoindre le bord. Je crois qu'ils avaient compris et ils me regardaient en riant. Pour finir je suis sortie, mes mains repliées en coquilles trop petites sur mes seins. Tu ne restes pas jusqu'à la nuit ? m'a dit Sammy en me faisant un clin d'œil. Au moins personne ne verrait ton beau corps de Lilith… J'ai haussé les épaules, et vite j'ai attrapé mon tee-shirt. Je l'ai serré dans mes bras croisés et me suis assise à l'écart. Les gars fumaient un joint à présent. Moi j'étais calmée. L'eau froide avait éteint mon insatiable soif d'épuisement. Mais c'est qui Lilith ? je n'ai pas pu m'empêcher de lui demander. Alors il m'a raconté d'une voix rêveuse et embrumée la fille du dieu des vents, Enlil, le pendant contraire d'Ève, la révoltée, celle qui se voulait l'égale de l'homme. Ça m'a flattée, moi j'étais Lilith, une femme libre et belle ? J'ai pensé pourtant qu'il se trompait de personne. Le bruit d'une petite cascade couvrait presque la clameur des cigales. Des éclats de voix et un rire léger m'ont fait tourner la tête. Un petit groupe descendait le talus. J'ai reconnu le couple aux dreadlocks assis devant le bar d'En Haut, quand je revenais de la montagne. Ils s'étaient calés sur de grandes pierres plates qui surplombaient une crique plus paisible. La fille déjà quittait son tee-shirt et son short et se jetait dans la rivière, envoyant ses tresses laineuses loin en arrière dans une gerbe de lumière. Elle était blonde. Il y a eu comme un instant de silence à côté de moi. Puis Nordine a émis un sifflement admiratif, suivi d'un soupir douloureux.

On dirait une Suédoise, il a gémi.

Elle a pas besoin d'être suédoise ou anglaise ou mes couilles… lui a rétorqué Sammy.

Vincenzo, lui, souriait, rêveur.

Vous n'avez pas envie d'aller vous baigner, les mecs ? il a dit doucement.

Voilà ce que c'est de ressembler à une caraque… je me suis dit pour moi. Je les ai regardés retirer leur short, avec arrogance j'ai trouvé. Les cons je pensais. Mais eux ne pensaient plus à rien, pas à moi en tout cas, ils criaient en s'éclaboussant et gonflant le torse à côté de la belle, qui s'amusait de leur manège.

J'ai suivi le vol des libellules qui se posaient au bord de l'eau. En face la montagne devenait floue. Mon visage brûlant. J'ai pensé qu'il me fallait rentrer. Et ne plus jamais revenir avec personne, à part Rosalinde. La fille rejoignait la berge quand je me suis levée – Qu'elle est maigre, j'ai pensé. Elle m'a souri. J'ai remarqué ses très grands yeux clairs, les pommettes prononcées, hautes, sa longue bouche comme sculptée, et ce cou démesuré sous les dreads qui ruisselaient. Je partais. Nordine a réapparu. Il était livide, quelque chose l'avait effrayé. J'ai ri – C'est tout l'effet qu'elle te fait, votre jolie nana ?

Tais-toi ! Va plutôt la voir de plus près…

Je l'ai regardée avec attention. Elle se frictionnait dans une serviette. La nuque renversée, elle riait.

Ben quoi, elle est plutôt pas mal… Guère épaisse.

Il a haussé les épaules avec exaspération – Sa peau ! Tu ne vois rien sur ses cuisses ? Ses chevilles ?

J'étais trop loin de toute façon et l'autre gars me la cachait à moitié – Non je ne vois rien. Pas de furoncles, ni d'herpès ou de lèpre…

Il s'est rhabillé en silence. Il me tournait le dos. D'une voix sourde il a murmuré :

Elle a le sida cette nana. Je sais comment ça fait, je les ai déjà vues sur la peau d'un pote qui en est mort, ces espèces de plaques violettes…

Et disant cela, il inspectait ses bras avec angoisse.

Si j'avais su… Mais pourquoi ils reviennent pas les autres ?

Mais enfin Nordine, tu vas pas péter les plombs parce qu'une nana a des boutons ! Le sida ça se chope pas n'importe comment, faut baiser d'abord !

Il m'a regardée avec rancœur :

Pas seulement.

Ouais je sais… Faut fixer avec la même pompe.

Il ne m'a plus répondu. Personne n'aurait pu le convaincre. Je me suis rassise. J'ai observé la fille avec plus d'attention. Elle s'était couchée sur la roche chaude. Peut-être que Nordine avait raison au fond. Le soleil caressait ses flancs doux. Elle dormait. Elle était si fragile ainsi. Et moi j'ai eu mal au ventre soudain, envie de vomir, peut-être la chose était en elle, traçant son chemin aveugle et lâche. Il devait y avoir un dieu très sadique, quelque part, profondément pervers et sale pour permettre une telle cruauté. Vincenzo et Sammy sont sortis de l'eau. Ils m'ont éclaboussée en passant. Je crois qu'elle fait la gueule, a dit Sammy. Il riait un peu, l'air penaud. Vincenzo m'a tendu une cigarette qu'il venait de rouler, pour se faire pardonner. J'ai eu un petit sourire.

Mais non elle ne nous en veut pas !

J'en veux à personne, moi… j'ai murmuré.

Nordine a explosé alors. C'est bien le moment de plaisanter ! il a dit. Vous l'avez pas vue la nana ? Pas remarqué qu'elle l'a, elle, la Saloperie ? Et ça ne vous fait pas peur à vous ?

Oh ta gueule… a répondu Vincenzo. D'abord même si c'est vrai t'as pas besoin de le brailler, et puis je ne vois pas ce que cela peut te faire. Elle t'a pas violé ou quoi ?

Sammy n'avait rien compris – Ben je serais assez content qu'elle me viole, la gazelle ! C'est pas moi qui aurais cette chance…

Vincenzo a éclaté de rire. Et très vite nous devions y aller pour ne pas manquer le camion. Quatre heures bientôt. Fallait retourner ramasser.

Rosalinde c'est Lilith, la sœur d'Ève, son contraire aussi, celle qui a refusé la fatalité et la tyrannie des hommes. Je suis contente de raconter à Césario ce soir, comme une leçon dont je serais fière, les pensées qui me sont venues dans les vergers, et je continue, Celle que les hommes voudraient bien capturer, palper, posséder – aimer aussi des fois. Mais elle, c'est la femme libre.

C'est vous qui la rêvez ainsi. Foutez-lui un peu la paix avec vos images et votre cinéma, dit Césario.

Tu me parles comme ça à moi ?

Ses yeux pâles sont dilatés, deux fleurs grandes ouvertes dans le sombre de son visage. Une drôle de crispation déforme sa bouche.

Ça va Césario ? je lui dis plus doucement.

Il regarde au loin, le mont Saint-Auban dont le pourpre du soir ruisselle le long de la roche noire. Dans son regard la même incandescence. Ou bien est-ce moi qui l'ai rêvé. Je frissonne. Il hausse les épaules, à peine, des épaules voûtées qui à présent semblent épuisées.

Ça va Césario ?

J'attrape sa main. Elle est inerte et tiède comme une bête qui viendrait de mourir.

Césariooo ? je module dans un chant.

Alors il revient à lui. J'ai vu le feu, il dit. J'ai vu des choses tristes et pas belles.

Tu l'aimes Rosalinde, hein ?

Il ne s'agit pas de cela, Moonface. Avec vous tout doit être noir ou blanc. On aime ou on n'aime pas, on aime et on veut baiser l'autre. Est-ce que je l'aime ? Bien sûr que je l'aime ! Et toi aussi Moonface, belle et lisse comme la lune avec le soleil qui t'habite – et Loulou, la pauvre baleine échouée, qui va se noyer dans son vomi, tu crois pas que je la vois et que je l'aime aussi ? Rosalinde… vous voyez juste son petit corps de bête – qui court – et vous voudriez tous l'attraper. Même toi Moonface tu la voudrais à toi, la fille des brumes, la Lilith, la copine du diable comme tu dis.

J'étais sonnée. J'ai essayé de réfléchir, d'être intelligente pour une fois.

Oui je la veux. Je veux qu'elle soit mon amie. Mon amie à moi. On quittera le bled toutes les deux et on ira dans le désert.

Tu ne crois pas qu'elle y est déjà ? Tu penses peut-être que tu vas lui sauver la vie et qu'elle sauvera la tienne ?

C'était violent. Je me suis mordu la lèvre jusqu'au sang. J'ai regardé la nuit. Je me suis levée. Je n'avais pas vraiment envie de rentrer seule et triste, et Césario fâché, pour recommencer la même journée demain, et Rosa… Penser que je n'avais rien compris à Rosa, que j'étais conne comme les autres disait Césario, et mon désert et mon rocher, ma Rosa, tout ça n'était qu'un rêve et rien ne se ferait jamais, je serais juste bonne à m'enliser ici, la fille de mes parents, la fille sans terre et sans racines qui ne trouvera jamais que de la bière dans le puits qu'elle cherche depuis toujours. De la bière, du vin ou de l'eau empoisonnée.

T'es sacrément con ce soir Césario. Vaut mieux que je m'arrête plus ici. Autrement je me flingue. Non, je crois qu'il vaut mieux se flinguer avant de venir te voir. Ça fera moins mal pour finir. T'es pareil que Rosa au fond, vous êtes des désespérés, vous êtes des vieux cons et moi j'ai envie de croire dans des choses encore. C'est ça, vous êtes des vieux.

Ma voix tremblait. Ma bouche aussi. Il a pris ma main pour me retenir.

Je m'excuse Mounia, Moonface. Des fois je vois des choses et ça me rend si triste et ça me fait si peur, comme un cauchemar d'enfant. Mais c'est toi qui as raison. Tu reviendras ?

Rivière nous regardait.

Abdelman m'a réveillée le lendemain à cinq heures. J'ai entendu sa voix bien avant qu'il ne frappe à la porte, elle se démarquait du chant assourdissant des oiseaux à mesure qu'il se rapprochait. Cette fois il entonnait *Bella ciao* à pleins poumons. Et puis il était là et l'aube paraissait. Il avait faim. Il s'était endormi au bord de la rivière après trois bières et deux joints. Il riait. On a couru ensemble jusqu'à la grand-place. Le camion s'ébranlait. Les gars nous ont empoignés et halés sur le plateau arrière. Je riais tant que j'ai failli m'étouffer. Et Abdelman s'est mis à chanter *L'Internationale* quand le souffle lui est revenu.

On tape à la porte, deux coups très légers, Rosalinde assoupie les ressent comme un frôlement sur sa peau. Elle se redresse précipitamment, n'a pas le temps de se lever que déjà l'homme a poussé la porte. Oh pardon… il dit, je ne savais pas que vous étiez là. Il me fallait juste récupérer un outil dans la cuisine. Je suis le fils du patron, vous savez peut-être…

Rosalinde regarde l'homme qui la domine de toute sa hauteur, épaules ouvertes, son torse nu, ses poils frisés qui descendent depuis sa poitrine, suivent un sillon sombre jusqu'à la boucle de la ceinture, qui brille dans l'ombre. Elle détourne la tête – Je dormais. Prenez ce qu'il vous faut alors. L'homme s'est approché, il avance encore, jusqu'à ce qu'elle sente les cuisses dures toucher ses genoux. Sa poitrine, l'odeur poignante de ses aisselles, à la hauteur de son front. Les volets sont entrebâillés. Un rai de lumière s'est posé sur le lit, les cils de Rosalinde. L'homme touche les cheveux qu'un reflet a rendus incandescents, doucement sa main glisse jusqu'à la nuque, effleure quelques taches de rousseur, et ça vient alors, Rosalinde a comme un sursaut, une digue qui céderait en elle, et tout de suite elle tend son cou, les yeux mi-clos, un sourire inquiet et douloureux sur les lèvres. Cette main, posée à plat sur sa peau, frôlant à peine le visage qui vit sous la caresse, se fait, se défait, paupières frémissantes, le contour de sa bouche qui se met à trembler, ses lèvres cherchant aveuglément à retenir les doigts de l'homme, qui se meuvent, au ralenti, virtuose jouant d'un étrange instrument.

Il rit doucement – Je partirai quand tu voudras. Mais tu ne le veux pas je crois…

Pars alors, avant que tout commence, que tout bascule à nouveau et nous emmêle l'un à l'autre.

L'homme s'est détourné lentement. Le long soupir qui s'échappe de ses lèvres fait souffrir Rosalinde. Elle voudrait le boire ce soupir, étancher sa soif à nouveau aux lèvres de cet homme qu'elle ne connaît pas.

Sur la route, Delaroche rentre à pas très lents, une tache noire et frêle qui avance sur le tracé blanc, en direction de la montagne. Devant lui le pic de l'Homme fou dans l'incarnat du ciel.

Le 14 juillet. Enfin le tilleul était sec et les bourrasses ventrues de fleurs pâles et mousseuses avaient trouvé acheteurs au matin. La récolte des abricots battait son plein. Nous baignions dans la saison violente et folle. Soudain Thomas me manquait ce soir. Son doux visage étrange dans l'ombre, allongés l'un contre l'autre. Et puis je me suis souvenue d'un ciel trop bas, la lumière blafarde qui rentrait par le carreau sale, dans une chambre très obscure. Je suis Mounia, Mounia l'été j'ai pensé alors. J'ai attrapé mon verre à deux mains, fermé les yeux, et j'ai fini ma bière éperdument. L'air du soir, l'odeur des merguez, des frites et des beignets, celle de la rivière subtile et plus lointaine, la sono terminait une lambada furieuse, j'ai bondi et me suis jetée dans la mêlée du bal. Déjà Rosalinde dansait. Tassé dans son fauteuil de plastique orange, bouche serrée, la mine renfrognée, Acacio la matait en terrasse. J'ai cherché Césario des yeux mais bien sûr il n'était pas là. J'ai regardé au loin, vers le dernier banc de la digue : les platanes et la nuit faisaient un grand trou noir, là-bas. Peut-être y était-il encore, Rivière à ses pieds humant la nuit de son air doux et concentré, peut-être nous voyaient-ils tous deux. Je ne le lui avais jamais demandé où il dormait. Sur le banc sans doute… Je n'ai pas cherché davantage, je tournoyais dans l'heureux chaos. Roby le grand cousin s'est approché de moi, secouant son corps maladroit, sur ses épaules de lutteur ce gilet qu'il avait découpé dans un blouson de jean et au dos duquel il avait écrit, au marqueur fluorescent, « Je suis affreux je sais » – Viens belle cousine ! Et il m'a entraînée dans un rock débridé. Je me suis laissé emporter. Les cratères de son ancienne acné le rendaient presque beau sous les lumières de la fête, la géographie mystérieuse d'un continent dévasté. Je riais sans m'inquiéter de ceux qui nous entouraient, que nous bousculions et malmenions sans pitié. J'aurais aimé basculer dans la nuit d'été en riant, saoule de joie et de bière… Le berger dansait à l'écart, seul au monde, avec une violence contenue qui éclatait parfois dans un sursaut de tout le corps. Cette contraction de la mâchoire, allait-il mordre ? Il semblait errer, se cognant aux uns, repoussant les autres sans ménagement. Il a aperçu Rosalinde et s'est tracé un chemin jusqu'à elle. Elle était en robe, un vieux pan de coton rouge qui découvrait ses épaules et ses cuisses. Il s'est planté devant elle sans se soucier des gens dont il cassait la danse.

Tu ne seras jamais ma femme alors ?

Non, elle répond presque avec douceur.

Mais quand même, tu m'aimeras toujours ?

Oui.

Il l'attrape par la taille et l'entraîne dans une gigue insensée. Il la force un peu, la fait tourner, ployer, enserre les deux poignets qu'il rabat dans ses reins. Elle se débat, il soupire et la lâche. Elle retourne à sa table, chancelant un peu dans l'ombre. Il l'a suivie, vide le verre qu'elle portait à ses lèvres, prend la cigarette qu'elle vient de rouler, la fume, puis il l'entraîne à nouveau vers le bal, doucement, fermement. Acacio, blanc de rage, commande une autre bière.

Il est tard. La place grouille de monde à présent. J'ai perdu Rosa du regard. Lorsque je l'ai vue pour la dernière fois ce soir, elle tournait lentement, à l'écart, dans les bras d'un gars très jeune qui m'était inconnu. La foule me l'a cachée et Vincenzo m'a accrochée alors que je revenais en terrasse.

Un autre groupe joue devant le bar d'En Haut, me dit-il. La musique est meilleure et y a moins de peuple. Ils ont même du reggae... Viens Moune, allons-y !

L'air est plus doux au bord de la rivière. Au loin les éclats du bal, l'odeur de sucre et de merguez qui leur parvient en bouffées vagues et se mêle aux effluves de l'Aygues, relents d'eau, de vase, d'écorce sèche – Que veux-tu Mounia, pense Rosalinde, sa robe froissée sur son torse pâle, une peau mate contre la sienne, que voulez-vous tous… la nuit est si belle, le brun Lucas sentait si bon, son regard, presque celui d'un enfant encore, le velours de sa peau et son goût doucement musqué, qu'elle devinait déjà quand il l'a invitée pour un slow. Il arrivait de Sicile. Il a appuyé le menton sur son épaule, Rosalinde a senti le souffle chaud et régulier caresser son cou, glisser jusque dans sa nuque. Ils dansaient en retrait. Elle a fermé les yeux. Les berges de l'Aygues étaient à deux pas. Ils sentaient sur leur peau déjà le frisson des saules. Comment résister, pourquoi résister à ce bonheur, à cette bonté… Elle se laisse aller à présent. Croire un instant, au réconfort, les bras de cet homme, même si elle sait que l'un vaut l'autre, leur bouche avide, leur ventre ardent, leur émoi. Oui cet émoi qu'ils ont tous. Et justement. Elle soupire, rit à voix basse, tête renversée contre une racine sinueuse, une chevelure sombre et bouclée répandue sur sa gorge nue. Elle voit les hautes cimes trembler. Derrière, le ciel très noir et une étoile.

Ça suffit Acacio, lâche-moi…

Tu danses avec les autres et tu ne me vois même plus. Pourquoi fais-tu cela à un guerrier comme moi ?

Des gens doivent les voir, les entendre de derrière leurs vitres éclairées de cette lumière orange qui vous rappellerait l'enfance si on s'y arrêtait. Mais on ne s'y arrête pas, c'était hier l'enfance. Aujourd'hui la déroute. Et demain, quand Rosa et Acacio auront dessaoulé, ils auront honte de traverser le village. Tellement honte. Mais pas ce soir, non pas ce soir. Elle se débat.

Je te souhaite d'avoir mal autant que tu me fais souffrir.

Rosalinde s'est dégagée, elle se jette contre le mur, tête en avant. Et cela résonne dans son crâne, un bruit d'argile que l'on cogne ou brise. Le chien pousse un gémissement bref qu'il étouffe aussitôt. Elle recommence. Sa robe n'est plus qu'un chiffon qui danse et virevolte avec elle.

Arrête, Rosa, tu es folle.

Fous-moi la paix Acacio, fous-moi la paix et pour toujours. je t'ai tendu mon couteau un jour et tu l'as pas voulu, t'avais le droit de me tuer et tu l'as pas fait, alors ne me dis plus rien, laisse-moi partir.

Il la saisit à bras-le-corps, tente de l'immobiliser entre les deux façades aveugles. Elle tape sa nuque à coups réguliers contre la pierre. Il la secoue avec désespoir, elle sera toute bleue demain, une fois de plus la marque de chacun de ses doigts sera imprimée sur sa peau trop claire. Elle tente de le mordre. Un homme passe dans la grand-rue, détourne la tête et se hâte, les dents de Rosalinde claquent dans le vide, avant de trouver l'épaule d'Acacio, la vie n'est pas héroïque comme disait Acacio un jour, on le voudrait bien mais elle ne l'est pas. Elle y repense en se libérant. Elle court vers la rivière, passé la digue elle disparaît derrière les arbres. Il crie comme un loup, comme un chien hurlant à la mort – Rosa ! Il vacille un instant, frissonne et se raccroche à la rambarde du pont des Mensonges. Le murmure de l'Aygues, l'attente implacable des grands platanes. À nouveau il sait qu'il a tout raté, tout perdu.

Rosalinde se penche vers le corps tiède. Pardon, elle dit, le nez enfoui dans le pelage dur, qui sent mauvais, qui sent la peur, il tremble. Tu as eu la frousse mais tu crains rien, je serai toujours là pour toi. On était quand même mieux au bord de la rivière, tu ne trouves pas… Elle le prend dans ses bras. Elle s'est remise en marche. Le toit de la ferme apparaît dans la combe. Les fenêtres sont noires. Tous dorment peut-être. La

chienne aboie et tire sur sa chaîne. Rosalinde longe la
bâtisse, le Corniaud entre les bras. Elle bute sur la cale
du garage, se rattrape. Elle ne l'a pas lâché et continue
à l'aveuglette jusqu'à la maison de briques. La porte
grince quand elle la pousse, la chienne s'est tue. La
fenêtre ouverte, elle entend l'Aygues, couchée dans ces
draps blancs comme aux premiers temps du tilleul, dix
ans déjà, une autre vie. Est-ce le même merle qui chante
ce soir elle se demande en s'endormant, le Corniaud
blotti dans le creux de ses jambes.

Le merle s'est tu. Il n'y a plus que le son de l'eau,
les pleurs d'une chouette hulotte, le chien qui la fixe
d'un air songeur.

*L'enfant erre. C'est la fin du bal. La sono a rem-
ballé. Les stands ferment les uns après les autres. Il
reluque celui des carabines, qui lui est ouvert encore.
Sûrement qu'il y arriverait, qu'il les aurait tous, les
ballons. Pas pour gagner une peluche bien sûr, ça c'est
pour les nazes et les filles. Mais juste pour leur montrer combien il est fort... Il a dépensé tous ses sous,
des merguez, des frites, et une barbe à papa qu'il a
savourée à l'écart, c'est nul les barbes à papa, c'est
vraiment pour les petits, mais il avait tellement envie
de cette odeur du sucre chaud quand il passait devant
le grand chaudron, et cette chose étrange, délicate, ce
nuage rose que l'on déchire, que l'on peut manger et
qui fond dans la bouche.*

*Ce soir il couchera dehors. La mère finira bien par
s'habituer. Déjà l'autre jour il a dormi derrière l'abattoir. Et s'il est revenu le matin c'est parce qu'il avait
trop froid – et faim. Le vieux n'était même pas crevé.
La mère a crié mais elle partait travailler. Il s'est pris
une baffe et il a serré les dents. Pour la foire et le bal*

il a trouvé des sous. C'étaient ceux du grand-père cette
fois. Il dormait dans son fauteuil, la bouche ouverte sur
ses gencives nues. Il sentait la pisse le vieux. Le gamin
ne rentrera que demain, quand la mère sera retournée
bosser. Il s'est assis sur un banc de pierre, sous l'ombre
impénétrable des grands platanes. Un homme passe,
la démarche lourde, le pas hésitant qui parfois semble
flancher – Tiens le berger, se dit l'enfant, encore pété
le gros sale. Le berger a tourné la tête, ce casque de
feu qui luit dans la pénombre. Rosa ? il dit. Oh Rosa-
linde... viens avec moi ce soir, tu m'attendais, hein ?

Le gamin s'est levé, il sort de la nuit – T'as pas cent
balles ou un peu plus, pour que j'aille tirer des coups
au stand à carabines ?

Le jour paraît. Acacio est déjà loin. Il a pris la
route de la montagne, passé le col de l'Homme fou le
plus vite possible, franchi les crêtes pour rejoindre la
grande plaine, celle qui s'ouvre à la mer au loin, là où
l'on respire enfin. Il ne remettra pas les pieds dans ce
bled, jamais plus ne se laissera emprisonner derrière
ces contreforts rocheux qui l'enserrent et l'écrasent. Il
repense au jardin qu'il s'était fait dans la montagne et
que Rosalinde ne verra pas. C'est trop tard à présent.
Rosalinde qui lui donnait tout, pour le lui reprendre
après. Il ne peut plus le supporter. Elle le tuerait.

Nous avons changé de vergers. Les derniers, plus
petits et encore plus pentus, à l'ubac. Rosalinde ramasse
plus proche du bled. Elle s'est esquivée sans que j'aie
eu le temps de lui parler le soir du bal. Et moi j'ai
fait de même quand Vincenzo m'a invitée à danser.
J'étais contente de la retrouver enfin. Notre Rivière.
C'est à peine si elle a tourné la tête quand j'ai froissé

les fourrés. Le Corniaud lui n'a pas bougé, collé au flanc de sa mère.

Rosa ! T'es toute petite comme ça… On dirait une gamine de dix ans. Ça va ?

J'ai tout de suite senti que non ça n'allait pas quand elle m'a regardée, avant même de voir les marques bleutées sur ses bras.

C'est ça… Je dois avoir dix ans en fait.

Elle parlait d'une voix sombre, un peu enrouée.

Qu'est-ce qui se passe ma Rosa ? Tu veux pas te baigner ? Ça te ferait peut-être du bien.

Elle n'a pas répondu. J'aurais préféré la voir pleurer plutôt que d'avoir ce visage éteint, profondément, terriblement malheureux.

Qu'est-ce qui t'arrive Rosa, t'as encore des bleus sur les bras.

C'est Acacio. Il est parti.

J'ai ri – Et c'est ça qui te rend malade ? Je croyais qu'Acacio te bouffait l'oxygène.

Elle a soupiré. J'en peux plus d'être moi. C'est toujours ma faute. Je fais mal aux gens.

Ça me chavire Rosa de te voir triste, comme si tu me prenais mon âme.

Un autre me disait cela tout le temps. Tu vas pas t'y mettre toi aussi, Mounia.

J'étais blessée – Tu m'avais dit que les hommes… Oh et puis je ne sais plus ! Je suis idiote de toute façon et ça je peux pas le changer.

Non Moune, tu es plus intelligente que nous tous réunis. C'est toi la poète qui sait où elle va.

Moi ?

Oui toi. Et là je te fais pleurer, je voulais pas.

J'ai mordu ma lèvre qui tremblait. Rosa devait m'aimer un peu. Un avion dans le ciel laissait un tracé qui s'effilochait lentement. Je ne savais plus que dire de peur de perdre son amour, j'ai essayé quand même, j'ai dit n'importe quoi.

Tu m'avais dit une fois qu'il fallait être fidèle au monde plutôt qu'à un homme, c'est quoi être fidèle au monde ?

C'est l'oiseau qui est tatoué sur ta poitrine.

Ah ? Tu l'as vu mon tatouage ? Je suis devenue si foncée avec le soleil que j'étais sûre qu'il se voyait plus.

Je l'ai remarqué dès le premier jour où tu es venue te baigner à la rivière. Et je le trouve beau.

J'ai fermé les yeux. Je souriais si fort que mes joues me faisaient mal, j'ai remordu ma lèvre – Je l'avais fait il y a longtemps, avec une copine, dans la cave de son HLM. On avait tellement peur que nos parents ou nos frères découvrent que l'on s'était tatouées... Mes seins au moins, je savais qu'ils ne les regarderaient pas. Elle, elle avait écrit le nom d'un gars de sa cité qui lui plaisait. Sur la fesse. Je trouvais ça nul mais c'était mon amie tu comprends. En fait j'ai voulu faire un martinet. Moi j'aimais tant les martinets. Ils volent si fort que quand ils tombent à terre, ils peuvent plus se relever. Alors il faut les relancer vers le ciel. Il y en a en Algérie tu sais. Enfin je crois. Il y en avait aussi autour des murs de l'hôpital plus tard. Mais ça je ne le savais pas encore. J'oublierai jamais leur cri.

J'ai parlé et j'ai parlé encore, des bêtises. Je voulais lui changer les idées. Et qu'elle continue à m'aimer. Après j'ai pensé qu'elle était comme un martinet, qu'elle s'était posée sur le sol et qu'elle pourrait pas reprendre son envol si on ne l'y aidait pas. Mais moi j'étais là. Et d'ailleurs on partirait ensemble.

Cette nuit-là dans mon cabanon, allongée sous la fenêtre je voyais les arbres qui bougeaient doucement, ils sentaient bon – j'ai réfléchi à tout ça, à ce que j'aurais pu faire pour elle peut-être. Les grillons dehors… J'aurais voulu l'avoir à mes côtés pour qu'elle les entende aussi. Et même que j'aie couché avec Vincenzo, dans la nuit du bal du 14 juillet, ça ne changerait rien. C'est elle que j'aimais. Le corps elle m'avait dit que c'était la plus belle chose. J'avais suivi ses conseils. En plus j'étais sûre qu'il avait le sida le beau Vincenzo. Thomas l'avait peut-être aussi, remarque, mais fallait sans doute pas insister avec la Saloperie.

L'été flamboie. L'enfant est étendu sur la terre rouge, derrière un buisson d'arbres secs, des chênes truffiers aux relents âcres de garrigue. Le petit prédateur ne tuera plus de lézards. Il gît nu et disloqué, son ventre rond est très blanc, ses cuisses maigres sont tachées d'un sang qui déjà a séché. Une mouche tourne bruyamment autour des yeux entrouverts. Ses deux bras sont jetés derrière sa tête, épars. Un filet de sang s'écoulait il y a peu de temps encore des commissures de ses lèvres, gouttait lentement sur la pierre qui a servi à lui briser la nuque. Maintenant il s'est tari. L'enfant a gardé sur ses traits son air de bélier furieux auquel s'est mêlée une expression de stupéfaction douloureuse, sous l'éclatante toison cuivrée qui traîne dans la poussière, où s'emmêlent piquants et brins d'herbe. Une ecchymose violacée gonfle sa pommette droite. S'est-il battu, a-t-il hurlé sa rage et sa fureur. Un sexe tout petit, très fragile, s'est recroquevillé dans la fourche de ses cuisses. Un corbeau crie, les cigales ne se tairont donc jamais, l'enfant porte au cou un vieux lacet au bout duquel pend une patte de lapin qu'il avait tué lui-même – pour laquelle sa mère avait tant gueulé, parce que le moignon grisâtre puait, qu'il allait prendre les asticots c'est sûr... Et lui de la laisser crier avec cet air *hautain qu'il avait pris au grand-père, sourd et muet et presque aveugle le vieux, mais quel salaud, quelle tête de mule quand il savait penser encore, avant qu'il ne devienne le souffre-douleur du gamin.*

Le mistral s'est levé au matin. Depuis il s'est gonflé, il a pris du souffle et de l'ampleur. La poussière s'élève en rafales blanches, qui s'opacifient. Une odeur d'herbe roussie. Le son éteint du clocher parvient de très loin, porté par le vent. Deux heures. L'heure chaude. L'heure très chaude bientôt. L'enfant gît sur la terre brûlante. Derrière lui les bosquets d'arbres sont en feu, la mouche est partie, l'enfant ne se réveille plus, des flammèches rousses viennent lécher ses mollets sales zébrés de griffures de ronces, souvenirs déjà lointains de courses sauvages.

Lucas dormait, son ventre soyeux, détendu dans le sommeil, un jeune animal au repos. Sa peau très mate, ses boucles noires, il ressemblait au fils d'Hassan il y a très longtemps, Salim qui ramassait les fraises sous les serres avec elle pendant que les hommes plantaient les melons. Ahmed… Rosalinde allongée sous Lucas, sur la terre battue de sa cabane. Lucas et le soleil et l'amour dans le corps, brûlance des jours, du toujours douloureux plaisir. La sirène des pompiers a hululé au loin. Rosalinde a sursauté sous Lucas endormi. La longue plainte stridente n'en finissait plus. Par deux fois a redémarré et puis s'est tue enfin. Rosalinde a repris son souffle, pupilles dilatées dans l'ombre douce de la cahute. Ce n'était pas la guerre encore, c'était le feu. Elle a refermé les yeux, s'est accrochée plus fort à la poitrine glabre de Lucas, sentant le ventre lisse et chaud contre le sien – On va rester comme ça longtemps, elle a murmuré, tranquilles. On n'aura plus qu'à se coucher dans la terre. Et attendre le feu. Et plus rien ne nous sera d'aucun secours. Pas même le flamboyant désir. Elle a frissonné, quelque chose allait arriver, quelque chose se passerait bientôt et la seule chose à faire peut-être serait de se coucher dans la terre, sous un pied de vigne, devenir des gisants de glaise dans le brasier, dans la très grande, brûlante, dans la solitude de toujours.

Nous ramassions sur les hauteurs. La terre était blanche et le soleil cognait. Six hélicoptères, sept peut-être, sont passés au-dessus de nous. On a levé la tête, tendu nos fronts vers le ciel, j'ai eu comme froid, de la fumée s'élevait à l'horizon venue des massifs de la Suze, le plateau des Jasses. Noire et orangé sale. J'ai étiré mon cou vers ce ciel obscurci au loin. J'ai peur, j'ai dit à Abdelman qui travaillait à mes côtés. Il n'a pas compris. J'ai peur que quelque chose de terrible soit en train de commencer. J'avais envie de pleurer. C'était bête. Alors je me suis mise à rire et Abdelman est reparti à chanter.

Rosalinde était au bar ce soir-là, assise en terrasse, seule, une douceur sur ses traits que je ne lui connais-sais pas, je n'ai pas osé l'approcher. Elle humait l'air parfois, d'un air concentré et précis. Elle aussi devait penser au feu. Il était loin le feu, et les pompiers le combattaient d'arrache-pied. Bientôt ils l'auraient arrêté, disait Yolande la patronne, ce n'était qu'une question de jours, sinon d'heures. Le Gitan et Paupières de Plomb ont surgi de l'arrière-salle et ont marché vers la table de Rosa. Le Gitan toujours arrogant avec sa démarche de faune, Paupières de Plomb qui le suivait flegmatique, nonchalant. Ils ont tiré des sièges et se sont assis à sa table. C'est le Gitan qui a commencé, j'ai entendu des bribes de mots. Cela ne me regardait pas mais je tendais l'oreille, j'observais Rosalinde qui relevait les yeux sur eux en prenant son temps, le frémissement imperceptible de sa bouche, ses pupilles qui s'élargissaient jusqu'à devenir immenses. Ils ont commencé à se tortiller les deux hommes, ils souriaient d'un air crispé sur leur stupide fauteuil de plastique orange et elle n'abaissait toujours pas les paupières, ce regard gris pâle des brumes du Nord, ses lèvres roses entrouvertes et leur renflement soyeux, jusqu'à ce qu'ils perdent contenance et que leurs regards plongent au fond des verres. Elle les a baissées alors, ses paupières, elle s'est redressée, a eu comme un soupir doux et nonchalant – Je vous emmerde, elle a dit lentement, mais si fort que tous ceux qui étaient en terrasse se sont tournés vers eux.

Le Gitan a bondi, l'œil fou, a attrapé la table à deux mains, comme pour la renverser. Paupières de Plomb l'a retenu. Lui aussi était blanc de rage.

Je suis folle Mounia. Maintenant j'en suis sûre. Rosalinde la folle, la boche de Hambourg. La salope rousse du fourgon rouillé. Quelqu'un l'avait tagué tu sais. Et là ils y ont foutu le feu. J'avais fini les abricots… Je rentrais avec mon chien et mon barda, de chez ces patrons où l'on m'avait enfin foutu la paix, personne à venir tambouriner à ma porte chaque nuit – Et voilà que le combi n'y était plus. Sa carcasse noirâtre était basculée sur les berges de l'Aygues. Ils ont brûlé mon camion Mounia. Ils voulaient mon cul, maintenant ils veulent ma peau, va falloir que je me casse, que je trouve à bosser ailleurs. De toute façon il n'y a que là que je puisse me faire confiance, dans le travail. Autrement la peur, toujours cette angoisse de me réveiller auprès d'un homme au matin.

J'ai presque cru qu'elle avait perdu la raison. Cette manière de me parler de tout et de n'importe quoi, ce ton haché, chaotique.

Assieds-toi Rosa.

Elle s'est laissée tomber sur le vieux fauteuil, un siège en skaï oublié sous le cabanon, déchiré sur les côtés, et que j'avais calé devant les rochers de la source, tarie depuis longtemps. Tout de suite elle a continué, hagarde, sa voix s'essoufflant :

J'ai peur Mounia. Je ne sais plus. Je leur ai rien fait. La petite boche ils disent… Faut que tu te sauves toi aussi, c'est pour ta vie. Te soumets pas à leur loi. Trouve ton fil et accroche-toi. Moi je le tenais mon fil, je l'ai perdu je ne sais pas où, comme Acacio, comme presque tous ici. Est-ce que je l'ai vraiment perdu… Un homme que j'aimais emporté par l'histoire, un enfant, un petit têtard dans mon ventre qui a préféré mourir avant même de naître… Ce n'est plus l'amour que je recherche depuis longtemps, c'est le réconfort. Mais toi Mounia, t'arrête jamais. Si tu t'arrêtes tu tombes dans l'ornière. C'est une douleur folle l'ornière tu sais.

Et moi qui la croyais libre. Rosalinde s'était faite toute petite entre les bras du fauteuil. La peur était dans ses yeux soudain, ses pupilles dilatées comme Césario lorsqu'il voit des choses. Le soir tombait. J'ai pensé à l'ombre qui gagnait sur nous.

Ma vie est en morceaux, elle a repris d'une voix presque inaudible, ma vie est faite d'éclats et je ne sais plus quoi en faire. Être libre, c'est pas grand-chose que je voulais pourtant ?

Je t'amène une bière Rosa, un verre de vin si tu préfères. J'avais une bouteille cachée sous mon lit pour le jour où tu viendrais. J'ai du pain aussi, un bout de saucisson, un petit chèvre que j'ai pris sur le marché…

Elle a souri faiblement. Une mèche rousse glissait devant ses yeux. Elle l'a attrapée entre ses doigts et l'a portée à sa bouche, la mordillant fébrilement. Et puis on a bu, ça allait mieux je crois, elle s'est détendue. Le ciel s'était tout à fait éteint au-dessus des collines.

Je me souviens de ce que tu m'as dit un jour à la rivière Mounia, S'ils me touchent je les tue. Je trouvais que tu y allais fort, mais je pense comme toi maintenant. Tu vois ce couteau attaché à ma ceinture ? Je le porte à même la peau. Oh depuis longtemps. Personne ne peut le voir ou même se douter. Je les tuerai c'est sûr, le Gitan et sa clique, s'ils me cherchent. S'ils me trouvent surtout.

La bière m'a fait si froid soudain que j'en étais transie. J'ai frissonné. Le gros tilleul était déjà dans l'ombre, la nuit glissait derrière les peupliers, s'infiltrait à l'intérieur du cabanon, en nous. J'avais peur. Les pierres blanches de la source asséchée brilleraient bientôt sous la lune.

Reste ici Rosa, j'ai dit, s'il te plaît reste au cabanon. Tu y seras bien, je ferai tout pour toi. Je te protègerai s'ils viennent. On les tuera ensemble.

Elle a renversé la tête, un rire étrange et rauque s'est étranglé dans sa gorge. Elle s'est redressée et a fini son verre d'un trait.

Je pars Mounia.

Je n'aimais pas son rire. J'ai respiré pourtant, même si cela me tordait le ventre de la perdre.

Tu me donneras des nouvelles ? Passe quand tu peux, viens dormir ici quand tu veux. Je suis là. Je t'attendrai. Je ne pense qu'à toi tout le temps.

Elle s'est laissée retomber dans le vieux fauteuil. Je ne voyais plus que l'éclat de ses cheveux, petite boule rousse au-dessus d'un masque pâle, ma Casque de feu

– Ressers-moi Mounia ! Elle me tendait son verre –
Et cesse d'avoir peur pour moi. Je vais dormir dehors
quelques jours, jusqu'à retrouver de l'embauche. Après
les vendanges on se cassera d'ici ensemble, si tu veux.
Et je refoutrai jamais les pieds au bled. Mais je ne vais
pas leur faire ce plaisir aujourd'hui, non Mounia je ne
me sauverai pas. C'est pas le Gitan ni les autres qui
vont m'imposer leur loi.

Sa panique grandit à l'approche de la nuit. Elle a
repensé à Delaroche quand elle s'est trouvé un abri dans
les pierres, une grotte camouflée par des buissons de
genêts. Et puis elle a eu peur : il n'y avait pas d'autre
issue que ce trou béant dans lequel s'engouffrait le ciel,
par lequel une armée entière aurait pu déferler. Elle a
repris sa marche plus fébrilement. Le jour décroissait
de plus en plus vite et la terre s'ombrait de minutes en
secondes. Devant elle une clairière à l'orée des bois :
la machine orange trônait, reine de tôle et de lumière.
Les derniers éclats du ciel se reflétaient sur la vitre de
la cabine qui semblait s'embraser. Rosalinde s'est approchée de l'insecte gigantesque. Il était presque amical,
tendant vers elle son bras démesuré, les griffes de la
pelle à son extrémité, et ses drôles d'antennes recourbées
des tuyaux hydrauliques, protecteur enfin avec ses larges
chenilles, et ce creux dessous pour s'y coucher comme
au chaud d'un ventre. Elle a rampé sous la bête, s'est
calée contre un boîtier métallique qui sentait fort la
graisse et l'huile, roulée dans sa couverture, son couteau
glissé sous le sac qui lui servait d'oreiller.

La nuit est très sombre à présent. Elle écoute. Tout
n'est que souffles autour d'elle, déplacements furtifs,
murmures et ombres mouvantes. Rosalinde n'est plus
qu'une bête lovée dans sa peur. Aux odeurs de gasoil du

Mecalac, à celles des bois, se mêlent des relents âcres venus de très loin – le feu. Presque elle voudrait le voir se profiler sur les collines, percer la nuit, et avancer jusqu'au village en contrebas, rampant comme une lave incandescente et dévorante, qu'il ne reste plus rien, ni des murs ni des bars ni des hommes, plus rien qu'un désert noir traversé par le clair ruban de l'Aygues. Elle n'aurait plus peur. Oui, qu'il vienne enfin le feu, elle n'a jamais cessé de l'attendre au fond, jamais cessé de se jeter dans des faux-semblants de brasiers qui ne la dévoraient qu'à moitié, et alors il lui fallait repartir, le cœur à vif, l'âme brûlée, à la recherche d'autres flammes. Une chouette hulule tragiquement, on croirait un sanglot. Un bruit de branches brisées dans la futaie, Rosalinde sursaute, son cœur cogne si fort qu'il résonne jusque dans ses tempes. Elle s'enfonce davantage sous le ventre d'acier. La corne du vent très haut dans les arbres l'apaise peu à peu, le son de grandes orgues dans la nef d'une cathédrale. Il faiblit avant de s'éteindre lentement. Ne reste que la nuit. Elle se réveille avec le vent quand il reprend dans les cimes, ce froissement de la futaie comme si tout s'éveillait avec elle, qui s'amplifie. Le ciel est pâle à travers les ormes, teinté de rose. Au loin un roulement d'eau, de cascade ou de torrent. D'où vient-il. Lorsqu'elle sort des bois et rejoint les pentes des collines, le souffle des cimes s'atténue, seul demeure un bruit de vague assaillant la grève : le vent qui court sur les crêtes.

Acacio parti, ses cris dans la nuit quand Rosalinde y repense, et elle y repense toujours – Tu me fends le cœur, ne me laisse pas, tu me tues.

Mais plus jamais elle ne sera brebis docile, enfant servile, fille obéissante. Le temps du petit soldat c'est fini.

L'a-t-elle jamais été… Dans une autre vie peut-être. Elle repense à ces soirs où elle et Acacio rentraient saouls, devant le christ de pierre crucifié à la sortie du village. Acacio marquait quelques secondes d'arrêt. Quelques secondes respectueuses même s'il se forçait à ne pas trop chanceler. Il disait d'abord, Jésus… Jésus-Christ notre sauveur, il le murmurait tendrement, avec une gravité douce et timide comme il aurait parlé à un frère aîné et saint, puis il ajoutait, La vie n'est pas héroïque… pardonne-nous nos péchés. Elle, elle écoutait les crapauds. Leur chant remontait de la rivière. Elle regardait la grande douceur triste sur le visage d'Acacio recueilli. Il avait voûté ses épaules, qu'il n'avait pas bien larges déjà. Son mégot lui pendait aux lèvres. C'était l'hiver, il y a des années. Quelquefois il se mettait à chanter en portugais, une histoire de quête et de pierre philosophale. Puis ils rentraient dans son gourbi. Ils avaient froid, si froid quand le feu s'éteignait sur le matin. Ils avaient soif aussi. Ils entendaient la rivière couler en contrebas. Mais de cette eau il ne fallait pas boire. Ils écoutaient alors le refrain mélodieux et douloureux de leur soif, se serraient davantage l'un contre l'autre en frissonnant. C'était quand Acacio était gentil, qu'il ne la traitait pas de tous les noms, la secouant contre un mur ou tambourinant à son fourgon des nuits durant parce qu'elle refusait de le suivre, qu'un autre homme lui avait parlé, ou juste parce qu'elle voulait être seule, loin des hommes et des bars. Il est parti Acacio – Me laisse pas, il criait dans la nuit. Il est parti. Allongée sur la pierre brûlante des hautes gorges de l'Aygues, loin du village et nue, elle s'étire. Elle s'étire encore et encore, une vague chaude l'envahit, la balaye elle et sa fatigue et le poids de cette vie si peu héroïque, et sa fatigue n'est plus pesante mais vaste et comme un pays ami, une présence étendue sur elle, une ombre qui la protégerait. Elle prend le temps de la sentir, marée lente qui remonte depuis ses pieds, le creux secret de derrière les genoux, dans le chaud des reins, s'appesantit sur sa nuque, la sent avancer jusqu'au bout des doigts.

Rosalinde s'est endormie, loin de sa peur, des hommes et des bars, de l'incendie qui ne veut pas mourir. Il y a toujours cet homme assis en retrait lorsqu'elle dort. Elle ne sait jamais qu'il est là. Il ne bouge pas. Et Rosalinde gémit dans son sommeil quand le regard se fait trop lourd. Elle se réveille en sursaut : il n'y a personne.

Rosalinde promène ses cuisses nues, son casque de feu et sa déroute au hasard des collines. Elle dort de broussailles en broussailles. Le pays est en feu. Des canadairs le survolent. On finit par s'y habituer. L'incendie a pris sur le plateau des Jasses, gagné les hauteurs de la Suze, deux autres foyers ont démarré plus au nord. Le mistral s'est levé, le feu redescend vers les maquis qui bordent l'Aygues, de l'autre côté des bois de la Destrousse et du village. Des fermes sont évacuées tous les jours. Un enfant s'est perdu. Une sale petite teigne qui crevait les chats, tourmentait le grand-père devenu sénile, piquait dans le porte-monnaie de sa mère. Il n'est pas rentré depuis cinq jours. Et si c'était lui l'origine du feu, se demandent plus d'un. Bientôt les abricots terminent. J'ai une place à Saint-Auban pour la récolte des lavandes.

La splendeur de l'été nous porte, elle nous broie doucement. Un jour elle ne voudra plus de nous. Alors elle nous vomira. Au rancart les cigales. L'été sera à l'agonie.

Bilou et Vincenzo n'ont plus cessé de boire depuis trois jours. Ils arrivent au matin le visage hâve, s'endorment contre la tôle du camion, se réveillent hébétés, empoignent leurs paniers et foncent dans les vergers en titubant. Hier je me suis battue avec Nordine : l'un de nous deux était de trop et devait descendre du camion. Ni l'un ni l'autre ne voulions céder la place. Le patron s'est énervé. Pour finir, il nous a embarqués. Nous avons travaillé jusqu'à la tombée du jour ! Rosalinde reparaît parfois au village, achète à manger, quelques boîtes dont elle remplit son sac à dos. Elle passe au bar, s'assied à l'écart, boit quelques bières – elle ne traîne jamais et file aussitôt qu'elle entend résonner dans l'arrière-salle le rire de hyène du Gitan, qu'elle sent posé sur elle le regard trouble de Paupières de Plomb. Personne ne sait où elle dort. Je sais qu'elle a peur. Le feu continue de s'étendre. Les canadairs ne cessent de virer dans le ciel bleu acier, qui vire au soufre sale à la limite des collines.

J'ai trente-cinq ans aujourd'hui Mounia.
Bon anniversaire Jules ! Je t'offre un verre…
Merci Moune, toi tu es spéciale, t'es gentille.
Son regard perçant, toujours vif, un peu bête traquée.
Si j'avais eu du fric j'aurais été quelqu'un tu sais.
Oui Jules.
Mais on ira au Tibet, on ira voir le Dalaï-lama et lui il saura me reconnaître, lui il me dira…
Oui, je sais Jules… Toi t'as la lumière il dira.
Nous sommes un groupe en terrasse ce soir-là. Rosa s'est arrêtée très vite pour une bière qu'elle a bue à l'écart. J'ai réussi à l'accrocher avant qu'elle ne s'esquive.
Je file Moune, j'ai pas envie de voir débarquer le Gitan.
Je marche avec toi.

Nous passons les dernières maisons et la croix du Christ. Nous continuons en silence jusqu'aux gorges et aux vasques turquoise de l'Aygues en contrebas. Enfin nous sommes seules.

Comment ça va Rosa ? Reviens au cabanon. Tu sais ce que je t'ai dit, chez moi c'est chez toi. S'ils t'emmerdent je les tue.

Elle a souri.

Merci Moune mais je peux encore le faire moi-même. Si je reviens tout va recommencer. Je ne veux pas qu'ils me retrouvent. J'veux plus de leurs sales pattes sur ma peau, non j'veux plus Mounia. Je vais m'habituer à dormir dehors, les animaux le font bien eux, toutes les bêtes sauvages le font. Et même les chiens se trouvent une planque, ils attendent que ça passe… Un jour j'aurai plus peur je te promets, faudra bien que j'y arrive. Et dès que tu as fini la saison, on s'en va.

On s'est quittées à la sortie des gorges. Je l'ai serrée dans mes bras et j'ai caressé ses cheveux. J'ai senti alors ses os légers, son corps frêle, et quelque chose qui cédait en elle, une contraction de tous ses muscles qui soudain lâchait. Dans son regard tout a vacillé l'espace d'un instant. Elle a fermé les yeux.

Faut pas toucher mes cheveux, elle a murmuré, ni mon cou. Faut pas. Autrement je perds toutes mes forces. Déjà que j'en ai plus beaucoup.

T'es comme Samson alors.

Samson ?

Un mec qui avait toute sa puissance dans sa chevelure.

Moi ce serait plutôt ma faiblesse.

Elle a eu un hoquet qui ressemblait à un sanglot.

Reprends ton souffle Rosa, j'ai dit à voix basse, Césario me dit toujours ça quand j'en peux plus.

Elle avait gardé ses paupières closes, sa bouche tremblait, elle a essayé de sourire, laissé aller son front sur mon épaule. J'ai senti sa poitrine se soulever, j'ai pensé au sursaut convulsif de la bougie prête à s'éteindre quand j'ouvre la porte et que dehors il vente, elle a enfoui son visage plus profondément dans mon cou, humé comme une bête l'odeur de mes cheveux.

Rosalinde, ma Rosa… j'ai murmuré. Ma biche. Et si je venais avec toi, dis ?

T'en fais pas pour moi, elle a répondu dans un souffle. Tout ça c'est bientôt fini. Rentre maintenant s'il te plaît… Tu me fais sentir orpheline de toi. C'est pas ton histoire de toute façon. À l'automne on sera tranquilles. Faut que l'été se passe.

Elle s'est dégagée de mes bras difficilement comme si cela lui demandait un effort surhumain. Pour moi aussi c'en était un. Elle s'est détournée. Et puis elle a rajouté :

Mounia le soleil, mon zénith.

Le vent soufflait du sud. Le vent du désert j'ai pensé. La tempête bientôt ?

Je n'avais plus envie de traîner au bar quand j'ai rejoint le village. La voir disparaître comme ça, avec son Corniaud de chien, tous deux qui marchaient droit vers le couchant et ses nuages épais à l'horizon comme ceux d'un orage de guerre et de feu, qui avançaient – bravement, j'ai pensé, sa démarche à elle balancée et son dos très droit, et pourtant quelque chose d'hésitant dans son pas, une cassure. Quand un arbre me l'a cachée j'ai failli courir pour la rejoindre. Je me suis retenue, de toutes mes forces. Elle m'avait demandé de la laisser partir. Il fallait que l'été se passe elle avait dit. J'ai fait demi-tour quand elle a vraiment disparu. Je ne désirais plus que rentrer au cabanon, retrouver mon vieux siège de skaï pourri contre la source tarie, m'endormir entre ses bras défoncés. Longeant les terrasses j'ai eu soif pourtant. Lucia la louve noire m'a fait un signe de la main. Avec elle, Jules plus hirsute et défait que jamais, la bande des Portos qui revenaient des Jasses, Esméralda et ses yeux rimmelisés, stone bien sûr. Ils parlaient d'Acacio.

Pas de nouvelles... Il a dû partir pour de bon cette fois. M'est avis qu'on ne le reverra pas avant l'hiver pour les olives.

Il peut très bien débarquer aux Bastides Rouges pour les vendanges. Tu sais comme il est Acacio ? Il pète les plombs, disparaît de la circulation quelque temps et un matin tu le retrouves au bar, déchiré, quasi mort de froid, épuisé parce qu'il a traversé la moitié de la France à pied. Pareil pour Rosa. La même race. Elle reviendra. Et ça recommencera tous les deux. Leur cinéma... Je t'aime j'te fracasse. C'est leur façon de faire.

J'ai senti une pointe se ficher dans mon cœur. Non, cette fois c'est avec moi qu'elle part ! j'aurais voulu dire. Lucia m'a regardée intensément – Et toi ma Moune, tu vas où après les lavandes ? Avec qui ? Les autres ont tourné la tête, à part Esméralda qui s'endormait sur son fauteuil de plastique. J'ai regardé ses seins gonflés. Elle l'avait donc toujours, son têtard dans le ventre. Il devait baigner dans la torpeur des cachetons, nageant comme un bienheureux dans un liquide au goût de bière et aux relents de shit. Presque je l'aurais envié à cette heure. Un canadair est passé très bas. Il volait au ras des toits. C'est à peine si on y a fait attention.

Tiens c'est vrai... Le feu, a dit Jules d'une voix pâteuse.

On l'avait oublié celui-là, avachi sur son siège, le cou rentré entre ses épaules décharnées, sa tête qui basculait de l'une à l'autre. Il a marmonné :

C'est avec moi qu'elle part Moune après les vendanges. Au Tibet. On va rencontrer le Dalaï-lama. Quand il me verra il dira, Toi t'as la lumière… Il regardera mes mains et il dira ça encore, Toi t'as la lumière.

Merci Jules, je dis.

Lucia me sourit – Bien joué Mounia.

Loulou ne s'est pas réveillée quand Ulysse se laisse tomber près d'elle. Dans l'ombre des murs écaillés, tagués de bites gigantesques, la paillasse : un matelas sale et défoncé, maculé de taches brunes et violacées, zébré d'éblouissants rais de lumière qui passent à travers les persiennes disjointes. Elle respire péniblement, un ronflement qui s'étouffe, hésite, gronde et râle à chaque expiration. Son visage congestionné luit sous un fin masque de sueur. Ses cheveux sales ont glissé du matelas et traînent sur le sol de terre battue. Une odeur aigre parfois s'en élève, vient agacer les narines d'Ulysse. Il la pousse d'un coup d'épaule. Elle ne bronche pas. Ulysse soupire. Il fixe le plafond, les toiles d'araignées, les poutres vermoulues, le fenestron sale qui disparaît sous la poussière. Il pense aux vergers sous le soleil, il va falloir y retourner… Dans deux jours peut-être les abricots vont finir. Où iront-ils après. Loulou n'est pas morte cette fois encore. De justesse ils l'ont reprise. Ma pauv' Loulou, t'es encore recalée, mais tu t'appliques, tu fais tout ce qu'il faut pour aller faire un tour de l'aut' bord. Et t'y vas, faire ton tour. Puis tu reviens. Ça doit vraiment pas être marrant là-bas… Qu'est-ce que ça doit être chiant pour que tu préfères ta merde d'ici. Je pourrais t'aider, t'aider à franchir le pas pour de bon, te

donner le coup de pouce… Quand on aime, pas vrai ?
J'y ai assez pensé tu sais, je me suis retenu ma vieille…
J't'aimais trop pour te supporter laide, sale, à chialer,
et devoir nous sauver des condés toujours… J't'aimais
trop pour te voir te défaire, à ce point te défaire. Mais
j'étais lâche. Aujourd'hui je pourrais. Ce serait si facile.
Mais non ma Loulou c'est ta vie, c'est plus la mienne.
Je suis fatigué. Si tu savais comme je suis fatigué…
Tu t'en fous bien sûr. Penser à moi ça fait longtemps
que tu peux plus. Si j'ai assez de forces, c'est moi que
j'enverrai en l'air. On a perdu Loulou, on n'était pas trop
mal partis au début, pourtant. Y en a que c'est bien pire
pour eux. C'est en route que ça a mal tourné, qu'on a
perdu les commandes. La défonce. Après c'est tout qu'a
suivi… On va redescendre vers Perpignan. On attendra
pour le raisin de table avant les vraies vendanges. On
aura une vraie petite baraque là-bas, on sera peinards.
Toi tu te reposeras, moi j'irai bosser. On se fera trois
thunes. Tu pourras être propre parce qu'on aura l'eau
courante. Et puis y aura le pinard… C'est bien, tu seras
contente. Et le clébard pourra courir.

Il se tourne vers elle. Elle a l'air bizarre sa Loulou.
Ses pommettes sont en feu sous les mèches sales. Elle
a un hoquet, suivi d'un gargouillement qui s'étrangle.
Ulysse se redresse, la prend dans ses bras, la secoue
– Oh Loulou, oh ma Loulou… ça va ? Dis ? Ça va ?

Mais ça n'a pas trop l'air d'aller. Il la prend à bras-
le-corps, main derrière sa nuque il tente de relever sa
tête, elle glisse, elle est toute molle Loulou, de rouge
elle est devenue violette, des petits sursauts la secouent,
elle a entrouvert les yeux, un regard épuisé et affreu-
sement étonné fixe Ulysse, ses lèvres tremblent, aux
commissures un peu de bave grise, Oh ma Loulou, oh
qu'est-ce t'as, qu'est-ce tu me fais encore, qu'est-ce tu

veux m'dire ma Loulou parle-moi j'suis là, j'suis avec toi, mais elle vomit Loulou, un jus noirâtre qui l'étouffe, ses mots se noient, Ulysse enfonce ses doigts dans sa bouche, au plus profond de sa gorge pour tenter de dégager ce qui l'obstrue, elle s'affaisse dans ses bras, un dernier hoquet, son regard se fige, un filet brillant coule à son menton. Morte Loulou.

Les bêtes étaient à la chôme, agacées par les mouches, haletantes, écrasées sous le gros soleil. Elles étaient nerveuses. Le bélier humait l'air parfois, retroussant les lèvres sur ses gencives, allongeant son cou trapu vers l'horizon voilé. Les brebis tressaillaient. Certaines se relevaient et tournaient sur elles-mêmes, hésitaient quelques minutes avant de rejoindre les autres qui elles semblaient dormir.

Jaubert, un éleveur de Saint-Martin, avait récupéré son troupeau qui suivait ses biais librement sur les contreforts de la Suze, quand le feu avait entamé les maquis broussailleux et avançait droit vers leur plateau. Manquaient le jeune bélier, le beau bannard de trois ans et une dizaine de ses brebis. L'une d'elles s'était aventurée dans la passe rocheuse, difficile, qui débouchait sur un méplat herbeux. Quelques autres l'avaient suivie, et le bélier en tout dernier, échauffé par une jeune anouge. L'endroit était encore intouché. Les bêtes s'étaient régalées de brégon tout un jour. La soif les avaient prises. Elles avaient tenté de reprendre l'étroit couloir. Une chute de pierres avait blessé la meneuse, qui était passée pourtant, mais l'éboulis rendait le passage impraticable à présent, les forçant à faire demi-tour. L'odeur âcre qui les incommodait se faisait plus épaisse, en même temps que l'air perdait de son éclat. Elles allaient et venaient sur le petit plateau, d'un côté la muraille rocheuse et son

194

corridor inaccessible, le vide d'une barre abrupte et celui d'une falaise en face, et enfin un roncier infranchissable. Quand les premières flammèches, poussées par le vent, bondirent sur les genévriers, les bêtes se précipitèrent vers le goulet obstrué, essayant encore de le franchir. Celles qui tentaient de sauter la roche, retombèrent, roulant lourdement dans l'herbe trop sèche. Le bélier semblait fou. Il tournait sur lui-même, le regard fixe, les flancs soulevés par un souffle rauque et spasmodique. Les brebis faisaient bloc, agglutinées autour du mâle. Elles bêlaient, pupilles dilatées par la peur. Soudain, le feu ouvrit une trouée dans le roncier. Les bêtes étaient folles de terreur à présent. Le bélier s'enfila dans la brèche ouverte, une gorge étroite qui allait en se resserrant. Il fonçait tête baissée, ses cornes magnifiques comme un casque de bronze. Les brebis le suivaient. Lorsqu'il voulut faire demi-tour il était trop tard. Les bêtes poussaient à l'arrière. Le casque de bronze devenu casque de feu, deux conques d'or lorsqu'il se jeta dans les flammes.

Jaubert est arrivé, c'était deux heures et nous débarquions du camion sur la grand-place. Il était accablé. Une barbe de deux jours au moins sur ses joues hâves. Une petite veine battait à sa paupière droite et le faisait cligner de l'œil. Il a parlé avec Michel le patron. Leurs visages harassés. Tout à coup on aurait dit deux frères. Je l'ai entendu parler de son troupeau qu'il avait rapproché, et d'un petit escaroun qui courait encore, perdu, avec un bélier, le jeune bannard, son plus beau, sur les contreforts accidentés de la Suze, là où avançait le feu. On l'avait circonscrit à l'est mais il avait gagné les maquis et continuait sa course folle le long des berges sud. La rivière faisait barrage à son avancée.

Les pompiers craignaient que les flammèches ne la franchissent, après les gorges impraticables de l'Aygues. Alors il s'engouffrerait vers le plateau de la Blanche, à l'extrémité duquel se trouvait la grande forêt domaniale. Le feu semblait suivre un étrange cheminement, comme poussé par une volonté lui étant propre, contournant à présent la boucle claire de la rivière.

Jusqu'à quand épargnerait-il le village ?

Les abricots seront finis pour la Fête de la lavande. Nous sommes dans les temps. Le feu bat son plein. Les terrasses ne désemplissent plus. Faut croire que ça donne soif un feu. Le mistral a cessé un jour ou deux, mais il a repris de plus belle. Les foyers à peine éteints redémarrent ailleurs. Il doit y avoir un fou qui se joue des pompiers épuisés. J'entends les hommes parler entre eux au bar : ils jurent bien fort de le lyncher s'ils le prennent, de l'étriper, de l'abattre comme une bête, de lui couper les couilles avant. Moi je veux bien pour finir. J'ai cessé d'espérer que le feu nous avale tous : le pays brûle, le pays agonise, et des bêtes avec, les cigales vont se taire et pour toujours peut-être. Les saisonniers attendent, entre deux cuites, la chute du village sans doute, la fin de leur servage, dans un brasier qui sera à la couleur, à la violence de leur fatigue.

En terrasse ils attendent. Ils hument l'air chaud. Ils ont oublié de fuir. Peut-être un jour, peut-être… Mais cela fait partie de l'histoire aussi, qu'ils disparaissent dans les flammes, après tout ils l'ont bien méritée cette gloire, cette lumière, cette sauvage beauté, on ne va pas les congédier déjà ? Pas les renvoyer de la noce maintenant qu'ils sont brûlés d'été, assoiffés d'une brûlure plus forte, ultime, ils veulent aller au bout, enfin, et en connaître l'apogée. Les camions de la gendarmerie ne les évacueront pas cette fois. La saison n'est pas finie pour eux. D'abord la fête barbare, après on verra. Et si c'est possible on ne verra pas, personne ne sortira vivant du brasier. Bilou et Vincenzo ne dessaoulent plus. Ils traînent sur les bancs de la digue ou au lavoir en attendant de partir boire du rhum à Cayenne. Le ventre d'Esméralda s'arrondit. J'ai retrouvé Césario, nos palabres face à la rivière. J'ai jeté Vincenzo hors du cabanon, un soir qu'il débarquait chez moi comme en terrain conquis. Vincenzo. Sûr que j'aurais aimé me laisser aller, toucher à nouveau sa peau dorée, poser mon oreille contre sa poitrine pour entendre résonner son beau rire de sauvage. J'ai pensé à Rosa. Je me suis retenue.

T'arrives au bon moment, m'a dit Esméralda, on va se prendre une de ces caisses ce soir ! C'est la fermeture du bar de l'Eau Vive et le patron fête ça !

Je descendais du camion. Et moi qui voulais rentrer tôt – Ça tombe bien on a eu soif, j'ai répondu.

À minuit j'ai longé la digue. Césario était là. Je me suis assise à ses côtés, j'ai écarté son bras, calé ma tête dans le creux de son aisselle – Je reprends juste mon souffle Césario, une minute et j'y vais !

Il a éclaté de rire, oh son rire qu'il est beau !

Mais t'es saoule Moonface, bière ou vin ce soir ?

À peine un peu des deux. On finit demain chez Michel. Je suis contente de te voir.

Moi aussi Moonface. Je suis toujours heureux que tu t'arrêtes.

La rivière avait son chant du soir comme si elle renaissait.

Tu as des nouvelles de Rosa ? j'ai demandé.

Elle est passée tout à l'heure. Vite. Je ne sais pas où elle allait. Du ravitaillement sans doute. Mais toi, tu sais où elle dort ?

Elle change tout le temps.

Césario soupire – Les arbres ont soif et les poissons suffoquent. Au loin la terre s'embrase. Tu la vois, la nuit qui rougeoie sur les collines ? Cette traînée sanglante qui poursuit son chemin. Bientôt elle encerclera le village. Le feu avance Moonface. Je voudrais tellement qu'il s'arrête. Aujourd'hui je suis allé voir les pompiers. Ils n'ont pas voulu de moi, ma mauvaise jambe peut-être ? Ou parce que je suis pas d'ici.

En fait je l'ai vue, Rosa. Hier. J'ai plus trop peur pour elle, ça va aller tu sais. Et on va vraiment partir ensemble. Faut que l'été se passe elle a dit.

Oui Moonface faut que l'été se passe justement…

Il avait une voix lugubre, une fois de plus il fixait la nuit et la lune presque pleine. Elle glissait sur son visage glabre, caressait la douceur anguleuse de ses traits, le globe parfait de ses iris.

Mais Césario, c'est toi Moonface… Visage de Lune. Tu es son miroir ce soir !

T'es vraiment saoule ma Moune. J'aime mieux te voir comme ça plutôt que quand tu te déchires aux choses de la vie. J'aime te voir courir après le soleil, mais pas quand tu tombes et que tu te blesses – il a ri tristement.

Le lendemain, nous n'avons travaillé que deux heures. L'équipe était réduite, la saison s'achevait vraiment. J'ai amené la camionnette aux vergers à six heures. Abdelman a pris le volant de la 404 au retour, les saisonniers calés sur le plateau arrière. Mais quelle tête d'étourneau, cet Abdelman, dans ces mauvais virages qui nous ramenaient au bled ! C'était pourtant mieux que moi qui avais failli les tuer la veille. Je suis rentrée. J'espérais voir Rosalinde. Où était-elle ? J'ai dormi un peu. Il faisait frais entre mes murs. J'ai rêvé du désert, on était parties enfin. Paupières de Plomb traînait dans le paysage et je n'aimais pas ça. Au réveil il faisait bon. J'ai longuement étiré mon corps, passé les mains sur mes cuisses fermes, je les sentais chaudes et belles. Je me suis roulé une cigarette que j'ai fumée couchée. Au-dehors j'entendais le feu des cigales crépiter dans le brasier du ciel. Mais moi j'étais à l'ombre, ailleurs. J'ai fini par me lever. Je me suis débarbouillée sous le jerrican. L'eau était presque fraîche. Je me voyais renouer mon chèche, dans le miroir écaillé suspendu près de la fenêtre. Et tout à coup c'est mon visage que j'ai vu s'écailler. Des petites rides traçaient leur chemin sous mes yeux, à l'angle des paupières, et ces sillons plus prononcés autour de ma bouche. J'avais trop ri peut-être… La peau semblait brûlée. Est-ce qu'elle était usée déjà ? Voilà je me suis dit, ça a commencé, toi Mounia le vent, toi Mounia l'été, toi Mounia la fille du harki qui n'a pas trouvé sa terre encore, être vieille, à vingt-six ans… C'était trop lourd à porter. Je me suis recouchée. J'ai rêvé aux gens qui meurent vieux et seuls, aux gens qui ont peur de mourir vieux et seuls, à ma mère, à mon père. J'entrais dans leur rang. J'étais devenue mortelle moi aussi. Et je n'avais même pas rejoint Gibraltar encore. Abdelman m'a réveillée. Cette fois il chantait *Potemkine* à tue-tête. Il avait mélangé tous les couplets, « Mon frère mon ami tu ne tireras pas sur qui souffre et se plaint… Ce soir j'aime la mariiiine, Potemkiiiine ». C'était l'heure de la paye. J'ai fait un café et on est partis voir Michel.

Abdelman chante. Il dit qu'après il ira cueillir les lavandes. Ou ramasser les prunes. Mais qu'enfin il ne

199

rentrera pas à Lyon, dans sa cité, le HLM de ses parents. Il dit qu'il a compris quelque chose, la vraie vie, qu'il restera un peu plus par ici et qu'il va même découvrir l'amour, pas n'importe lequel, l'amour de sa vie au moins, que c'est parti pour, bien sûr qu'il est puceau mais cela ne va pas durer longtemps cette histoire. Et disant cela il gonfle le torse, son regard s'enflamme, il parle trop vite, les mots se bousculent et s'emmêlent. On longe la rivière sous de grands saules. Leur ombre est fraîche. Je l'écoute et moi je suis fatiguée. Je suis désespérée. Les abricots sont finis et bientôt la saison aussi. Le feu se joue de nous comme du reste. Je me serais donnée pour rien à la saison violente, au brasier des vergers, pour rien le soleil m'aura dévoré la peau, le cœur, cette année encore, moi qui me croyais reine, moi qui me pensais sienne, le soleil s'est encore moqué de moi. Il a baisé, mordu, bouffé ma chair tendre et lisse. Mon visage je le lui offrais, mon front, mes joues, mes lèvres. Tout, je lui donnais tout, mes épaules nues, mes jambes, au diable l'avarice ! Je rêvais d'épousailles folles, il m'a prise et laissée tomber, le salaud s'est foutu de moi.

On marche. Déjà on a passé le camping. Je n'écoute même plus Abdelman. Je ne sais plus pourquoi il me faut vivre, vivre cela… Un été qui durerait toujours ? Enfin ne plus s'interrompre dans la course, ne plus retomber comme ce pauvre Icare parce que c'est septembre et qu'août nous a encore plaqués, qu'une fois de plus on nous a dupés, on a sucé notre sang, nos forces, en échange d'un peu d'ivresse. Et je marmonne et je rumine… On est de la piétaille, on offre des miroirs aux alouettes que nous sommes, pauvres alouettes, contre nos vies – pas même nos vies – des fragments de nos vies. On nous dévore, on nous use.

Abdelman s'est remis à chanter. Il chante autant que son frère raconte. Son frère a bourlingué. Il est plus vieux, Youssef. Il ne parle que de voyages et de cette femme plus âgée qu'il aime en Italie. Il raconte et il est comme Abdelman alors : plus personne ne peut l'arrêter quand il part dans son chant de mots et d'images.

Chez Michel on cogne longtemps à la porte – Ben merde, dit Abdelman tout déconfit, y aura peut-être pas de paye.

Mais non Abdel, fais pas cette tête, tu verras qu'on aura bien de quoi se payer un café !

Un café ? Toi alors, t'es pas marrante.

Michel arrive de derrière la maison, l'entrepôt où il a mis de l'ordre dans ses frigos. Il nous sourit de tout son visage éreinté. Il a beaucoup maigri pendant la récolte. Des veines saillent sur ses bras hâlés, comme sur le chanfrein des chevaux, moi je trouve ça très beau, ces muscles allongés et noueux, des cordages sur lesquels s'entrelace un écheveau de vaisseaux bleus. Il n'est pas vieux Michel. Peut-être trente-cinq ans. Il vit seul. Une fiancée qu'il aimait est partie un jour. Ça arrive. Moi ça m'arrive assez souvent, mes beaux fiancés d'un soir ou d'une saison qui s'en vont se démolir ailleurs, mais je suis plus philosophe sans doute, plus sage, et je n'ai pas des hectares de vergers sur le dos ni un troupeau de saisonniers à faire marcher droit. Je n'ai que ce sale soleil, cette obsession, mon âme que j'ai dû lui vendre un soir de biture, l'été, je n'ai que l'été aux tripes, la voilà ma peine d'amour, mon chagrin inconsolable, mon drame. L'été. Et Rosalinde maintenant.

Michel me regarde avec ses yeux mouillés, ses yeux bleu pâle qui toujours ont l'air d'avoir pleuré – Est-ce qu'ils étaient comme ça déjà avant l'histoire de la fiancée ? Il me sourit avec douceur, pose un doigt sur le foulard déteint noué en turban autour de mon front, et qui retient mes longs cheveux emmêlés et rebelles – C'est joli ça… il dit.

C'est quoi qui est joli, le foulard ou elle ? demande Abdelman avec le plus grand des sérieux. Michel rougit.

Montez, il nous dit. Vous avez soif sûrement. Et puis on s'occupe des payes, je les ai finies dans l'après-midi.

On s'est suivis dans l'escalier jusqu'à une vaste pièce blanche et nue. Michel nous sert une menthe à l'eau.

Comme la chanson d'Eddy Mitchell, dit Abdelman.

Oui, répond Michel. Et puis il me regarde gentiment encore. Il dit – C'est toi la fille aux yeux menthe à l'eau ?

Abdelman sourit d'un air entendu – C'est peut-être bien elle…

Mais moi je me rappelle que je me suis vue vieille dans un miroir écaillé il y a à peine une heure, que ma chute a commencé, je me défais, ces rides très fines qui me viennent autour des yeux, les plis des sourires devenus fissures sur ma peau d'abricot – le cadeau d'amour du soleil – oh non je n'ai pas envie de faire ma faraude, je fixe mes pieds poussiéreux dans mes sandales usées, je dis seulement, – Oh je ne crois pas, et ils doivent trouver cela très mignon mes joues rouges, et les paupières baissées pudiquement sur les yeux de la chanson. Michel reprend :

Je vais partir en vacances bientôt, d'ici une semaine ou deux. C'est dommage parce que je suis tout seul…

Mieux vaut être seul que mal accompagné, dit doctement Abdelman.

Ça dépend des fois, je réponds, et tout de suite je m'en veux.

Je ne sais pas pourquoi j'ai dit cela et tous deux me regardent d'un air étonné.

Enfin, je me comprends… je dis très vite.

Eux n'ont pas compris. Le cafard me retombe dessus à ce moment-là. J'ai envie de demander à Michel, Tu n'aurais pas un petit Pastis pour fêter ça dignement ? Je me retiens – cette envie furieuse de me saouler soudain pour chasser le mal, le tuer, l'étouffer, ou ne plus le sentir tout simplement.

Je savais que les bars m'attendaient, toujours fidèles eux, comme des lampions dans la nuit. Bilou et Vincenzo qui ne décuitaient pas, les autres, est-ce que c'était la même fringale qui les possédait, et la même douleur qu'il leur fallait taire ? Ou étaient-ils de simples ivrognes ? Mais de simples ivrognes, est-ce que cela avait jamais existé ? J'étais très fatiguée de penser à tout cela, une fois de plus.

Tu as l'air bien abattue, m'a dit Abdelman soucieux. C'est peut-être la paye qui le rendait si pompeux soudain, la sensation d'avoir des biftons plein les poches, et encore, sûrement que sa poche n'aurait pas refusé d'être un peu plus pleine, parce que finalement nous étions déçus. La paye était maigre.

C'est normal, avait dit Michel, il m'a fallu décompter le temps des voyages. Trois heures par jour, ça m'aurait fait cher. Et puis la demi-heure du petit déjeuner, et puis le prix du manger, et le temps pour charger et décharger le camion puisque tous ne pouvaient le faire en même temps.

Oui, j'ai dit mollement.

Oui, a dit Abdelman tristement.

J'ai repensé aux bars. Il était temps d'y aller. On n'avait que trop tardé. Je me suis levée.

Eh bien moi j'y vais. Merci beaucoup pour la menthe à l'eau. Et bonnes vacances alors.

Tu n'en veux pas une autre ?

Oh non ! a répondu Abdelman. Il a mis la main devant sa bouche – Pardon… c'est pas moi qu'ai la parole.

Michel a souri. Ses yeux humides nous ont regardés, l'un puis l'autre, nous questionnant peut-être, et puis il a dû se dire que je faisais un peu trop grande sœur pour être la copine par-dessus le marché. On est sortis. On n'avait plus envie de parler. On était tristes. Soudain Abdelman avait compris, il vivait sa première fin de saison, sa première séparation d'avec toute une horde de pue-des-pieds, de boit-sans-soif, de crève-la-faim, la première paye de son grand été bientôt révolu. Les cigales de demain ne seraient jamais plus celles d'hier.

Au coin du chemin, je me suis assise au bord du fossé. J'ai ramené mes genoux contre ma poitrine. Je reniflais. Très vite je pleurais, des larmes que j'essuyais dans le foulard déteint de maman. Abdelman s'est assis à côté de moi, a passé un bras tendre autour de mes épaules.

Faut pas brailler, c'est pas la fin du monde…

J'ai essuyé mes yeux dans mon avant-bras poussiéreux, je me suis mouchée entre mes doigts.

J'ai l'impression que je suis en train de crever, que quelque chose est en train de s'éteindre en moi, et je ne sais même pas quoi. Je suis tellement désespérée et je ne comprends pas pourquoi. C'est pas con tu crois ?

Il a reniflé. De le voir flancher, je me suis mise à rire, c'était mon tour de poser un bras sur ses maigres épaules. J'ai passé ma main dans sa tignasse laineuse. Il allait me manquer, le gamin qui s'endormait au bord de la rivière, saoul de soleil, de chansons, de bière aussi parfois.

On a l'air de deux cons, Abdel, à chialer comme ça. Allez viens, je te paye un canon.

On a couru vers les bars. Et ce soir-là on s'en est pris une fameuse. D'abord avec les Portos. Esméralda a vomi encore et Alonzo a fait la gueule – Elle est vraiment en cloque et je sais plus comment on va faire.

Noyez-le j'vous l'ai dit, murmure la sombre Lucia.

Tu dis « le », mais c'est peut-être une fille ?

Eh bien noyez-la alors. C'est quoi la différence. Tous les humains naissent libres et égaux il paraît. Enfin libres c'est à voir, égaux ça m'étonnerait. Mais là au moins là c'est égal : mec ou nana, à la baille ! En plus ça tombera bien, cet hiver l'eau sera revenue… Y aura du courant et le bébé va voguer tranquille, elle-il partira plus vite. Et puis qu'est-ce que vous pouvez lui donner au gosse, de toute façon il vous emmerde déjà.

La gosse, dit Alonzo, peut-être la gosse.

J'avais le cafard à nouveau.

Tu le sais que Lionel essaye de décrocher des cachetons ?

M'étonnerait qu'il tienne longtemps.

J'ai redemandé une bière et je me suis rapprochée de l'adolescent osseux qui s'était assis en retrait.

Salut Mounia, il m'a dit, ça va comme tu veux ?

Non ça va pas fort.

Alors je lui ai parlé de l'été, quand on marche, que l'on court dans les rues désertes comme un rat dans un labyrinthe, qu'on a tellement mal en dedans de cette exaspération folle, ce besoin déchirant d'un « plus » sous le ciel aveugle et béant, et rien qui jamais ne vient, rien rien rien qu'un désir de plus en plus dévorant, une faim qui vous mord les entrailles, vous bouffe le cœur et l'âme.

Tu crois que je le sais pas Mounia, il a dit, mais ça ne m'empêchera pas d'essayer de décrocher quand même.

Les Portos étaient partis depuis longtemps. Trois lampadaires éclairaient la place déserte. Abdel s'était endormi, recroquevillé comme un oiseau sur son siège orange, la tête chavirée sur son épaule maigre. Dans deux jours je partais pour les lavandes et je n'aurais pas revu Rosalinde. J'ai pensé pour me réconforter que je serais bientôt de retour, me persuadant que partir était toujours le plus dur, que l'effort ensuite prendrait tout de moi. Youssef est arrivé, une grande femme brune l'accompagnait, ses cheveux en bandeaux autour d'un bel ovale, un regard pénétrant et doux, triste peut-être, une bouche pleine et fatiguée. Abdelman a murmuré trois mots, trois notes plutôt – Oh ! mon frère… et il s'est rendormi.

Vous avez l'air de drôles d'oiseaux, a dit Youssef en riant, deux pingouins solitaires qui ont perdu leur banquise.

Je crois que je suis en train de mourir, j'ai dit. C'est un peu long et ça fait mal.

La femme a posé sa main sur mon avant-bras. Elle était lisse et chaude – Il faut juste faire le dos rond et attendre que la vague passe, que le jour se lève à nouveau. Elle avait une voix basse et lente, cassée par la cigarette. J'ai remarqué les fils lumineux de ses cheveux blancs, mêlés au sombre de ses bandeaux. C'était joli.

T'es fatiguée Mounia, a dit Youssef, et t'es pas la seule, l'été n'en finit plus de tabasser. Deux foyers ont été éteints mais c'est reparti plus à l'ouest. Des flammes ont enjambé l'Aygues juste après les gorges. Les pompiers parlent de démarrer un contre-feu pour protéger la forêt domaniale.

Le bar fermait. La grosse Yolande nous a fait dégager.

Vincenzo est passé le lendemain. Le soleil disparaissait derrière le pic de l'Homme fou. Je ne voulais pas le voir. Plus jamais. Il a essayé de me prendre dans ses bras en passant la porte. Je me suis dégagée – Laisse-moi ! Je suis fatiguée. Je pars à Saint-Martin demain, pour les lavandes. J'ai pas envie que tu sois là. Et puis tu m'as menti. T'as le sida. Tu le savais que tu l'avais quand t'es venu me chercher le soir du bal ?

Il a chancelé. Le beau Vincenzo qui chancelait. Son regard se troublait.

Mais qui te l'a dit ? Et d'abord tu voulais bien toi aussi, le soir du bal… Je t'ai pas forcée.

Ah, tu vois que tu l'as le sida. Personne ne me l'a dit. J'ai compris c'est tout.

Je me suis approchée, j'ai caressé sa joue. Et puis je l'ai pris dans mes bras, je l'ai embrassé. Il était pétrifié.

T'inquiète pas, j'ai dit, on est vivants, on est vivants encore. On va boire des canons, on va écouter les grillons, et tu vas rester dormir.

J'ai pris sa main et je l'ai entraîné dans le cabanon. Il s'est laissé conduire comme un enfant terrorisé. La lumière du soir passait à travers le petit carreau. C'était joli. C'était comme quand Rosalinde avait dormi ici.

Acacio marche tête nue sur la route. Il a perdu sa casquette, ne se souvient plus où. Il avance depuis des siècles. D'abord c'étaient les sillons ocre, bordés des lavandes qui ont été fauchées, comme un velours côtelé qui monte jusqu'aux crêtes des collines, puis le chaume blond et aride de vastes champs moissonnés. Maintenant le maquis dévoré par le feu du ciel. Les arbres ont soif : des chênes à demi secs tendent leurs branches racornies dans l'air opaque, les buis sont roussis – et alors cela lui rappelle Rosalinde encore, les cheveux de Rosa et c'est un coup de poignard dans le cœur, qui peine le cœur, qui a soif lui aussi. Rosa le suit, elle le précède, elle est partout. Comme son ombre elle l'accompagne et selon l'heure de la journée elle se trouve devant lui ou derrière. À l'heure dévorante du zénith, elle devient son centre. La besace est lourde. Dedans son duvet, une vieille veste de l'armée, son harmonica, ses papiers, quelques affaires, un gobelet d'aluminium qui pend à la bandoulière. La cadence du gobelet à son flanc se fait de plus en plus molle, elle reprend de la vigueur quand Acacio discerne un clocher au loin, la cloche brille dans un halo mauve, sous des collines qui virent au violet.

Il ouvre les yeux difficilement. Ses paupières sont collées. Il les referme aussitôt, mille traits de lumière transpercent sa tête. Leurs pointes se vrillent dans son cerveau. À ses tempes, le rythme lent et saccadé du sang, pulsations qui résonnent en un bruit de ressac. Il rouvre les yeux, précautionneusement cette fois. La terre est rouge. De grandes moraines noires barrent l'horizon sous un ciel impitoyable et bleu. Les vestiges d'un pick-up brûlé de l'autre côté de la route de terre très droite entre deux champs, rongés par le soleil. La terre se craquelle en crevasses, damier irrégulier qui se dédouble et se trouble. Un mirage peut-être. Sa pommette droite est lourde, un peu comme si on l'avait remplie d'eau. Il porte la main à son visage, alors il se souvient, lorsque ses doigts effleurent sa peau et que la douleur le fait gémir : la cuite dans l'unique bar du village… Bien sûr il les a emmerdés. Une fois de plus il a fallu qu'il leur braille ses histoires de révolution, et qu'eux les péquenots, eux les trouducs, eux les cons, lui le héros des œillets roses… Pour finir ils l'ont jeté dehors, leurs poings dans la gueule. Pas que dans la gueule, une douleur sourde irradie son bas-ventre, ses côtes sont en compote, des élancements réguliers ne cessent de perforer son cerveau mis à nu. Il a soif. Un goût poisseux de bile lui colle à la langue, dessèche sa bouche, obstrue sa gorge. Sa besace gît à quelques mètres, dans la poussière rouge. Il l'a prise tout d'abord pour une bête crevée, le ventre ouvert. Il se traîne jusqu'à elle, cherche ses papiers fébrilement, son argent, ne les trouve pas, s'affole. Des bribes de la veille lui reviennent, des cris, des coups qui pleuvent, des rires gras, haineux quand il tombe – Si tu remets les pieds ici, on te crève ! tandis qu'on le traîne à demi inconscient au travers des ronces et de la caillasse. Ils ont cassé ses lunettes. Il retrouve la vieille paire dans son sac. Il y manque la branche qu'il avait tenté de refaire avec un morceau de fil de fer. Un instant lui revient ce jour, quand Rosa l'avait chassé du combi, le craquement de sa monture brisée… Il avait porté la main à ses yeux et alors la peine – la pitié ? – qu'il avait vue passer le temps d'un éclair dans le regard de la femme aux cheveux feu, pour lui, Acacio, voûtant ses épaules, son dos rond d'enfant puni, soudain un petit homme, un tout petit homme…

Il se relève. Gémit à nouveau. Trouver à boire. Mais où. Il va lui falloir marcher encore et longtemps. Sûrement il y aura une ferme quelque part, un trou d'eau pourrie pour les bêtes, doit bien y avoir des troupeaux. Un puits peut-être ? Dans ce désert… Oui un puits. C'est dans le désert qu'on trouve son puits disait Rosa. Il a récupéré sa besace. Le gobelet d'aluminium est tout cabossé. Manquerait plus qu'il soit défoncé. Acacio le roi des cons qui avance avec un gobelet percé pour étancher sa soif. Un pas après l'autre, c'est dur, cela fait si mal de marcher dans ce corps rompu. Il voudrait pisser mais n'ose pas. Pour finir il s'essaye quand même : la douleur le fait presque hurler. Il se mord la lèvre, fixe son urine d'un air hébété. Le filet jaunâtre est teinté de sang. Sa vue se brouille lorsqu'il relève la tête et fixe les collines noires et nues, le ciel implacable. Est-ce un mirage encore, ce halo de poussière rouge qui frémit dans l'air blanc… Un feu ? Cela se rapproche, une petite tornade qui vient droit sur lui. Il discerne une forme en son centre. Un instant il repense aux cavaliers de l'Apocalypse du catéchisme de son enfance. Il a peur. Les contours flous d'un quadrupède se précisent. C'est un âne, un âne qui fonce vers lui comme un dératé. Il croise Acacio et brait tragiquement, les yeux exorbités, la bave aux naseaux. L'espace d'un instant qui dure très longtemps, ils échangent un regard. Celui de l'âne est désespéré. Acacio le reconnaît comme son double, rencontré sur une piste qui ne mènerait nulle part, un effet de miroir peut-être, l'âne et son rictus douloureux, son braiement, un sanglot, âpre, déchiré, fou.

Rosalinde quitte la route. La chaleur est torride. Elle pénètre dans le sous-bois de la Destrousse et c'est comme entrer dans le chœur des cigales. Un son intense de crécelles ivres et de brasillements furieux, monte en crescendo, auquel se mêlent des sifflements longs, hésitants tout d'abord et qui vont en s'amplifiant, jusqu'à rejoindre avec plus de violence encore la clameur des premières. Sur la terre embrasée, chênes verts et fayards semblent crépiter du feu du ciel. L'air voilé a une densité accablante qui alourdit sa tête et l'entrave dans sa marche. Chacun de ses pieds pèse dix tonnes et bientôt elle se traîne, et déjà elle suffoque. Des mouches noires et des éclats de feu passent devant ses yeux, un clou brûlant se vrille dans sa tempe gauche. Elle passe la langue sur ses lèvres sèches, craquelées. Soif… elle murmure. Elle repense au combi à l'ombre des saules, et ce bruit d'eau si clair dans ses nuits. C'était bien, un camion. Mais ils l'ont tagué. Puis ils l'ont brûlé. Les hommes du village ou ceux de la montagne. Le petit Delaroche avec sa face de chat miteux, le berger, ce lion des hauts plateaux qui l'a choisie pour femme, Acacio peut-être ? Mais Acacio est parti. Non il n'aurait pas brûlé le combi. L'homme aux paupières de plomb sans doute, lui qui voudrait la partager avec les autres du village. Le Toubib et le Gitan au gant de cuir noir. Le Parisien qui lui tourne autour, susurre qu'il va la tirer. Où est Lucas, Lucas très jeune aux boucles noires contre lequel elle dormait lorsqu'au loin les sirènes ont hurlé le départ du feu. Lui aussi est parti et maintenant ce sont ses oreilles qui l'embêtent, ce bourdonnement régulier qui ne cesse d'enfler. Les taches se précipitent sous ses yeux, zébrures devenues pourpres, aveuglantes. Elle croit entendre comme un chant au loin, bien sûr c'est le muezzin, le muezzin d'Ahmed, dans l'oued… Elle tombe et ne s'en rend pas compte. Sa joue, son front heurtent la roche du talus, elle voit des filets rouges et mordorés couler en ruisseaux lents, ils se mélangent, se séparent, arabesques mouvantes et sinueuses, une chaleur douce glisse sur son visage, c'est comme un baiser, la caresse de doigts légers. Elle voit Ahmed. Il est là, il est revenu. Elle sourit. Est-ce que j'ai encore le cœur blanc. Bien sûr que j'ai le cœur blanc. Et puis c'est le trou noir.

La fraîcheur du soir la réveille, sa joue, son front brûlant. Le Chien gémit à ses côtés. Il halète doucement. Elle porte la main à ses lèvres, sa tempe douloureuse, son front tuméfié. Une croûte noire, sang séché mêlé de terre, reste incrustée sous ses ongles. Elle se sent légère. J'ai dormi, elle murmure. Le son enfantin de sa voix l'étonne puis l'émeut, quelques larmes mouillent ses paupières – La Belle au bois dormant, elle dit encore et cela la fait rire. Le maquis silencieux. Enfin les cigales se sont tues. Très haut, très loin lui parvient le crécellement hésitant d'une attardée.

Rosalinde tente de se relever, tout tourne, elle se raccroche à un arbre, le monde autour d'elle reprend ses vrais contours peu à peu. La soif. Mounia peut-être… où est Mounia ? Il lui faut retrouver Mounia, elle est forte, elle lui donnera de l'eau, à manger, une place auprès d'elle où dormir. Et bientôt elles partent, ensemble, au plus vite, demain peut-être, vers la mer et le vrai désert. La nuit tombe quand l'enseigne rouge du premier bar paraît au virage. Elle se hâte. L'odeur du feu s'insinue jusque dans le village. Le café du Commerce semble vide, tous doivent être au bar d'En Haut. Alors elle ose pousser la porte. Le silence se fait. Dans la salle désertée il n'y a que quelques hommes accoudés au comptoir et Yolande qui les sert. Tous les regards se tournent vers elle.

Rosa ! Mais on te croyait morte, dit Paupières de Plomb.

Pas encore, elle murmure. Où est Mounia ? Je cherche Mounia.

On l'a pas vue ta Moune, depuis trois jours au moins, marmonne le Parisien.

Elle ramasse les lavandes dans la montagne chez le père Henri, dit Delaroche assis seul dans l'ombre.

J'ai soif, dit Rosalinde. J'ai pas d'argent, j'ai tout perdu je crois, non j'ai plus rien, mais je veux juste un verre d'eau Yolande. Dès que Mounia revient, je le payerai.

Les hommes sont chauds déjà, leurs yeux brillent un peu trop. Le Gitan glousse.

Hé Yolande, amène une vodka pour la belle Rosalinde du Nord, avec un petit pastis bien serré pour la rafraîchir !

Je veux juste de l'eau.

Qui t'a fait mal Rosalinde, tu t'es battue dans les bois avec un ours en rut ?

La patronne rit avec eux dans son décolleté de strass – Bois un coup Rosa, elle dit en posant les verres devant elle. Profite ! Tout est payé et c'est cadeau.

Rosa refuse encore, elle se dirige vers les toilettes, le Gitan la saisit au vol, son rire de hyène – Reviens par là, tu vas m'écouter pour une fois. Si tu bois ces deux verres on te donnera toute l'eau que tu veux.

Rosalinde boit la vodka, cul sec, puis le pastis.

Bonne fille, dit Paupières de Plomb.

Maintenant je voudrais de l'eau.

On va t'en donner de l'eau.

Mais où est Mounia ?

Mounia est à la montagne on t'a dit.

Personne ne peut m'y amener ?

Reprends un coup d'abord. Après on t'y mène.

Je voudrais de l'eau. Yolande, donne-moi de l'eau.

Yolande n'entend que les hommes.

Toi qui as le feu au cul, tu boiras de l'eau-de-feu, dit le Gitan.

Rosalinde regarde Delaroche au fond de la salle, son visage d'enfant famélique, lui qui voulait mourir pour elle. Il n'a pas bronché.

Delaroche, aide-moi toi.

Il la fixe douloureusement. Sa bouche s'ouvre mais aucun son n'en sort. Il se lève – Rosa… il balbutie, des larmes ont rempli ses yeux et restent en suspens sur ses très longs cils qu'il referme lentement. Les hommes rient et alors il rit avec eux dans un sanglot.

T'es pas très jolie avec tes traces de sang séché sur la gueule, ricane le Gitan, on dirait que t'as voulu te ravaler la façade à coups de poing.

Tu fais plus trop ta fière, ma belle tigresse rugissante qui miaulait pour se faire mettre.

Le Parisien s'est avancé en chancelant. Lui aussi a sacrément arrosé la soirée. Il se plante devant Rosalinde – Viens, je te sors de là. D'abord je vais te donner de l'eau, ensuite… T'as rien à craindre de moi, si tu savais… il dit plus doucement, effleurant de sa main la joue blessée de Rosalinde, j'ai jamais su bander, et quand je vois ces mecs, ça me donne pas envie d'apprendre.

Il n'a pas eu le temps d'en dire plus que Paupières de Plomb a surgi dans son dos. Il lui expédie un direct qui l'envoie rouler à terre, le Gitan y va de quelques coups de pied – Pour soigner tes couilles juste au cas où tu en aurais… Le Parisien a perdu conscience. Yolande devient nerveuse.

Pas de ça chez moi les gars, vous me le virez celui-là. Que vous vous amusiez d'accord, mais que vous vous battiez, non ! Pas envie d'avoir des problèmes avec les flics.

T'en fais pas belle Yolande, on t'en débarrasse tout de suite. Le connard ira cuver en face, dans les chiottes publiques. Remets-nous plutôt une tournée !

Et la même pour Rosa !

La patronne ne dit plus rien. Elle remplit les verres. Elle a détourné la tête en les posant sur le comptoir. Rosa, c'est pas son affaire.

La nuit. L'odeur du ciel toujours, de cendres et de brûlé. Le feu avance. Rosalinde s'est enfuie. Les deux hommes l'entouraient et la faisaient boire. Delaroche était sorti de son ombre. Il se tenait à l'extrémité du comptoir et regardait, commandant des pastis qu'il avalait cul sec, n'essayant plus de retenir les larmes qui dévalaient sur ses joues creuses. Deux saisonniers sont entrés, bien allumés. Ils riaient. Pas longtemps. Ils ont eu peur. De la jeune femme qui chancelait, saoule, le visage défait, marqué de terre et de sang séché, et qui demandait de l'eau, des deux hommes qui la bousculaient, de l'étrange petit homme au bout du comptoir, de son visage halluciné et ruisselant.

On va ailleurs.

De toute façon on va fermer, a répondu Yolande sèchement.

En sortant, l'un manque buter sur le Corniaud. Il est écrasé dans la poussière, les os de ses hanches saillent sur ses reins. Il gémit.

Rosalinde court vers le lavoir. Le chien s'est relevé et la suit. Elle s'accroupit sur la margelle, manque tomber, se rattrape, elle est saoule. Elle voudrait cracher la vodka, ces relents de pastis, ce goût d'anis qui lui soulève le cœur, mais il lui semble qu'elle n'a plus de salive. Elle ouvre le robinet, l'eau jaillit, elle boit éperdument, en elle ce ruisseau glacé qui la brûle jusque dans le ventre, elle ferme les yeux, le vertige la fait basculer. Elle se rétablit. Les hommes. S'enfuir. Mounia partie. Elle n'aurait jamais dû revenir au bled. Elle boit encore, jamais elle n'aura assez – C'est mon eau, elle pense, le voilà mon puits dans le désert, celui que je cherchais et que je trouve enfin. Un bruit de moteur, un 4 × 4, elle n'a pas le temps de comprendre que les hommes sont là, Paupières de Plomb au volant, le Gitan à ses côtés, sourire carnassier, et derrière eux la gueule décomposée de Delaroche.

On t'embarque la belle, plus très belle d'ailleurs... mais t'es partie un peu vite tu sais. Allez grimpe !

Le Gitan est sorti, rapide comme un lynx, Rosalinde n'a pas le temps de courir qu'elle s'affale dans la poussière, elle rampe pour agripper son chien. Le Gitan la saisit rudement, tente de lui arracher le Corniaud tremblant mais Rosalinde s'est recroquevillée sur la bête. Alors il les charge sous son bras, comme une brebis et son agneau quand il les empoigne pour les saigner. Paupières de Plomb a ouvert la portière. Le Gitan la pousse à l'intérieur et saute dans le truck qui démarre aussitôt. Il parvient à lui arracher la bête qu'il lance à l'arrière, par la peau du cou. L'animal a un jappement rauque – C'est pour toi Delaroche, tu pourras toujours t'entraîner… Et son rire de chacal le secoue un instant.

Mon chien… J'ai faim, murmure Rosalinde coincée entre les deux hommes. Sa tête s'affaisse, ses yeux se ferment – Un bout de pain vous avez pas ?

On va t'en donner des vitamines, à boire et à manger.

Elle rouvre les yeux. Ce qu'elle voit alors c'est l'avant-bras de Paupières de Plomb nonchalamment posé sur le rebord de la vitre ouverte, les beaux muscles souples qu'elle a aimé sentir et mordre. Le doux duvet de ses poils se hérisse à peine au vent, à la fraîcheur du soir enfin sur la peau de l'homme. Lui revient alors l'image des fruits de l'hiver, les fruits givrés du plaque-minier, un goût doucereux et trouble qui lui retournait le ventre et lui donnait envie de cet homme, le spasme vertigineux d'une chute libre au plus profond de son être. Un autre vertige la prend, celui-là est abominable.

Je vais vomir, elle dit d'une voix pâteuse, il faudrait me laisser descendre.

Vomis la belle. Pas sur moi s'il te plaît. On nettoiera après.

Elle court sur le plateau nu. L'air lui manque. Une respiration saccadée déchire sa poitrine. Derrière elle le souffle des hommes. Les arbres qui craquent, explosent en contrebas, l'odeur âcre, étouffante, le grondement du feu. Ne pas tomber. Surtout ne pas tomber. C'est comme les loups. Elle se souvient qu'elle a déjà pensé ces mots. Cet effroi. Comme si elle savait que cela devait arriver un jour. Les loups après elle. Ne jamais tomber. Ils vous sautent à la gorge.

Lâches, elle murmure. Ce mot, elle le souffle, le râle plus qu'elle ne le souffle. Elle se laisse retomber sur le sol. Un hoquet la secoue. Elle vomit. À nouveau sa nuque heurte la terre. Elle ferme les yeux – Lâches, vous êtes tous les mêmes, lâches…

Le rire de hyène du Gitan, Paupières de Plomb qui la regarde de toute sa hauteur, et l'autre, derrière… Delaroche en retrait. Delaroche ? Mais qu'est-ce qu'il fout ici elle pense un instant – J'ai soif, elle dit, j'ai si soif.

Eh bien on va te donner à boire ma petite boche ! De la vodka ou de notre jus ? À qui c'est le tour les gars cette fois ?

Un animal nu. Elle s'est relevée, retombe, rampe jusqu'au promontoire rocheux. Sur ses cuisses pâles des traînées de terre mêlées de sang et de sperme, dans ses cheveux, du vomi dans lequel elle a roulé. Les hommes rient – Elle va s'arrêter…

Rosalinde est happée par le pierrier noir, l'achèvement sombre et tragique du plateau des Loups. Elle le reconnaît au moment où elle s'y précipite, l'image lui revient, le ciel blanc de novembre qui s'obscurcissait, les pigeons sur le toit de l'usine à briques désaffectée, les murs tagués, l'éboulis implacable du pierrier quand elle était ressortie et avait levé la tête. Tout s'emmêle dans la spirale de sa chute. Delaroche hurle. Le corps blessé a roulé jusqu'en bas. Rosalinde ne bouge plus. Elle semble brisée. Mais non, elle se relève, retombe, se redresse, elle court vers le feu – Maman ! elle crie. Puis plus rien. Elle a disparu derrière le relief chaotique. On ne sait plus, on ne voit plus, c'est la nuit enfin. Les arbres continuent de craquer, gémir, exploser dans le grand brasier.

Le chien a reconnu la plainte. Elle résonne en lui comme un appel, qui s'éloigne et se perd dans un roulement de pierres. Il sort de la roche sous laquelle il s'était terré, haletant. Il ne l'entend plus, ne la sent plus, dans l'odeur du feu, celle des hommes plus terrifiante encore. Il se jette à sa suite, bascule et dévale la pente abrupte. Un cri lui parvient. Un instant il l'aperçoit, debout, qui vacille devant le bûcher avant de la perdre. Il bondit et se précipite dans les bois en flammes.

Répartir à la fourche les brassées de lavande que m'envoie la machine, moi derrière dans la remorque, les gaz d'échappement du tracteur et le bourdonnement des abeilles. Qui piquent souvent et alors ça gonfle, et de plus en plus. Le fils du patron nous mène, le tracteur la machine la remorque, et moi Mounia l'infatigable, de ma mère les joues cramoisies et les yeux verts, mes yeux menthe à l'eau… de plus en plus noire de peau la fille du harki. Abdelman est reparti sous d'autres cieux le cœur léger, en chantant. Son frère l'avait précédé, avec son amoureuse, la belle femme de cinquante ans peut-être. Je n'avais pas revu Rosa avant de partir pour les lavandes mais j'étais certaine qu'elle m'attendait à présent, depuis cette dernière nuit au cabanon ensemble.

Longues journées solitaires dans la montagne, le fils du patron ne parle jamais. Me voit-il seulement ? Quand on s'arrête pour boire, il marque sur un bout de papier les minutes perdues. Il inscrit aussi le temps de route pour rejoindre les champs de lavande, qui parfois sont très loin. Je ne gagnerai pas beaucoup c'est sûr. Ils m'ont prêté un garage pour y poser mes os le soir. Et j'ai fait la provision de sardines à l'huile, de graine de couscous, de café en poudre et de biscuits secs. De carottes aussi, parce qu'il faut des légumes, que ça se mange cru et ne craint pas la chaleur. La montagne est belle, aride. Des buissons ras, des genévriers tourmentés et des genêts ont trouvé moyen de pousser pourtant, entre les roches qui se dressent sous le ciel très bleu.

Une brume de chaleur voile la vallée le plus souvent. Il arrive qu'elle se dissipe, je vois alors la grande plaie noire qu'a laissée le feu, comme une lèpre sur le beau pays. Elle fume encore.

La distillerie surplombe le pays, ses quatre pans ouverts à tous vents. En contrebas, la plaine. On y a porté un chargement de lavande aujourd'hui. Le mont Saint-Auban devenait violet. Le ciel s'obscurcissait. L'orage était en route. Bien avant d'arriver, une odeur intense d'essence de lavande emplissait l'air. Certains ne la supportent pas, d'autres en attrapent des migraines insupportables. Mais pas moi. Je suis Mounia l'invincible. Deux remorques attendaient leur tour tandis qu'une troisième, déchargée enfin, était manœuvrée à l'extérieur. Un employé avait déverrouillé le large couvercle d'un vase. S'aidant d'un palan, il retirait le tamis sur lequel dégouttait le chaume cuit des lavandes. Du haut de sa remorque, un homme chargeait la gueule d'un autre vase, à grandes fourchées. Des tuyaux couraient sur le plancher de tôle, à leurs extrémités des vannes par lesquelles s'écoulaient l'essence et l'eau florale. Tout baignait dans une vapeur lourde, au parfum entêtant, un halo trouble. Je regardais la vallée prendre ses couleurs du soir. Les nuages sombres qui ne cessaient d'enfler semblaient vouloir l'épargner. Ils arrivaient de la montagne. L'orage avançait très vite à présent, bientôt il serait sur nous. Il a éclaté dans un coup de tonnerre assourdissant. Le vieux bâtiment a tremblé si fort que j'ai cru qu'un vase de distillation avait explosé. Le ciel avait viré au noir. J'ai tourné la tête. Et puis sur le lacet blanc de la route, j'ai vu Césario qui courait sous l'éclair.

Avec son mauvais pied il avait la démarche cassée d'un clown, et quelque chose de précipité qui faisait croire à une fuite. Quelque chose de déchiré et de pitoyable aussi. Il s'est arrêté un instant à l'embranchement du hameau, hésitant, hagard. J'ai sauté au bas de la remorque, bousculé deux hommes, j'ai couru vers lui. La pluie me cinglait le visage, et ce bruit comme une plainte sauvage et folle qui me suivait dans ma course, emplissait ma tête, me lacérait la poitrine. Je n'ai compris que plus tard que cela sortait de moi. Il m'a vue arriver, a repris sa course désarticulée. Une pierre a roulé sous ses pieds, il s'est affaissé alors.

Allongé dans les traînées de boue qui dévalaient le talus, il s'est redressé à moitié. Césario ! j'ai crié, et l'autre son qui sortait de moi s'est tu enfin. Je me suis jetée dans ses bras et j'ai roulé sur le bas-côté avec lui.

Mounia… Rosa ! Rosalinde… Oh Mounia ! Rosa… le feu…

Il haletait dans un sanglot rauque. J'ai caché sa tête contre ma poitrine, ce regard fou et désespéré que je ne supportais pas de voir. Pas lui. Pas Césario. On ne se serait jamais relevés, nous serions restés ainsi jusqu'à la fin de tous les temps si l'une des remorques qui déchargeaient à la distillerie juste auparavant ne s'était arrêtée. Césario s'était tu. Je ne sentais plus que ce hoquet convulsif résonner contre ma poitrine et qui peu à peu s'atténuait, et la plainte très flûtée de son souffle, un bruit de gorge doux et ininterrompu.

Ça va vous deux ? Non ça n'a pas l'air d'aller… a dit le gars penché depuis son tracteur. Vous allez prendre mal comme ça, il a continué plus soucieux.

Et comme nous ne répondions pas, il est descendu du tracteur, m'a touché l'épaule. Mais tu es Mounia qui travaille pour le père Henri ? Est-ce que je dois appeler un docteur ? il a dit encore, presque timidement cette fois. Je peux vous amener quelque part peut-être ?

J'ai fini par ouvrir les yeux. J'ai écarté le rideau de mes cheveux dégoulinants d'eau et de boue.

Merci, j'ai dit, merci beaucoup. On va se débrouiller.

Et je me suis mise à pleurer.

J'ai pensé que Rivière était morte quand Césario est arrivé seul, dévasté et me dévastant. Rivière avait eu peur de l'orage, de son maître aussi, son compagnon, quand elle avait senti qu'il n'était plus rien. Elle s'était couchée sous le banc. Et là elle nous attendait.

Ils n'ont pas retrouvé les os. Ça ne brûle pas les os. C'est ce qui reste de nous. Même les gens quand on les incinère.

Ta gueule Césario. Tu me donnes envie de vomir.

Tu veux la retrouver, toi, Rosa ?

Oh oui je voudrais. Mais j'y crois pas. Ils l'ont massacrée de toute façon. Elle ne peut pas être vivante.

Eh bien moi je suis sûr qu'elle l'est.

J'ai posé ma main sur les nervures roses de sa paume, une pivoine peut-être. J'ai soupiré comme un sanglot.

Vaut mieux qu'elle soit morte avec ce qu'ils lui ont fait.

Cette fois c'est Césario qui a rugi :

Tais-toi Mounia ! C'est toi qui me dégoûtes à présent.

Mounia ?

Oui, Mounia. Non… Luna. Mais ne me dis jamais plus de choses pareilles.

Devant nous la rivière. Il fait nuit. La digue est désertée. Loulou morte, toujours je l'espère pourtant, mais elle ne reviendra pas la grosse baleine, cette fois elle a pris le large à tout jamais. Jack l'Irlandais doit être défoncé chez les Portos, à moins qu'il ait déjà filé ailleurs. Et Lucia ? Lucia a disparu aussi, la louve solitaire est repartie sur ses chemins à elle.

Je peux reprendre mon souffle ? j'ai dit à voix très basse.

Alors Césario a calé ma tête dans le creux de son épaule.

Ferme les yeux. Respire. Écoute la rivière – qui coule encore. Et les poissons si tu peux.

Ça allait mieux après. J'ai tiré le tabac de mon godillot et j'ai roulé deux cigarettes. J'ai tendu la première à Césario. Il fixait la nuit, ses yeux grands ouverts comme ceux d'un enfant qui cherche à percer les ténèbres, un air anxieux et ardent. Un instant j'ai cru qu'il avait vu quelque chose, l'une de ses visions à lui. J'ai allumé ma cigarette. Et puis il a dit :

Mais ils ont retrouvé les restes du gamin. Ses os justement. Dans les hauteurs du plateau des Jasses, les terres du berger, là où le feu a démarré.

J'ai bondi – Ça ne m'étonne pas beaucoup ! Il est où le berger ?

En fuite. Tout le monde s'est barré soudain. On dirait que les rats quittent le navire.

S'ils ont retrouvé les os du petit, Rosa est peut-être vivante alors ?

Je la retrouverai. Elle est vivante.

Tu vas partir ?

Est-ce que tu ne dois pas aller vers ton rocher ?

Oui.

J'ai frissonné. La nuit fraîchissait. Les petits crapauds avaient repris leur chant le long des rives de l'Aygues. Un tracteur est passé sur la route. Puis des claquements de portières et un bruit de voix. Des mecs rentraient au bar du Commerce. Nous leur tournions résolument le dos. Et pour toujours. Son enseigne rouge devait briller sur la place, la grosse patronne qui avait vendu Rosa aux loups, pour quelques vodkas, devait pigeonner encore, avec ses gros seins aux balcons, la sale pute.

De toute façon je ne resterai pas, Césario, ici c'est l'ornière. Elle avait raison Rosalinde, on sera toujours des saisonniers de merde, que le patron du camping fout hors des douches à coups de nerf de bœuf, parce que pour ceux de notre race, c'est la rivière ou le lavoir – les mêmes qui s'imaginaient que Rosa faisait des passes dans son combi. C'est pas ma place ici, mon père ne s'est pas battu pour que je devienne cela, ma mère n'est pas morte pour que j'accepte cette vie.

Je vais rentrer, a dit Césario.

Tu dors où ? Je te l'ai jamais demandé.

Il m'a regardé doucement, a haussé les épaules, l'air de à quoi bon ?

Je peux t'accompagner Césario ? J'y arrive plus au cabanon. J'ai des cauchemars. J'veux plus y retourner. On pourrait rester dehors si tu veux ? j'ai dit, glissant mes doigts sur la fleur de sa paume ouverte.

Tu seras bien la première à savoir où j'habite.

On est sortis du village et l'on a pris un sentier escarpé, passé les moraines grises des terres mortes. Un bosquet se dressait sur un méplat dégagé. On n'entendait plus que les crissements doux des criquets qui peuplaient la nuit.

On est presque arrivés.

La chienne avait pris les devants, elle courait vers les arbres. Les reflets de son pelage roulaient vraiment comme les flots d'une rivière d'or. On l'a suivie dans un étroit passage végétal, des cannes de bambou contre lesquelles avaient été entrelacées des branches de genêts. Un mur très fragile et léger. À travers les percées du feuillage, je pouvais voir d'étranges supports, des rondins de bois, reliés par des filins qui s'élevaient haut dans les arbres. On est sortis du tunnel – Fais attention aux cordes, il y en a partout quand on ne connaît pas – elles brillaient comme des fils d'argent. J'ai d'abord cru que tout cela était la création d'un inventeur génial et fou, qui tentait de créer des chemins vers le ciel, des suspensions étranges pour le rejoindre peut-être, et qu'il jouait avec le vent.

C'est toi qui as fait tout cela Césario ?

Non, ce sont des chasseurs. Les palombes passent au-dessus de nous, je ne sais plus si c'est à l'automne ou en février. Elles viennent d'Allemagne, et quelques-unes se font tirer.

J'ai grimacé dans l'ombre en pensant à une autre palombe rousse qui venait de Hambourg.

Nous y sommes.

Chez lui c'était dans les arbres, une tour mystérieuse érigée entre trois pins et des poutres, fixées les unes aux autres pour s'élever plus haut encore, un entrelacs de genêts et de fougères, et toujours ces filins et câbles, poids et contrepoids qui montaient dans les branches. Césario a poussé un battant de bois camouflé par des feuilles. Rivière est restée dehors. Couchée sur un lit de mousse, la tête très droite, elle humait la nuit et montait la garde. Un sphinx.

Va doucement, on n'y voit rien, a murmuré Césario en empruntant l'échelle de rondins qui nous menait d'étage en étage, des palettes énormes en guise de socle – j'en ai compté six. Plus nous nous élevions et plus l'air devenait fluide, parfumé : il sentait la nuit dans les arbres.

Il faisait noir, et il m'a tendu la main pour me guider. À travers les murs de grillage, camouflé par des branchages, on voyait le ciel. Puis c'est devenu obscur au-dehors quand il a allumé une grosse lampe-tempête.

Un pan de tissu bariolé était étendu dans l'angle, dessus un duvet. Un camping-gaz à côté, sur un petit meuble improvisé, deux cagettes et une planche. Un bol émaillé avec une rose déteinte au fond. Tout y était rangé avec soin. Derrière le feuillage le ciel réapparaissait lentement, au fur et à mesure que mes yeux s'habituaient à la lumière. La lune n'était qu'un pâle croissant qui se levait à l'est.

Assieds-toi, il m'a dit, je n'ai pas grand-chose à t'offrir mais tu peux dormir là.

Il m'a fait une place sur le sol. Lentement et avec application il a retendu le coton chatoyant, déployé son duvet, roulé un pull à lui en guise d'oreiller. Assise sur mes talons je regardais les lumières du village en contrebas, la montagne dans l'ombre, la lune.

Ce soir elle est toute petite, la lune. Elle ne fait pas trop sa maligne.

Oui Luna, t'es vraiment toute petite ce soir. Il faudrait que tu dormes enfin. Demain nous verrons.

Nous verrons quoi ? J'ai pensé, Il n'y a plus grand-chose à voir. Et j'ai eu à nouveau ce goût de brûlé dans la bouche, ce poids abominable sur le cœur.

Tu as faim peut-être, ou soif ? Je n'ai pas de bière pour toi ni de vin. Du thé si tu veux. Ou un chocolat chaud ?

Un chocolat s'il te plaît.

Après on s'est couchés. Césario a soufflé la lampe. Il s'est allongé à mes côtés. Ses yeux grands ouverts fixaient la nuit avec cette même expression de douleur stupéfaite que je lui avais vue sur la digue quelques heures auparavant. Je m'endormais lentement et difficilement. Mon cœur s'emballait à mesure que je croyais sombrer dans le sommeil, comme si cela fonctionnait à rebours, que je courais en arrière vers l'incendie, Rosa dans les flammes, un tourbillon d'images et de cris qui s'engouffraient en moi dès que je m'abandonnais. Le souffle de Césario était si léger que c'est à peine si je le percevais. Je me suis réveillée en sursaut : je rêvais que je fuyais dans la nuit des vergers, la terreur déferlait en moi comme le cheval fou de toujours. J'étais Mounia la peur, Mounia le cheval fou, Mounia l'égarée. Césario dormait à présent. Je me suis redressée, il me fallait m'échapper, m'enfuir du monde peut-être, j'ai secoué Césario doucement – Césario, je ne peux pas rester…

Il a ouvert les yeux et il était là à nouveau. Je n'étais plus seule dans la grande nuit – Pardon Césario… Excuse-moi de t'avoir réveillé, j'avais peur, je me sentais trop seule, tu comprends ? Tu dormais et c'est comme si toi aussi tu étais parti.

Je veille sur toi Mounia, même si je suis endormi je veille. Reprends ton souffle Luna…

J'ai entendu le sien rouler jusque dans son cœur quand il a ramené ma tête contre sa poitrine.

Bien sûr on pourrait… peut-être aurait-on moins peur pendant quelques instants, mais on n'est pas obligés n'est-ce pas ? Tous les hommes ne sont pas… Toutes les femmes ne cherchent pas que cela, n'est-ce pas ? N'aie pas peur, excuse-moi Luna, je voulais juste… dormir enfin ?

J'ai fermé les yeux contre sa peau chaude et lisse. Il s'est levé pour m'apporter de l'eau. J'ai essuyé ma figure et mes yeux en buvant jusqu'à perdre haleine, des verres et des verres encore – Tu vas le reperdre ton souffle, si tu bois si vite, il m'a dit en souriant, comme on parle à un petit enfant.

Et nous avons enfin dormi, ballottés dans les remous d'une mauvaise mer, englués dans cette fatigue toujours, cette douleur lancinante et qui nous écrasait le cœur, mes cheveux s'emmêlant restaient pris dans le creux de son épaule, s'enroulaient autour de ses bras. Oh ce bon sommeil qui se dérobait à nous.

Il était tôt quand j'ai pris le sentier pour rejoindre le village. Césario était sorti déjà. Où, je l'ignorais. Je me suis arrêtée à la boulangerie. Les rues étaient désertes. Il n'y avait personne au bar d'En Haut. J'y ai bu un café en évitant le regard du patron. J'entendais des cris dans l'appartement derrière, la voix stridente et excédée d'une femme, les hurlements furieux de la gamine. J'ai filé à la rivière. Elle semblait morte. Je me suis lavée. J'ai cherché quelque chose entre les roches, peut-être un mot, un objet de Rosa, n'importe quoi. Un signe. Je n'ai trouvé qu'une mue de cigale, elle s'est cassée entre mes doigts. J'ai quitté la rivière. Et là j'ai réalisé que les cigales s'étaient tues. Alors j'ai tendu le pouce en direction de la montagne. Il me fallait retourner à Saint-Martin récupérer mes affaires, au moins le sac à dos, m'excuser auprès du patron et lui dire que je ne reviendrais plus. Et me faire payer peut-être, s'il le voulait bien.

Il devait être six heures quand j'ai longé le bar du Commerce. Tout au fond, dans l'ombre, le Parisien éclusait son rouge. Delaroche, effondré sur une table, se cognait régulièrement le front contre le bois dur. Il relevait la tête, fixait le vague avec des yeux de noyé, psalmodiait des mots incompréhensibles, recommençait… Le bar était presque vide comme si Delaroche dérangeait. La grosse patronne l'a jeté dehors. Il a renversé une chaise, est sorti difficilement, s'est raccroché au montant de la porte avant de rouler à terre. Je l'ai vu se relever et tituber jusqu'à la digue où il s'est écroulé sur un banc. Je l'ai rejoint. Il sentait le pastis à plein nez.

Raconte-moi maintenant Delaroche, dis-moi ce qui s'est passé. Tu as parlé à Césario l'autre jour, c'est lui qui a prévenu les gendarmes. Mais qu'est-ce qu'ils en ont à foutre de Rosa les gendarmes... Dis-moi enfin Delaroche !

Il est reparti à pleurer. Plié en deux, il a eu un hoquet et il a vomi.

Je l'ai tuée, c'est ma faute, il hoquetait. Non je l'ai pas tuée, c'est elle qui a couru vers le feu... Je l'aimais tu comprends, je n'aimais qu'elle, j'avais le droit de faire l'amour avec elle ! Les autres y étaient passés déjà, elle ne bougeait plus, le Gitan a voulu la reprendre, alors j'ai dit C'est mon tour, pour la première fois j'ai eu le courage de leur faire face, ils ont ri... Le Gitan voulait pas, et puis l'autre a dit, Allez, de toute façon pour ce qu'il en reste...

Mais qu'est-ce que tu as fait Delaroche exactement ? Et cette fois je le secouais, cette chiffe molle, ce chialeur – Mais qu'est-ce que tu lui as fait à Rosa ? Elle est où ?

Il ne pouvait pas répondre. Voilà qu'il s'étouffait, dans sa morve et son vomi.

Je l'ai pas tuée c'est sûr, c'est elle qui a couru vers le feu, et les autres l'auraient peut-être fait autrement...

Autrement quoi ? Auraient fait quoi ?

Il a hurlé – Je l'ai pas tuée je te dis ! C'est elle qui... Quand elle m'a vu me rapprocher, je ne pensais plus qu'elle me voyait, ils l'avaient fait tellement boire... Et alors elle a dit, Toi aussi Delaroche... Oh non pas toi, et elle a eu un sursaut, s'est redressée, a roulé dans la pente... Le feu était loin tu sais. Les autres sont restés bouche bée. On l'a vue se relever après quelques instants. Elle a crié Maman, et elle a couru vers le brasier. Et puis un rocher l'a cachée. Il faisait nuit. On ne voyait que les arbres en feu. Et le chien qui s'était caché contre

229

moi, que je tenais dans mes bras jusqu'à ce que je me
lève… Le chien s'est jeté dans les flammes.

On est restés deux jours dans la palombière. Césario
préparait du riz, le café ou le thé. Nous parlions peu.
Nous nous allongions et je reprenais mon souffle. On
entendait les merles bien avant l'aube, les rossignols,
puis une nuée d'oiseaux prenait la relève, s'égosillant
dans leurs sifflements assourdissants, tels des milliers
d'Abdelman. Ils se calmaient dès que le soleil commençait à chauffer. Césario fredonnait la saudade parfois,
et d'autres complaintes tristes en portugais.
    C'est un air de chez moi. Enfin chez moi… Tu n'as
rien à me chanter, toi ?
    Moi je n'avais que la chanson de Bruel, *Au café des
délices*. Parce que je n'osais pas, nous la reprenions
ensemble. Le deuxième soir, après le bol de riz, il a
sorti une bouteille de rhum – Je l'avais mise de côté y
a longtemps. J'ai ramené les citrons et le jus de fruits
aujourd'hui. Je pense qu'on peut l'ouvrir ce soir.

Je devrais le tuer Delaroche. Noyer sa gueule de
chat malade.
    Tais-toi Luna.
    Depuis le terrible orage Césario m'appelait Luna.
    Et pourquoi je devrais me taire ? C'est quand même
lui qui lui a donné le coup de grâce.
    Césario a eu une grimace douloureuse – Non. Elle
s'est enfuie. Elle court, j'en suis sûr.
    Toute nue ?
    Luna ! Tu crois vraiment qu'elle est mortelle cette
nudité-là ? On a vite fait de s'habiller en route. Delaroche il est fini de toute façon. Sa vie est foutue. Le
ciel est aveugle et Delaroche aimait Rosa. Il n'aimait

qu'elle. L'amour est aveugle aussi. Il rêvait de lui faire l'amour. T'as pas vu que ce n'est encore qu'un enfant ? Sa tête de chat noyé comme tu dis. D'ailleurs il va se noyer pour de bon cette fois, t'as pas besoin de le faire. Mais les autres… Le berger est en fuite, le Gitan a disparu, Paupières de Plomb comme tu l'appelles est parti travailler ailleurs. Et Yolande, la grosse Yolande ?

Yolande ? Ben elle est au bar. Elle sert à boire.

Oui elle sert à boire. Comme elle a servi les hommes qui ont saoulé Rosa. Elle a tout vu. Elle a laissé faire. Elle a saoulé Rosalinde autant que les hommes, pire, c'est elle qui a rempli les verres. Quand ils sont devenus enragés, ça devait l'amuser, peut-être qu'elle n'attendait que ça ? Que la petite Rosa trop libre disparaisse.

C'est quand même des hommes qui l'ont violée.

Césario a une contraction de tout son corps – C'est un peu Yolande qui a ouvert la porte aussi. Oh, ils l'auraient fait ailleurs ou plus tard, mais elle pouvait l'empêcher ce jour-là. Rosa avait soif… Elle a refusé de lui donner de l'eau. Les hommes ont payé la vodka et l'ont forcée à boire. Et elle, Yolande, elle regardait, elle riait, elle resservait. Pas d'eau. De la vodka.

Je vais la tuer.

Non Luna, tu vas pas la tuer.

La grosse salope, j'ai dit.

Oui. La grosse salope.

Je la tuerai quand même.

Non tu la tueras pas. Rosa a toujours été une bête sauvage. Elle est vivante et elle est partie. Des fois t'es comme les autres Mounia, tu vois les choses au premier degré.

Mounia ?

Luna si tu veux. Oui, Luna. Tu crois qu'il y a des choses, des choses… je ne sais pas comment te le dire parce que cela va te sembler terrible. Mais tu penses que lorsque certaines choses arrivent, on ne pourrait que mourir après ? Tu crois à la souillure, toi ? À la tache ? « Plutôt mourir que la souillure. » Eh bien non, faut se relever si on est vivant encore. Tes parents c'est bien ce qu'ils ont fait non, quand ils ont tout perdu ? Et les miens ? Mon arrière-grand-père qui est né esclave. Et chaque jour, partout… Ouvre les yeux Luna, si une femme décide de mourir parce que deux hommes l'auront fait souffrir, l'auront humiliée pendant des heures et auront voulu tuer quelque chose en elle, alors elle est déjà foutue.

Elle aura eu mal, elle aura eu peur.

Oui. La curée des loups qui voulaient sa peau. Faut se relever et se battre Mounia, toujours, c'est ça le respect de soi-même.

Mounia ?

Oui, Mounia. Moonface et Luna ce sont des jolis mots qui font rêver, mais c'en est fini des belles images, ce soir tu es tout simplement toi, tu es Mounia. Et moi je suis Césario.

Césario a resservi à boire. Le rhum est bon. Une chouette pousse un hululement perçant repris quelques instants plus tard par un glapissement déchiré dans les fourrés.

Rosalinde elle me parlait du désert, « Les gens qu'on aime meurent ou s'en vont, elle disait, de toute façon ils s'en vont. Et ils n'arrêtent pas de mourir. Il est là notre désert, Moune, elle disait encore, on les perd tous, ceux que l'on aime. » Je comprends aujourd'hui… Ce n'était pas possible d'y aller ensemble, elle y était déjà dans le désert, elle l'arpentait depuis des lustres, s'abreuvant parfois aux hommes de passage pour cette exultation des corps, avant d'y retourner.

Rosa est en route. Personne ne l'a vue se jeter dans le feu. Ne les écoute pas, ils sont tous fous. Elle leur a échappé. Aux loups et aux chiens sauvages. C'est une bête, Rosa. Elle a roulé dans le ravin. Puis elle a repris son souffle.

Elle avait trop soif.

Il en faut plus pour mourir de soif. Elle a vu le feu et la mort en face, elle s'est cachée dans la terre. Au matin, peut-être dans la nuit déjà, elle s'est relevée. Comme un animal, elle a marché. La soif la guidait. Elle a trouvé de l'eau, peut-être un abreuvoir pour les troupeaux. Elle s'y est lavée. Elle a dormi. Elle avait froid sans doute.

Une longue lamentation déchire la nuit. Je frissonne – La Dame Blanche, Césario, elle annonce le malheur. Ma mère le disait.

Ce n'est rien qu'un oiseau Mounia.

Tu vas faire quoi maintenant Césario ?

Césario a eu un geste vague de la main – Moi ? Je continue, ailleurs. L'automne sera bientôt là. Je suivrai l'automne, pas les gens, l'automne, puis l'hiver. J'irai avec Rivière. Et toi tu suivras ta route. C'est notre histoire, celle de ceux qui s'en vont, celle de ceux qui marchent. Nos migrations, comme disent les haut placés, celles qui nous ont sauvés toujours. Mais leurs mots à eux ne diront jamais vraiment l'errance de nos parents, leurs dérives et leurs naufrages parfois, les tiennes, les miennes, celles de Rosa, d'Acacio, des autres, et même celles du Gitan, cette ordure. Je ne parlais pas de pardon quand je te disais, Ne les tue pas. À ton âge je ne désirais que cela, tuer l'autre qui avait humilié les miens, volé mon passé – mon passé n'était qu'humiliation –, piétiné jusqu'au respect que j'aurais dû avoir pour mes parents, pour moi-même. Mais je suis parti. Heureusement. Il faut toujours partir Mounia. Ils te parleront de fuite. Les écoute pas. Il n'y a que toi qui saches. C'est ta vie. Et c'est toi la courageuse quand tu oses quitter leur chemin pour chercher ta terre. Tu peux te perdre en route et mourir mais ça tu le sais depuis longtemps.

Je me perdrai tout à fait si je reste ? Et je mourrai de toute façon.

Ton rocher… ton Djebel Tarik.

Djebel Tarik ?

La montagne de Tarik, ça veut dire, il y a très longtemps… Djebel Tarik c'est le premier nom de Gibraltar. Djebel Mounia je l'appellerai maintenant.

Je me suis réveillée et j'ai senti qu'on avait basculé. La lumière qui m'arrivait par le carreau fêlé n'était plus la même, ni l'odeur du jour, ni les sons du dehors, le frémissement du vent et le murmure des bêtes. L'été était fini. Bientôt les arbres seraient roux, en flammes, mais jamais plus je ne voulais revoir cette couleur. Ça avait basculé, c'est tout. L'été était derrière, au rancart déjà l'incendie, le drame du désir en nous, la tragédie de son paroxysme. Cet été-là ne serait qu'une bouteille éclatée, aux tessons meurtriers, instants de grâce, de violence et de mort, un cri peut-être, déjà éteint, qui jamais ne cesserait de hurler en moi. Maman, elle avait crié en courant vers le feu. J'ai pensé à la mienne, l'appel des martinets dans le ciel de Manosque, les murs blancs de l'hôpital, ceux de mon père toujours vivant. J'ai pensé à la peau pâle de Rosa, ses lèvres doucement renflées, son soupir de biche quand elle avait dormi près de moi, les fleurs tendres de ses tétons sur sa poitrine de petite fille, la larme qui perlait à ses cils après qu'elle avait gémi entre mes bras. Je me suis levée. Dans l'angle du mur, mon sac à dos semblait attendre. Tous ici allaient retourner à leur dérive lente. Le gel de l'hiver cicatriserait les plaies. Esméralda ferait son gosse. Sa gosse. Qu'elle ne noierait pas. Le travail, les cabanons glacés, nos cuites, les bars comme des rades où s'abriter pour se perdre plus fort après… Césario était parti. Avec Rivière. Un jour je ne l'ai plus retrouvé sur le banc. Ni le lendemain. Ni les jours qui ont suivi. Césario, couleur de l'ombre, s'était fondu dans la nuit. J'étais sûre qu'il était parti chercher Rosa. Césario la nuit et Rosa des brumes, Rosa le feu aussi… Il la chercherait jusqu'à sa mort sans doute. Et peut-être la trouverait-il. C'était un sauveur, Césario.

Mais moi il m'avait laissée. Ils m'avaient laissée tous les deux. Et Rivière aussi. Et l'automne était là. J'ai entendu le vol des oiseaux. Ça faisait comme un bruit de vagues au-dessus des arbres, les criaillements dans le ciel m'ont paru presque joyeux. La grande migration commençait, ils étaient en route. J'ai pensé à Gibraltar, à la rencontre des eaux, j'ai fait comme eux.

J'ai dormi sur une aire d'autoroute sous des pins maritimes qui bruissaient très haut dans le ciel, à l'extré-mité de leur tronc immense. Je m'étais enroulée dans ma couverture de laine rouge, la tête posée sur mon sac. Je n'étais plus très loin de la mer. J'entendais le vent, le grondement de l'autoroute, roulement puissant et ininterrompu. Mais peut-être était-ce déjà le son de la vague, la marée montante qui venait à moi. Où était Césario à cette heure, Rosalinde… Abdelman ? Et Rivière d'Or ? Je cherchais une certitude, toute ma vie je n'avais cherché que cela, quelque chose qui soit digne de confiance, qui sauve enfin mes parents, qui les sorte de l'insupportable des sans-lendemain, quand il ne vous reste plus rien. Et qui me sauve aussi. Quelque chose qui dure toujours, comme la chanson du *Café des délices*. C'était là mon Graal.

De certitude il n'y en avait pas. Ou s'il en existait une, elle ne pouvait être que dans le mouvement, le long voyage des bêtes et des hommes, leurs transhumances et leurs exodes. Elle était dans ce qui bouge et change et avance, la course des astres… Mais qui étais-je, moi Mounia toute seule, la fille de Kader et de Yasmina, qui étais-je pour vouloir déchiffrer les astres ? Mon père, ma mère, eux-mêmes d'où venaient-ils vraiment ? J'en savais si peu. Et Rosa ? La petite boche comme disait le Gitan… Et lui le Gitan, quelle était l'histoire qui l'avait mené jusqu'à aujourd'hui, le feu, le massacre de Rosalinde ? Qui te dit que je ne suis pas juive pour finir ? m'avait dit Rosa un jour. Une Juive allemande dont les grands-parents auraient connu les camps ? Et qu'est-ce que ça peut foutre au reste du monde de toute façon ? Acacio et son bouquet d'œillets roses, fanés depuis longtemps, toi et ton désert qu'il te faudra retrouver pour grandir, Césario, les autres, tous les autres… Qu'est-ce que ça peut foutre, c'est la mémoire secrète de chacun, celle de nos parents, de nos grands-parents, du Gitan aussi, ce fumier. Quand tu arriveras au rocher de Gibraltar, jette-toi à l'eau et jette le passé avec.

Une voiture s'est arrêtée à ma hauteur. La musique était à fond. Des portières ont claqué violemment. J'ai ouvert les yeux. Deux enfants en étaient sortis et se chamaillaient pour un restant de frites. Un homme épuisé faisait trois pas sur le terre-plein, étirait un corps un peu lourd, le tee-shirt collant à une brioche naissante, plaqué sur son dos par la sueur. Une femme aux traits tirés, serrée dans une petite robe criarde qu'elle tentait de rajuster, a échangé deux mots avec lui. Tout de suite le ton est monté. Pour finir elle s'est dirigée vers les toilettes en pleurant. Lui levait un regard excédé, presque désespéré vers le ciel, la cime des pins. Mais les voyait-il. J'ai été frappée de leur blancheur. Un gamin a buté sur moi. Aïe j'ai fait. Il a bondi en arrière : je lui avais fait peur. N'aie pas peur j'ai dit, je voudrais juste dormir. Alors il s'est rapproché, m'a dévisagée longuement et d'un air pensif.

Et pourquoi tu dors dehors ?

Parce que je suis en route, j'ai répondu, j'ai pas de temps à perdre.

Nous aussi on est en route, il a repris fièrement, on part en vacances et c'est super…

Son frère l'avait rejoint – On va en Espagne cette année !

À qui vous parlez ? a crié le père.

À une dame, ont répondu les gamins en chœur.

Oh pardon madame… a dit l'homme.

Bonnes vacances à vous, j'ai murmuré. Le bruit de fond de l'autoroute s'était atténué et dans les arbres aussi le vent semblait avoir décru. La marée redescendait sans doute. Non loin de moi, les camions à l'arrêt. Le bruit de leurs moteurs qui tournaient au ralenti était une berceuse, le battement de cœurs lourds et rassurants.

RÉALISATION : NORD COMPO À VILLENEUVE-D'ASCQ
IMPRESSION : CPI FRANCE
DÉPÔT LÉGAL : OCTOBRE 2019. N° 141041 (3035283)
IMPRIMÉ EN FRANCE